# 季羡林自选集

## 八大印章珍藏版

印章编号　4

# 写文章

## 季羡林

目前中国散文界有一种论调，论什么散文妙就妙在一个"散"字上。散者，松松散散之谓也。意思是提笔就写，不需要构思，不需要推敲，不需要锤炼字句，不需要谋篇结构，愿意怎样写就怎样写，愿意写到哪里就写到哪里。理论如此，实践也是如此。这样的"散"文充斥于一些刊物中，滔滔者天下皆是矣。

我爬格子一辈子枯子，虽无功劳，也有苦劳；成绩不大，教训不少。窃以为写文章并非如此容易。现在文人们都慨叹文章不值钱。如果文章都像这样的话，我看不值钱倒是天公地道。宋朝的吕蒙正让鬼君到玉皇驾前去告御状："玉皇若向人间事，为道文章不值钱"。如果指的是这样的文章，这可以说是习凡逆耳。

从中国过去的笔记和诗话一类的书中可以看到，中国过去的文人，特别是诗人和词人，十分重视修辞。这样的例子不胜枚举。杜甫的"语不惊人死不休"，是人所共知的。王安石的著

季羡林自选集

# 读书·治学·写作

季羡林 著

北京联合出版公司
Beijing United Publishing Co.,Ltd.

**图书在版编目（CIP）数据**

读书·治学·写作 / 季羡林著 .── 北京 : 北京联
合出版公司 , 2024.7
（季羡林自选集）
ISBN 978-7-5596-7608-5

Ⅰ.①读… Ⅱ.①季… Ⅲ.①随笔 – 作品集 – 中国 –
当代 Ⅳ.① I267.1

中国国家版本馆 CIP 数据核字 (2024) 第 083754 号

**季羡林自选集：读书·治学·写作**
季羡林　著

出　品　人：赵红仕
选 题 策 划：外图凌零
统　　　筹：徐蕙蕙
特 约 编 辑：康舒悦　刘　洋
责 任 编 辑：管　文
封 面 设 计：陶　雷
内 文 排 版：孟　迪

北京联合出版公司出版
（北京市西城区德外大街 83 号楼 9 层 100088 ）
北京联合天畅文化传播公司发行
武汉市盛宏源印务有限公司　新华书店经销
字数 241 千字　880 毫米 ×1230 毫米　1/32　10.5 印张
2024 年 7 月第 1 版　2024 年 7 月第 1 次印刷
ISBN 978-7-5596-7608-5
定价：49.90 元

# 代序 ——— 做真实的自己

◎ 季羡林

在人的一生中，思想感情的变化总是难免的。连寿命比较短的人都无不如此，何况像我这样寿登耄耋的老人！

我们舞笔弄墨的所谓"文人"，这种变化必然表现在文章中。到了老年，如果想出文集的话，怎样来处理这样一些思想感情前后有矛盾，甚至天翻地覆的矛盾的文章呢？这里就有两种办法。在过去，有一些文人，悔其少作，竭力掩盖自己幼年挂屁股帘的形象，尽量删削年轻时的文章，使自己成为一个一生一贯正确、思想感情总是前后一致的人。

我个人不赞成这种做法，认为这有点作伪的嫌疑。我主张，一个人一生是什么样子，年轻时怎样，中年怎样，

1

老年又怎样，都应该如实地表达出来。在某一阶段上，自己的思想感情有了偏颇，甚至错误，绝不应加以掩饰，而应该堂堂正正地承认。这样的文章绝不应任意删削或者干脆抽掉，而应该完整地加以保留，以存真相。

在我的散文和杂文中，我的思想感情前后矛盾的现象，是颇能找出一些来的。比如对中国社会某一个阶段的歌颂，对某一个人的崇拜与歌颂，在写作的当时，我是真诚的；后来感到一点失望，我也是真诚的。这些文章，我都毫不加以删改，统统保留下来。不管现在看起来是多么幼稚，甚至多么荒谬，我都不加掩饰，目的仍然是存真。

像我这样性格的一个人，我是颇有点自知之明的。我离一个社会活动家，是有相当大的距离的。我本来希望像我的老师陈寅恪先生那样，淡泊以明志，宁静以致远，不求闻达，毕生从事学术研究，又决不是不关心国家大事，绝不是不爱国，那不是中国知识分子的传统。然而阴差阳错，我成了现在这样一个人。应景文章不能不写，写序也推托不掉，"春花秋月何时了，开会知多少"，会也不得不开。事与愿违，尘根难断，自己已垂垂老矣，改弦更张，只有俟诸来生了。

1995年3月18日

# 序二 ＿＿＿ 我尊敬的国学大师

◎ 梁　衡

　　季羡林先生是我尊敬的国学大师，但他的贡献和意义又远在其学问之上。我尝问先生："你所治之学，如吐火罗文，如大印度佛教，于今天何用？"他肃然答道："学问不问有用无用，只问精不精。"其严谨的治学态度发人深省。此其一令人尊敬。先生学问虽专、虽深，然文风晓畅朴实，散文尤美。就是有关佛学、中外文化交流，甚至如《糖史》这些很专的学术论著也深入浅出，条分缕析。虽学富五车，却水深愈静，绝无一丝卖弄。此其二令人尊敬。先生以教授身份居校园凡六十年，然放眼天下，心忧国事。常忆季荷池畔红砖小楼，拜访时，品评人事，说到动人处，竟眼含热泪。我曾问之，最佩服者何人。答曰：

"梁漱溟。"又问再有何人。答曰："彭德怀。"问其因，只为他们有骨气。联系"文化大革命"中，先生身陷牛棚，宁折不屈，士身不可辱，公心忧天下。此其三令人尊敬。

先生学问之衣钵，自有专业人士接而传之。然治学之志、文章之风、人格之美则应为学术界、全社会，尤其是青少年所学、所重。而这一切又都体现在先生的文章著作中。遂建议于先生全部著作中，选易普及之篇，面对一般读者，编一季文普及读本。于是有此选本问世，庶可体现初衷。

（梁衡，著名散文家。曾任国家新闻出版署副署长、人民日报社副总编辑）

# 序三 ——— 季羡林先生的道德文章

◎ 梁志刚

"季羡林自选集"丛书付梓在即,责编要求我写一篇序。初闻此言,颇感错愕:老朽何德何能,哪有资格为大师的文集作序?继而思之,季先生的同辈学人,已经渐去渐远,即使我的师兄师姐,也是寥若晨星。我作为先生的及门弟子和读者,同时还是先生传记的作者,谈点心得体会,作为引玉之砖,不但是必要的,而且是应该的。于是我鼓足勇气,写点一孔之见,与诸位读者交流。

说起季羡林先生的自选集,据我所知,最早是在1988年,北京师范学院出版社要求季先生自选精华,编成《季羡林学术论著自选集》。季先生从过去几十年所写的200万字的学术著作中,选出几十篇,还为这本集子写了自序。他发现，所选文章基本上都是考证方面的，这说明，自己的兴趣和能力即在于此。清代大文豪姚鼐说："天下学问之事，有义理、文章、考证三者之分，异趋而同为不可废。"

20世纪80年代中期以前，季羡林的治学主要是考证。他师承陈寅恪和瓦尔德施米特，认为考证是做学问的必由之路。至于考证的方法，他十分佩服并身体力行胡适提出的"大胆的假设，小心的求证"。他认为，过去批判这两句话，批判一些人，是在极左思想的支配下，以形而上学冒充辩证法来进行的。他反对把结论当成先验的真理，不许怀疑，只准阐释，代圣人立言，为经典作注。他认为这样只能使学术堕落。他说："我过去五六十年的学术活动，走的基本上是一条考证的道路。""考证要达到什么目的呢？无非是寻求真理而已。""什么叫真理？大家的理解也未必一致。有的人心目中的真理有伦理意义。我不认为是这样。我觉得，事情是什么样子，你就说它是什么样子。这是唯物主义，同时也是真理。"要想了解季羡林是如何考证、如何寻求真理的，请读一读本丛书中的《季羡林谈佛》。

季羡林曾经多次说"不喜欢义理"。可是在20世纪80年代中后期，他在"义理"的研究方面，投入了不少的精力，取得了可喜的成果。其原因是，他看到，西方文化引领世界数百年，给人类带来前所未有的利益，同时也造成了巨大的生存危机，诸如环境污染、人口爆炸、淡水不足、气候变暖、臭氧出洞、物种灭绝、战争频发、贫富差距扩大等等。他在思考人类的出路在哪里。当然不只是季羡林，世界上有些有识之士也在考虑同样的问题。英国的汤因比对人类文明的发展趋势进行了深刻的反思，日本的池田大作在考虑如何把"战争与暴力的世纪"改造成"和平与共生的世纪",并与季羡林展开隔空对谈。季羡林从中国古代圣贤那里受到启发,提出了"天人合一"的新解,主张人与自然和谐相处;在人与人、国与国的关系方面,主张和为贵,和而不同,建立和谐世界;在东西方文化关系方面,主张坚持"拿来",强调"送去",用东方的药,治西方的病;他提出"河东河西论",大胆预言:21世纪将是中国的世纪。这些,为建立人类命运共同体理念提供了理论支撑。我们这套丛书中的《季羡林谈国学》《季羡林谈东西方文化》无疑是其代表作品。

至于文章,季羡林先生是广受读者欢迎的散文大家。他笔耕七十余载,创作散文五百余篇,其中许多是脍炙人口、清新隽永的名篇。1980年香港文学研究社出版的《季羡林选集》和1986年北京大学出版社出版的《季羡林散文集》就是较早的散文自选集。在这前一本书的跋和后一本书的自序中,他详细介绍了自己的创作过程和"惨淡经营"的创作理念。此后,各家出版单位编辑出版的季羡林散文集可以说数不胜数。记得2006年初,有一家出版社找到我,要编一本季先生的学者散文。我去医院请示季先生,季先生说:"我的散文已经出了七八种,有的还没有经过我同意。这些书大同小异,你选这几篇,他选那几篇,重复的不少。这对读者不负责任。你不要凑这个热闹。人家不编的,你编。"本套丛书大多是散文。对季先生的散文,方家评论多矣,我这里只引用林江东的评语——"季先生散文的特点是:在朴实中蕴含着优美,在静穆中饱含着热情,在飘逸秀丽中不失遒劲和锋刃,在淳朴亲切的娓娓道来中给人以强烈的震撼,在诙谐隽永的语言中蕴含着深刻的人生哲理,在行云流水般的字里行间凸显先生的人格魅力。"我认为此言不虚,读季先生的散文,确实是一种美的享受。

季羡林先生是著名翻译家,他的译著在三十卷《季羡林全集》中占三分之一。1994 年初,中国工人出版社出版了一本季羡林译著自选集。季羡林为这本《沙恭达罗——中国翻译名家自选集·季羡林卷》写了篇小引,提出了一个十分重要的原则,"不改少作,意在存真"。他说:"除了明显的错误或者错排,其余的我一概不加改动,意在存真,给历史留下些真实的影子。有的作家到了老年拼命改动自己青年和中年时代的文章,好像一个老年人想借助美容院之力把自己修饰得返老还童。我认为此举不足取。"季羡林先生是这样说的,也是这样做的。他的《清华园日记》和早年许多著述,都是以本来面目示人。令人欣喜的是,本套丛书的编者,严格遵循作者的本意,不辞辛劳追根溯源,坚决剔除某些版本的不当修饰,奉献给读者的是季先生的原玉。

季羡林先生走了,留给我们丰厚的精神遗产。印刷机轰鸣,指示灯闪烁,一套新书很快就要和读者见面了。这套书里的文章是季先生亲自挑选,出版社精心打造的;是值得认真品读,值得珍藏,传诸后世的。季羡林说:"我的工作主要是爬格子。几十年来,我已经爬出了上千万的字。这些东西都值得爬吗?我认为是值得的。我爬出的东西不见得都是精金粹玉,都是甘露醍醐,吃了能让人升天成仙,但是其中绝没有毒药,绝没有假冒伪劣,读了以后至少能让人获得点享受,能让人爱国、爱乡、爱人类、爱自然、爱儿童,爱一切美好的东西。总之一句话,能让人在精神境界中有所收益。"

季羡林被评为"感动中国"2006 年度人物,评委们称赞他是

"中国现代知识分子的一面旗帜和榜样"。他是如何做到的呢？在人生的最后岁月，季羡林考虑最多的是和谐。他对《人民日报》的记者说："要想达到个人和谐的境界，需要具备两个条件，良知和良能。知是认识，能是本领。良知是基础，良能是保障，两者缺一不可。知行合一，天人合一，方能和谐。良知是什么？概括起来就是八个字——爱国、孝亲、尊师、重友，这在中国传统文化中都有。一个人如果做到了这一点，就可以说他是个人和谐了，而每一个人都和谐了，那整个社会也就和谐了。"至于良能是什么，季羡林没有说。窃以为，从事不同的行业，良能当各有特色。而对学者与教师而言，季羡林为聊城大学题写的校训"敬业、博学、求实、创新"似可概括。良知和良能的完美结合，季羡林不仅是倡导者，而且是模范的实践者。限于篇幅，我不能展开讲，只能扼要说说。

说到爱国，这是中国知识分子的传统。季羡林先生提倡的爱国，是具有世界眼光的爱国，是和国际主义相统一的爱国，不是义和团式的"爱国"。那样的"爱国"其实是害国。1931年"九一八"事变后，20岁的季羡林和清华同学躺在铁轨上拦火车，去南京请愿要求政府出兵抗日；1942年，德国当局承认汪伪政权，季羡林和张维等留学生坚决反对汉奸政府，他们不顾生死，宣布自己"无国籍"；朝鲜战争爆发后，他积极签名，捐献稿费支援抗美援朝。他的爱国，更多表现在实际工作中，融汇在本职岗位的敬业里。20世纪80年代，他担任中国敦煌吐鲁番学会会长，针对"敦煌在中国，敦煌学在日本"的说法，响亮地提出"敦煌在中国，敦煌学在世界"的口号，带领我国敦煌学者与国际学术界密切合作开展敦煌学研究，取得了骄人的业绩，他本人更是在耄耋之年学术冲刺，完成了《糖史》

和《吐火罗文 A（焉耆文）〈弥勒会见记剧本〉译释》两部顶尖的科学巨著，为祖国争得了荣誉。季羡林的爱国，还表现在他深谙"天下兴亡，匹夫有责"的道理，针对那场给国家民族带来巨大灾难的十年浩劫，他主张总结亿金难买的深刻教训，绝不允许悲剧重演。他用自己的切身经历，和着血和泪写成《牛棚杂忆》，一时令"洛阳纸贵"。他还发出振聋发聩的四问，不仅震撼国人心灵，而且展现了一个有良知者对祖国的拳拳赤子之心。

季羡林提倡尊师，是以爱生为前提的。作为北京大学的资深教授，季羡林对学生如亲人，他为新生看行李的故事，几乎尽人皆知。我再说几件不那么家喻户晓的事。1964 年新生入学，季羡林到男生宿舍看望新生，他看见盥洗室水槽里放着几个瓦盆，就问："怎么把尿盆放在这里？"我怯怯地说了句："不是尿盆。"季先生没有再说什么，第二天，系学生会通知：季先生自掏腰包买了二十个搪瓷脸盆，没有脸盆的同学可以来领。我虽然没有去领盆，但心里暖暖的。1980 年海淀区人民代表选举，中文系一名女学生自荐参加竞选，结果代表没有选上，反遭大字报围攻。季副校长知道这名同学承受着巨大压力，吩咐身边工作人员暗中呵护，以免发生不测。1985 年新生入学，一位从广东农村来的同学没有带被褥和棉衣，季先生发动老师们为他捐钱捐布票置办被褥，还找出自己的旧棉袄给他御寒。同学们都知道，季先生学问好，人更好，所以他深受学生的爱戴和崇敬。

季羡林先生为学为人都达到了很高的境界，绝非偶然。我们读他怀念师友的文章，可清楚地发现，他从恩师陈寅恪、汤用彤、胡适和瓦尔德施米特、西克、哈隆身上传承了什么，还有鞠思敏、王寿彭、胡也频、董秋芳、吴宓、朱光潜等对他的影响和帮助，原来他是站在大师的肩膀上啊！

读季先生的书，不难看出，他一生走过曲折的路。回国后的三十多年，他是在战争和一个接一个的运动中度过的。在极左乌云压城的时候，运动来了，他不停地检讨自己"智育第一、业务至上"的"修正主义"，运动一过，就"死不悔改、我行我素"。有人会说，这是典型的"人格分裂"。我认为不是。中国的知识分子，像陈寅恪那样始终清醒的是凤毛麟角。大多数人都与季羡林遭遇类似。我们要听其言，观其行。在高压下违心或诚心地检讨是"言"，是为了"过关"。而其行，坚持"死不悔改"，坚持业务至上，坚持教书育人，才是其良知使然。而且，季羡林死守一条底线，就是只检查自己，决不攻击他人，这才是更加难能可贵的。

不仅仅如此，有人问他，一生最敬佩什么人？他回答是彭德怀和梁漱溟，由此不难窥见他的风骨。季羡林晚年，致力于中华优秀传统文化的发掘和传承，他曾多次与人讨论"侠"和"士"的问题，可惜没有来得及写成文章。这样的文章只能由后人来写了。我相信我们这个伟大民族，一定能够出现越来越多造福人类的国侠和国士。

以上体会尽管浅陋，但是我的肺腑之言。遵照季先生吩咐，"假话全不说，真话不全说"，就此打住。我想重复一句季先生对我耳提面命的话，作为这篇序的结尾："记住，书好不好，读者说了算。"

2023年7月30日

于北京大兴

（梁志刚，季羡林的学生，《季羡林大传》作者）

# 目　录

## 第三辑 写作 /241

第一辑 读书

# 开卷有益

这是一句老生常谈。如果要追溯起源的话，那就要追到一位皇帝身上。宋王辟之《渑水燕谈录》卷六：

> （宋）太宗日阅《（太平）御览》三卷，因事有缺，暇日追补之。尝曰："开卷有益，朕不以为劳也。"

这一段话说不定也是"颂圣"之辞，不尽可信。然而我宁愿信其有，因为它真说到点子上。

鲁迅先生有时候说："随便翻翻。"我看意思也一样。他之所以能博闻强记，博古通今，与"随便翻翻"是有密切联系的。

"卷"指的是书，"随便翻翻"也指的是书。书为什么能有这样大的威力呢？自从人类创造了语言，发明了文字，抄成或印成了书，书就成了传承文化的重要载体。人类要生存下去，文化就必须传承下去，因而书也就必须读下去。特别是在当今信息爆炸的时代中，我们必须及时得到信息。只有这样，人才能潇洒地生活下去，否则将适得其反。信息怎样得到呢？看能得到信息，听也能得到信息，而读书仍然是重要的信息源，所以非读书不可。

什么人需要读书呢？在将来人类共同进入大同之域时，人人都一定要而且肯读书的，以此为乐，而不以此为苦。眼前我们还做不到这一步。"四人帮"说：读书越多越反动。此"四人帮"之所以为"四人帮"也。我们可以置之不理。如今有个别的"大款"，也同刘邦和项羽一样，是不读书的。不读书照样能够发大财。然而，我认为，这只是暂时的现象，相信不久就会改变。传承文化不能寄希望于这些人身上，而只能寄托在已毕业或尚未毕业的大学生身上。他们是我们的希望，他们代表着我们的未来。大学生们肩上的担子重啊！他们是任重而道远。为了人类的继续生存，为了前对得起祖先，后对得起子孙，大学生们（当然还有其他一些人）必须读书。这已是天经地义，无须争辩。

根据我同北京大学学生的接触和我对他们的观察，绝大多数的学生还是肯读书的。他们有的说，自己感到迷惘，不知所从。他们成立了一些社团，共同探讨问题，研究人生，对人生的意义与价值感兴趣。他们甚至想探究宇宙的奥秘。他们是肯思索的一代人，是可以信赖的、极为可爱的一代年轻人。同他们在一起，我这个望九之年的老人也仿佛返老还童，心里溢满了青春活力。说这些青年不肯读书，是不符合实际情况的。

读什么样的书呢？自己专业的书当然要读，这不在话下。自己专业以外的书也应该"随便翻翻"，知识面越广越好，得到的信息越多越好，否则很容易变成鼠目寸光的人。鼠目寸光不但不利于自己专业的探讨，也不利于生存竞争，不利于自己的发展，最终为大时代所抛弃。

因此，我奉献给今天的大学生们一句话：开卷有益。

1994年4月5日

# 我最喜爱的书

我在下面介绍的只限于中国文学作品。外国文学作品不在其中。我的专业书籍也不包括在里面，因为太冷僻。

## 一、司马迁《史记》

《史记》这一部书，很多人都认为它既是一部伟大的史籍，又是一部伟大的文学作品。我个人同意这个看法。平常所称的《二十四史》中，尽管水平参差不齐，但是哪一部也不能望《史记》之项背。

《史记》之所以能达到这个水平，司马迁的天才当然是重要原因，但是他的遭遇起的作用似乎更大。他无端受了宫刑，以致郁闷激愤之情溢满胸中，发而为文，句句皆带悲愤。他在《报任少卿书》中已有充分的表露。

## 二、《世说新语》

这不是一部史书，也不是某一个文学家和诗人的总集，而只是一部由许多颇短的小故事编纂而成的奇书。有些篇只有短短几句话，连小故事也算不上。每一篇几乎都有几句或一句隽语，表面简单淳朴，内容却深奥异常，令人回味无穷。六朝和稍前的一个时期内，社会动乱，出了许多看来脾气相当古怪的人物，外似放诞，内实怀忧。他们的举动与常人不同。此书记录了他们的言行，短短几句话，而栩栩如生，令人难忘。

## 三、陶渊明的诗

有人称陶渊明为"田园诗人"。笼统言之，这个称号是恰当的。他的诗确实与田园有关。"采菊东篱下，悠然见南山"，这样的名句几乎是家喻户晓的。从思想内容上来看，陶渊明颇近道家，中心是纯任自然。从文体上来看，他的诗简易淳朴，毫无雕饰，与当时流行的镂金错彩的骈文迥异其趣。因此，在当时以及以后的一段时间内，对他的诗的评价并不高，在《诗品》中，仅列为中品。但是，时间越后，评价越高，最终成为中国伟大诗人之一。

## 四、李白的诗

李白是中国文学史上最伟大的天才之一，这一点是谁都承认的。杜甫对他的诗给予了最高的评价："白也诗无敌，飘然思不群。清新庾开府，俊逸鲍参军。"李白的诗风飘逸豪放。根据我个人的感受，读他的诗，只要一开始，你就很难停住，必须读下去。原因我认为是，李白的诗一气流转，这一股"气"不可抗御，让你非把诗读完不行。这在别的诗人作品中，是很难遇到的现象。在唐代，以及以后的一千多年中，对李白的诗几乎只有赞誉，而无批评。

## 五、杜甫的诗

杜甫也是一个伟大的诗人，千余年来，李杜并称。但是二人的创作风格却迥乎不同：李是飘逸豪放，而杜则是沉郁顿挫。从使用的格律上，也可以看出二人的不同。七律在李白集中比较少见，而在杜甫集中则颇多。摆脱七律的束缚，李白是没有枷锁跳舞；杜甫善于使用七律，则是戴着枷锁跳舞，二人的舞都达到了极高的水平。在文学批评史上，杜甫颇受到一些人的指摘，而对李白则是绝无仅有。

## 六、南唐后主李煜的词

后主词传流下来的仅有三十多首，可分为前后两期：前期仍在江南当小皇帝，后期则已降宋。后期词不多，但是篇篇都是杰作，纯用白描，不作雕饰，一个典故也不用，话几乎都是平常的白话，老妪能解；然而意境却哀婉凄凉，千百年来打动了千百万人的心。在词史上巍然成一大家，受到了文艺批评家的赞赏。但是，对王国维在《人间词话》中赞美后主有佛祖的胸怀，我却至今尚不能解。

## 七、苏轼的诗文词

中国古代赞誉文人有三绝之说。三绝者，诗、书、画三个方面皆能达到极高水平之谓也。苏轼至少可以说已达到了五绝：诗、书、画、文、词。因此，我们可以说，苏轼是中国文学史和艺术史上的最全面的伟大天才。论诗，他为宋代一大家。论文，他是唐宋八大家之一。笔墨凝重，大气磅礴。论书，他是宋代苏、黄、宋、蔡四大家之首。论词，他摆脱了婉约派的传统，创豪放派，与辛弃疾并称。

## 八、纳兰性德的词

宋代以后，中国词的创作到了清代又掀起了一个新的高潮。名家辈出，风格不同，又都能各极其妙，实属难能可贵。在这群灿若列星的词家中，我独独喜爱纳兰性德。他是大学士明珠的儿子，生长于荣华富贵中，然而却胸怀愁思，流溢于楮墨之间。这一点我至今还难以得到满意的解释。从艺术性方面来看，他的词可以说是已经达到了完美的境界。

## 九、吴敬梓的《儒林外史》

胡适之先生给予《儒林外史》极高的评价。诗人冯至也酷爱此书。我自己也是极为喜爱《儒林外史》的。

此书的思想内容是反科举制度，昭然可见，用不着细说。它的特点在艺术性上。吴敬梓惜墨如金，从不作冗长的描述。书中人物众多，各有特性，作者只讲一个小故事，或用短短几句话，活脱脱一个人就仿佛站在我们眼前，栩栩如生。这种特技极为罕见。

## 十、曹雪芹的《红楼梦》

在古今中外众多的长篇小说中《红楼梦》是一颗璀璨的明珠，是状元。中国其他长篇小说都没能成为"学"，而"红学"则是显学。内容描述的是一个大家族的衰微的过程。本书特异之处也在它的艺术性上。书中人物众多，男女老幼，主子奴才，五行八作，应有尽有。作者有时只用寥寥数语而人物就活灵活现，让读者永远难忘。读这样一部书，主要是欣赏它的高超的艺术手法。那些把它政治化的无稽之谈，都是不可取的。

2001年3月21日

# 天下第一好事，还是读书

古今中外赞美读书的名人和文章，多得不可胜数。张元济先生有一句简单朴素的话："天下第一好事，还是读书。""天下"而又"第一"，可见他对读书重要性的认识。

为什么读书是一件"好事"呢？

也许有人认为，这问题提得幼稚而又突兀。这就等于问"为什么人要吃饭"一样，因为没有人反对吃饭，也没有人说读书不是一件好事。

但是，我却认为，凡事都必须问一个"为什么"，事出都有因，不应当马马虎虎，等闲视之。现在就谈一谈我个人的认识，谈一谈读书为什么是一件好事。

凡是事情古老的，我们常常总说"自从盘古开天地"。我现在还要从盘古开天地以前谈起，从人类脱离了兽界进入人界开始谈。人变成了人以后，就开始积累人的智慧，这种智慧如滚雪球，越滚越大，也就是越积越多。禽兽似乎没有发现有这种本领。一只蠢猪一万年以前是这样蠢，到了今天仍然是这样蠢，没有增加什么智慧。人则不然，不但能随时增加智慧，而且根据我的观察，增加的速度越来越快，有如物体从高空下坠一般。到了今天，达到了知识爆炸的水平。最近一段时间以来，克隆使全世界的人都大吃一惊。有的人竟忧心忡忡，不知这种技术发展"伊于胡底"①。信耶稣教的人担心将来一旦克隆出来了人，他们的上帝将向何处躲藏。

　　人类千百年以来保存智慧的手段不出两端：一是实物，比如长城等等；二是书籍，以后者为主。在发明文字以前，保存智慧靠记忆；文字发明了以后，则使用书籍。把脑海里记忆的东西搬出来，搬到纸上，就形成了书籍，书籍是贮存人类代代相传的智慧的宝库。后一代的人必须读书，才能继承和发扬前人的智慧。人类之所以能够进步，永远不停地向前迈进，靠的就是能读书又能写书的本领。我常常想，人类向前发展，有如接力赛跑，第一代人跑第一棒，第二代人接过棒来，跑第二棒，以至第三棒、第四棒，永远跑下去，永无穷尽，这样智慧的传承也永无穷尽。这样的传承靠的主要就是书，书是事关人类智慧传承的大事，这样一来，读书不是"天下第一好事"又是什么呢？

　　但是，话又说了回来，中国历代都有"读书无用论"的说法。读书的知识分子，古代通称之为"秀才"，常常成为取笑的对象，

────────────

① 语出《诗经·小雅·小旻》，"我视谋犹，伊于胡底"，意为：到什么地步为止，形容结局不堪设想。

比如说什么"秀才造反，三年不成"，是取笑秀才的无能。这话不无道理。在古代——请注意，我说的是"在古代"，今天已经完全不同了——造反而成功者几乎都是不识字的痞子流氓，中国历史上两个马上皇帝，开国英主，刘邦和朱元璋，都属此类。诗人只有慨叹"刘项原来不读书"。"秀才"最多也只有成为这一批地痞流氓的"帮忙"或者"帮闲"，帮不上的就只好慨叹"儒冠多误身"了。

但是，话还要再说回来，中国悠久的优秀的传统文化的传承者，是这一批地痞流氓，还是"秀才"？答案皎如天日。这一批"读书无用论"的现身"说法"者的"高祖""太祖"之类，除了镇压人民剥削人民之外，只给后代留下了什么陵之类，供今天搞旅游的人赚钱而已。他们对我们国家竟无贡献可言。

总而言之，"天下第一好事，还是读书"。

1997年4月8日

（本文原为《书海浮槎文丛》总序）

# 对我影响最大的几本书

我是一个最枯燥乏味的人，枯燥到什么嗜好都没有。我自比是一棵只有枝干并无绿叶更无花朵的树。

如果读书也能算是一个嗜好的话，我的唯一嗜好就是读书。

我读的书可谓多而杂，经、史、子、集都涉猎过一点，但极肤浅。小学、中学阶段，最爱读的是"闲书"（没有用的书），比如《彭公案》《施公案》《济公传》《三侠五义》《小五义》《东周列国志》《说岳》《说唐》等等，读得如醉似痴。《红楼梦》等古典小说是以后才读的。读这样的书是好是坏呢？从我叔父眼中来看，是坏。但是，我却认为是好，至少在写作方面是有帮助的。

至于哪几部书对我影响最大，几十年来我一贯认为是两位大师的著作：在德国是海因里希·吕德斯（Heinrich

Lüders），我老师的老师；在中国是陈寅恪先生。两个人都是考据大师，方法缜密到神奇的程度。从中也可以看出我个人兴趣之所在。我禀性板滞，不喜欢玄之又玄的哲学。我喜欢能摸得着看得见的东西，而考据正合吾意。

吕德斯是世界公认的梵学大师，研究范围颇广，对印度古代碑铭有独到深入的研究。印度每有新碑铭发现而又无法读通时，大家就说："到德国找吕德斯去！"可见吕德斯权威之高。印度两大史诗之一的《摩诃婆罗多》从核心部分起，滚雪球似的一直滚到后来成型的大书，其间共经历了七八百年。谁都知道其中有不少层次，但没有一个人说得清楚。弄清层次问题的又是吕德斯。在佛教研究方面，他主张有一个"原始佛典"（Urkanon），是用古代半摩揭陀语写成的。我个人认为这是千真万确的事；欧美一些学者不同意，却又拿不出半点可信的证据。吕德斯著作极多，中短篇论文集为一书《古代印度语文论丛》。这是我一生受影响最大的著作之一。这书对别人来说，可能是极为枯燥的，但是对我来说，却是一本极为有味、极有灵感的书，读之如饮醍醐。

在中国，影响我最大的书是陈寅恪先生的著作，特别是《寒柳堂集》《金明馆丛稿》。寅恪先生的考据方法同吕德斯先生基本上是一致的，不说空话，无证不信。两人有异曲同工之妙。我常想，寅恪先生从一个不大的切入口切入，如剥春笋，每剥一层，都是信而有征，让你非跟着他走不行，剥到最后，露出核心，也就是得到结论，让你恍然大悟，原来如此，你没有法子不信服。寅恪先生考证不避琐细，但绝不是为考证而考证，小中见大，其中往往含着极大的问题。比如，他考证杨玉环是否以处女入宫。这个问题的确极猥琐，不登大雅之堂。无怪一个学者说：这太 trivial（微不足道）了。焉知寅恪先生是想研究李唐皇族的家风。在这个问题上，汉族与少数民族看法是不一样的。寅恪先生是从看似细微的问题入手，探讨民族问题和文化问题，由小及大，使自己的立论坚实可靠。看来这位说那样话的学者是根本不懂历史的。

在一次闲谈时，寅恪先生问我："《梁高僧传》卷二《佛图澄传》中载有铃铛的声音，'秀支替戾冈，仆谷劬秃当'是哪一种语言？"原文说是羯语，不知何所指？我到今天也回答不出来。由此可见寅恪先生读书之细心，注意之广泛。他学风谨严，在他的著作中到处可以给人以启发。读他的文章，简直是一种最高的享受。读到兴会淋漓时，真想浮一大白。

中德这两位大师有师徒关系，寅恪先生曾受学于吕德斯先生。这两位大师又同受战争之害。吕德斯生平致力于 Molānavarga 之研究，几十年来批注不断。"二战"时手稿被毁。寅恪师生平致力于读《世说新语》，几十年来眉注累累。日寇入侵，逃往云南，此书丢失于越南。假如这两部书能流传下来，对梵学、国学将是无比重要之贡献。然而先后毁失，为之奈何！

1999年7月30日

# 坐拥书城意未足

古今中外都有一些爱书如命的人。我愿意加入这一行列。

书能给人以知识，给人以智慧，给人以快乐，给人以希望。但也能给人带来麻烦，带来灾难。在"文化大革命"的年代里，我就以收藏封资修、大洋古书籍的罪名挨过批斗。1976年地震的时候，也有人警告我，我坐拥书城，夜里万一有什么情况，书城将会封锁我的出路。

批斗对我已成过眼云烟，那种万一的情况也没有发生，我"死不改悔"，爱书如故，至今藏书已经发展到填满了几间房子。除自己购买以外，赠送的书籍越来越多。我究竟有多少书，自己也说不清楚。比较起来，大概是相当多的。搞抗震加固的一位工人师傅就曾多次对我说：这样多的书，他过去没有见过。学校领导对我额外加以照顾，我如今已经有了几间真正的书斋，那种卧室、书斋、会客室三位一体的情况，那种"初极狭，才通人"的桃花源的情况，已经成为历史陈迹了。

有的年轻人看到我的书，瞪大了吃惊的眼睛问我："这些书你都看过吗？"我坦白承认，我只看过极少极少的一点。"那么，你要这么多书干吗呢？"这确实是难以回答的问题。我没有研究过藏书心理学，三言两语，我说不清楚。我相信，古今中外爱书如命者也不一定都能说清楚。即使说出原因来，恐怕也是五花八门的吧。

真正进行科学研究，我自己的书是远远不够的。也许我搞的这一行有点怪。我还没有发现全国任何图书馆能满足，哪怕是最低限度地满足我的需要。有的题目有时候由于缺书，进行不下去，只好让它搁浅。我抽屉里面就积压着不少这样搁浅的稿子。我有时候对朋友们开玩笑说："搞我们这一行，要想有一个满意的图书室简直比搞'四化'还要难。全国国民收入翻两番的时候，我们也未必真能翻身。"这绝非耸人听闻之谈，事实正是这样。同我搞的这一行有类似困难的，全国还有不少。这都怪我们过去底子太薄，新中国成立后虽然做了不少工作，但是一时积重难返。我现在只有寄希望于未来，发呼吁于同行。我们大家共同努力，日积月累，将来总有一天会彻底改变目前这情况的。古人说："前人种树，后人乘凉。"让我们大家都来当种树人吧。

1985年7月8日晨

# 我的书斋

最近身体不太好。内外夹攻，头绪纷繁，我这已届耄耋之年的神经有点吃不消了。于是下定决心，暂且封笔。乔福山同志打来电话，约我写点什么，我遵照自己的决心，婉转拒绝。但一听说题目是"我的书斋"，于我心有戚戚焉，立即精神振奋，暂停决心，拿起笔来。

我确实有个书斋，我十分喜爱我的书斋。这个书斋是相当大的，大小房间，加上过厅、厨房，还有封了顶的阳台，大大小小，共有八个单元。册数从来没有统计过，总有几万册吧。在北大教授中，"藏书状元"我恐怕是当之无愧的。而且在梵文和西文书籍中，有一些堪称海内孤本。我从来不以藏书家自命，然而坐拥如此大的书城，心里能不沾沾自喜吗？

我的藏书都像是我的朋友，而且是密友。我虽然对它们并不是每一本都认识，它们中的每一本却都认识我。我每一走进我的书斋，书籍们立即活跃起来，我仿佛能听到它们向我问好的声音，我仿佛能看到它们向我招手的情景。倘若有人问我，书籍的嘴在什么地方？而手又在什么地方呢？我只能说："你的根器太浅，努力修持吧。有朝一日，你会明白的。"

我兀坐在书城中，忘记了尘世的一切不愉快的事情，怡然自得。世界之广，宇宙之大，此时却仿佛只有我和我的书友存在。窗外潾潾碧水，丝丝垂柳，阳光照在玉兰花的肥大的绿叶子上，这都是我平常最喜爱的东西，现在也都视而不见了。连平常我喜欢听的鸟鸣声"光棍儿好过"，也听而不闻了。

我的书友每一本都蕴含着无量的智慧。我只读过其中的一小部分，这智慧我是能深深体会到的。没有读过的那一些，好像也不甘落后，它们不知道是施展一种什么神秘的力量，把自己的智慧放了出来，像波浪似的涌向我来。可惜我还没有修炼到能有"天眼通"和"天耳通"的水平，我还无法接受这些智慧之流。如果能接受的话，我将成为世界上古往今来最聪明的人。我自己也去努力修持吧。

我的书友有时候也让我窘态毕露。我并不是一个不爱清洁和秩序的人；但是，因为事情头绪太多，脑袋里考虑的学术问题和写作问题也不少，而且每天都收到大量的寄来的书籍和报纸杂志以及信件，转瞬之间就摞成一摞。在这样的情况下，如果我需要一本书，往往是遍寻不得，"只在此屋中，书深不知处"，急得满头大汗，也是枉然。只好到图书馆去借。等我把文章写好，把书送还图书馆后，无意之间，在一摞书中，竟找到了我原来要找的书，"得来全不费工夫"。然而晚了，工夫早已费过了。我啼笑皆非，无可奈何，等到用另外一本书时，再重演一次这出喜剧。我知道，我要寻找的书友，看到我急得那般模样，会大声给我打招呼的，但是喊破了嗓子，也无济于事，我还没有修持到能听懂书的语言的水平。我还要加倍努力去修持。我有信心，将来一定能获得真正的"天眼通"和"天耳通"，只要我想要哪一本书，那一本书就会自己报出所在之处，我一伸手，便可拿到，如探囊取物。这样一来，文思就会像泉水般地喷涌，我的笔变成了生花妙笔，写出来的文章会成为天下之至文。到了那时，我的书斋里会充满了没有声音的声音，布满了没有形象的形象。我同我的书友们能够自由地互通思想，交流感情。我的书斋会成为宇宙间第一神奇的书斋，岂不猗欤休哉！

　　我盼望有这样一个书斋。

1993年6月22日

# 推荐十种书

### 一、《红楼梦》

《红楼梦》是古今中外最优秀、最杰出的长篇小说。我不谈思想性，因为公说公有理，婆说婆有理，谁也说不清楚，谁也说服不了谁。我只谈艺术性。本书刻画人物达到了出神入化的境界。人物一开口，虽不见其人，但立刻就能知道是谁。在中外文学作品中，实无其匹。

### 二、《世说新语》

这也是一本奇书。当时清谈之风盛扇。但并不是今天的"侃大山"，而要出言必隽永有韵致，言简而意深，如食橄榄，回味无穷。有的话不能说明白，但一经说出，则听者会心，宛如当年灵山会上，世尊拈化，迦叶微笑。

### 三、《儒林外史》

本书是中国小说中的精品。结构奇特，好像是由一些短篇缀合而成。作者惜墨如金，描绘风光，刻画人物，三言两语，而自然景色和人物性格便跃然纸上。尤以讽刺见长，作者威仪俨然，不露笑容，讽刺的话则入木三分，令人忍俊不禁。

### 四、李义山诗

在中国诗中，我同曹雪芹正相反，最喜欢李义山诗。每个人欣赏的标准和对象，不能强求一律。义山诗辞藻华丽，声韵铿锵。有时候不知所言何意，但读来仍觉韵味飘逸，意象生动，有似西洋的 pure poetry（纯诗）。诗不一定都要求懂。诗的辞藻美和韵律美直接诉诸人的灵魂。汉诗还有一个字形美。

### 五、李后主的词

后主词只有短短几篇。他不用一个典故，但感情真挚，动人心魄。王国维说："后主则俨有释迦基督担荷人类罪恶之意。"言似夸大，我们不能这样要求后主，他也根本不是这样的人。中国历史上多一个励精图治的皇帝，没有多大分量。但是，如果缺一个后主，则中国文学史将成什么样子？

### 六、《史记》

《史记》是中国第一部通史。但此书真正意义不在史而在文。司马迁说："诟莫大于宫刑。"他满腔孤愤，发而为文，遂成《史记》。时至今日，不可一世的汉武帝，只留得"西风残照，汉家陵阙"，而《史记》则"光芒万丈长"。历史最是无情的。

## 七、陈寅恪《寒柳堂集》

## 八、陈寅恪《金明馆丛稿》

陈寅恪先生学贯中西，熔铸今古。他一方面继承和发展了中国乾嘉朴学大师的考据之学，另一方面又继承和发扬了西方近代考据之学，实又超出二者之上。他从不用僻书，而是在人人能读人人似能解的平常的典籍中，发现别人视而不见的问题，即他常说的"发古人之覆"。他这种本领达到了极高明的地步，如燃犀烛照，洞察幽微，为学者所折服。陈先生不仅是考据家，而且是思想家，他对中国文化的理解，实超过许多哲学家。

## 九、德国吕德斯的《印度语文学》（ *Philologica Indica* ）

在古今中外的学人中，我最服膺，影响我最深的，在中国是陈寅恪，在德国是吕德斯。后者也是考据圣手。什么问题一到他手中，便能鞭辟入里，如剥芭蕉，层层剥来，终至核心，所得结论，令人信服。我读他那些枯燥至极的考据文章，如读小说，成了最高的享受。

## 十、德国西克（E. Sieg）、西克灵（W. Siegling）和舒尔茨（W. Schulze）的《吐火罗语法》（ *Tocharische Grammatik* ）

吐火罗语是一种前所未知的新疆古代民族语言。考古学家发掘出来了一些残卷，字母基本上是能认识的，但是语言结构，则毫无所知。三位德国学者通力协作，经过了二三十年的日日夜夜，终于读通，而且用德国学者有名的"彻底性"写出了一部长达518页的皇皇巨著，成了世界学坛奇迹。

1993年5月29日

# 藏书与读书

有一个平凡的真理，直到耄耋之年，我才顿悟：中国是世界上最喜藏书和读书的国家。

什么叫书？我没有能力，也不愿意去下定义。我们姑且从孔老夫子谈起吧。他老人家读《易》，至于韦编三绝，可见用力之勤。当时还没有纸，文章是用漆写在竹简上面的，竹简用皮条拴起来，就成了书。翻起来很不方便，读起来也有困难。我国古时有一句话，叫作"学富五车"，说一个人肚子里有五车书，可见学问之大。这指的是用纸做成的书，如果是竹简，则五车也装不了多少部书。

后来发明了纸。这一来写书方便多了；但是还没有发明印刷术，藏书和读书都要用手抄，这当然也不容易。如果一个人抄的话，一辈子也抄不了多少书。可是这丝毫也阻挡不住藏书和读书者的热情。我们古籍中不知有多少藏书和读书的故事，也可以叫作佳话。我们浩如烟海的古籍，以及古籍中所寄托的文化之所以能够流传下来，历千年而不衰，我们不能不感谢这些爱藏书和读书的先民。

后来我们又发明了印刷术。有了纸，又能印刷，书籍流传方便多了。从这时起，古籍中关于藏书和读书的佳话，更多了起来。宋版、元版、明版的书籍被视为珍品。历代都有一些藏书家，什么绛云楼、天一阁、铁琴铜剑楼、海源阁等等，说也说不完。有的已经消失，有的至今仍在，为我们新社会的建设服务。我们不能不感激这些藏书的祖先。

至于专门读书的人，历代记载更多。也还有一些关于读书的佳话，什么囊萤映雪之类。有人做过试验，无论萤和雪都不能亮到让人能读书的程度，然而在这一则佳话中所蕴含的鼓励人们读书的热情则是大家都能感觉到的。还有一些鼓励人读书的话和描绘读书乐趣的诗句。"书中自有颜如玉"之类的话，是大家都熟悉的，说这种话的人的"活思想"是非常不高明的，不会得到大多数人的赞赏。至于"四时读书乐"一类的诗，也是大家所熟悉的。可惜我童而习之，至今老朽昏聩，只记住了一句"绿满窗前草不除"，这样的读书情趣也是颇能令人向往的。此外如"红袖添香夜读书"之类的读书情趣，代表另一种趣味。据鲁迅先生说，连大学问家刘半农也向往，可见确有动人之处了。"雪夜闭门读禁书"代表的情趣又自不同，又是"雪夜"，又是"闭门"，又是"禁书"，不是也颇有人向往吗？

这样藏书和读书的风气，其他国家不能说一点没有，但是据浅见所及，实在是远远不能同我国相比。因此我才悟出了"中国是世界上最爱藏书和读书的国家"这一条简明而意义深远的真理。中国古代光辉灿烂的文化有极大一部分是通过书籍传流下来的。到了今天，我们全体炎黄子孙如何对待这个问题，实际上是每个人都回避不掉的。我们必须认真继承这个在世界上比较突出的优秀传统，要读书，读好书。只有这样，我们才能上无愧于先民，下造福于子孙万代。

1991年7月5日

# 我和北大图书馆

我对北大图书馆有一种特殊的感情，这种感情潜伏在我的内心深处，从来没有明确地意识到过。最近图书馆的领导同志要我写一篇讲图书馆的文章，我连考虑都没有，立即一口答应。但我立刻感到有点吃惊。我现在事情还是非常多的，抽点时间，并非易事。为什么竟立即答应下来了呢？如果不是心中早就蕴藏着这样一种感情的话，能出现这种情况吗？

山有根，水有源，我这种感情的根源由来已久了。

1946 年，我从欧洲回国。去国将近十一年，在落叶满长安（长安街也）的深秋季节，又回到了北京。在北大工作，内心感情的波动是难以形容的：既兴奋，又寂寞；既愉快，又惆怅。然而我立刻就到了一个可以安身立命的地方，这就是北大图书馆。当时我单身住在红楼，我的办公室（东语系办公室）是在灰楼。图书馆就介乎其中。承当时图书馆的领导特别垂青，在图书馆里给了我一间研究室，在楼下左侧。窗外是到灰楼去的必由之路。经常有人走过，不能说是很清静。但是在图书馆这一面，却是清静异常。我的研究室左右，也都是教授研究室，当然室各有主，但是颇少见人来，所以走廊里静如古寺，真是念书写作的好地方。我能在奔波数万里、扰攘十几年，有时梦想得到一张一尺见方的书桌而渺不可得的情况下，居然有了一间窗明几净的研究室，简直如坐天堂，如享天福了。当时我真想咬一下自己的手，看一看自己是否是做梦。

研究室的真正要害还不在窗明几净——当然，这也是必要的——而在有没有足够的书。在这一点上，我也得到了意外的满足。图书馆的领导允许我从书库里提一部分必要的书，放在我的研究室里，供随时查用。我当时是东语系的主任，虽然系非常小，没有多少学生；但是，麻雀虽小，五脏俱全，仍然有一些会要开，一些公要办，所以也并不太闲。可是我一有机会，就遁入我的研究室去，"躲进小楼成一统"，这地方是我的天下。我一进屋，就能进入角色，潜心默读，坐拥书城，其乐实在是不足为外人道也。我回国以后，由于资料缺乏，在国外时的研究工作，无法进行，只能有多大碗，吃多少饭，找一些可以发挥自己的长处而又有利于国计民生的题目来进行研究。北大图书馆藏书甲全国大学。我需要的资料基本上能找得到，因此还能够写出一些东西来。如果换一个地方，我必如车辙中的鲋鱼那样，什么书也看不到，什么文章也写不出，不但学业上不能进步，长此以往，必将索我于鲍鱼之肆了。

作为全国最高学府的北京大学，我们有悠久的爱国主义的革命历史传统，有实事求是的学术传统，这些都是难能可贵的。但是，我认为，一个第一流的大学，必须有第一流的设备、第一流的图书、第一流的教师、第一流的学者和第一流的管理。五个第一流，缺一不可。我们北大可以说是具备这五个第一流的。因此，我们有充分的基础，可以来弘扬祖国的优秀文化，为我国"四化"建设培养德才兼备的人才，对外为祖国争光，对内为人民立功，仰不愧于天，俯不怍于地，充满信心地走向光辉的未来。在这五个第一流中，第一流的图书更显得特别突出。北大图书馆是全国大学图书馆的翘楚。这是世人之公言，非我一个之私言。我们为此应该感到骄傲，感到幸福。

但是，我们全校师生员工却不能躺在这个骄傲上、这个幸福上睡大觉。我们必须努力学习，努力工作，像爱护自己的眼球一样，爱护北大，爱护北大的一草一木、一山一石，爱护我们的图书馆。我们图书馆的藏书盈架充栋，然而我们应该知道，一部一册来之不易，一页一张得之维艰。我们全体北大人必须十分珍惜爱护。这样我们的图书馆才能有长久的生命，我们的骄傲与幸福才有坚实的基础。愿与全校同仁共勉之。

1991年11月6日

# 我和外国文学

要想谈我和外国文学，简直像"一部十七史，不知从何处谈起"。

我从小学时期起开始学习英文，年龄大概只有十岁吧。当时我还不大懂什么是文学，只朦朦胧胧地觉得外国文很好玩而已。记得当时学英文是课余的，时间是在晚上。现在留在我的记忆里的只是在夜课后，在黑暗中，走过一片种满了芍药花的花畦，紫色的芍药花同绿色的叶子化成了一个颜色，清香似乎扑入鼻官。从那以后，在几十年的漫长的岁月中，学习英文总同美丽的芍药花连在一起，成为美丽的回忆。

到了初中，英文继续学习。学校环境异常优美，紧靠大明湖，一条清溪流经校舍。到了夏天，杨柳参天，蝉声满园。后面又是百亩苇绿，十里荷香，简直是人间仙境。

我们的英文教员水平很高，我们写的作文，他很少改动，而是一笔勾销，自己重写一遍。用力之勤，可以想见。从那以后，我学习英文又同美丽的校园和一位古怪的老师连在一起，也算是美丽的回忆吧。

到了高中，自己已经十五六岁了，仍然继续学英文，又开始学了点德文。到了此时，才开始对外国文学发生兴趣。但是这个启发不是来自英文教员，而是来自国文教员。高中前两年，我上的是山东大学附设高中。国文教员王崑玉先生是桐城派古文作家，自己有文集。后来到山东大学做了讲师。我们学生写作文，当然都用文言文，而且尽量模仿桐城派的调子。不知怎么一来，我的作文竟受到他的垂青。什么"亦简劲，亦畅达"之类的评语常常见到，这对于我是极大的鼓励。高中最后一年，我上的是山东济南省立高中。经过了五卅惨案，学校地址变了，空气也变了，国文老师换成了董秋芳（冬芬）、夏莱蒂、胡也频等等，都是有名的作家。胡也频先生只教了几个月，就被国民党通缉，逃到上海，不久就壮烈牺牲。以后是董秋芳先生教我们。他是北大英文系毕业，曾翻译过一本短篇小说集《争自由的波浪》，鲁迅写了序言。他同鲁迅通过信，通信全文都收在《鲁迅全集》中。他虽然教国文，却是外国文学出身，在教学中自然会讲到外国文学的。我此时写作文都改用白话，不知怎么一来，我的作文又受到董老师的垂青。他对我大加赞誉，在一次作文的评语中，他写道，我同另一个同级王峻岭（后来入北大数学系）是全班、全校之冠。这对一个十七八岁的青年来说，更是极大的鼓励。从那以后，虽然我思想还有过波动，也只能算是小插曲。我学习文学，其中当然也有外国文学的决心，就算是确定下来了。

在这时期，我曾从日本东京丸善书店订购过几本外国文学的书。其中一本是英国作者吉卜林的短篇小说。我曾着手翻译过其中的一篇，似乎没有译完。当时一本洋书值几块大洋，够我一个月的饭钱。我节衣缩食，存下几块钱，写信到日本去订书，书到了，又要跋涉十几里路到商埠去"代金引换"。看到新书，有如贾宝玉得到通灵宝玉，心中的愉快，无法形容。总之，我的兴趣已经确定，这也就确定了我以后学习和研究的方向。

考上清华以后，在选择系科的时候，不知是由于什么原因，我曾经一阵心血来潮，想改学数学或者经济。要知道我高中读的是文科，几乎没有学过数学。入学考试数学分数不到十分。这样的成绩想学数学岂非滑天下之大稽！愿望当然落空。一度冲动之后，我的心情立即平静下来，还是老老实实，安分守己，学外国文学吧。

清华大学西洋文学系，实际上是以英国文学为主，教授不管是哪一国人，都用英语讲授。但是又有一个古怪的规定：学习英、德、法三种语言中任何一种，从一年级学到四年级，就叫什么语的专门化。德文和法文从字母学起，而大一的英文一上来就念 J. 奥斯丁的《傲慢与偏见》，可见英文的专门化同法文和德文的专门化，完全是不可同日而语的。四年的课程有文艺复兴文学、中世纪文学、现代长篇小说、莎士比亚、欧洲文学史、中西诗之比较、英国浪漫诗人、中古英文、文学批评等等。教大一英文的是叶公超，后来当了国民政府的外交部部长。教大二的是毕莲（Miss Bille），教现代长篇小说的是吴可读（英国人），教东西诗之比较的是吴宓，教中世纪文学的是吴可读，教文艺复兴文学的是温特（Winter），教欧洲文学史的是翟孟生（Jameson），教法文的是 Holland 小姐，教德文的是杨丙辰、艾克（Ecke）、石坦安（Von den Steinen）。这些外国教授的水平都不怎么样，看来都不是正途出身，有点野狐谈禅的味道。费了四年的时间，收获甚微。我还选了一些其他的课，像朱光潜的文艺心理学，陈寅恪的佛经翻译文学，朱自清的陶渊明诗，等等，也曾旁听过郑振铎和谢冰心的课。这些课程水平都高，至今让我忆念难忘的还是这一些课程，而不是上面提到的那一些"正课"。

从上面的选课中可以看出，我在清华大学四年，兴趣是相当广的，语言、文学、历史、宗教几乎都涉及了。我是德文专门化的学生，从大一德文，一直念到大四德文，最后写论文还是用英文，题目是"The Early Poems of Hölderlin"（荷尔德林的早期诗歌），指导教师是艾克。内容已经记不清楚，大概水平是不高的。在这期间，除了写作散文以外，我还翻译了德莱塞的《旧世纪还在新的时候》，屠格涅夫的《玫瑰是多么美丽，多么新鲜呵……》，史密斯（Smith）的《蔷薇》，杰克逊（H. Jackson）的《代替一篇春歌》，马奎斯（D. Marquis）的《守财奴自传序》，索洛古勃（Sologub）的一些作品，荷尔德林的一些诗，其中《玫瑰是多么美丽，多么新鲜呵……》《代替一篇春歌》《蔷薇》等几篇发表了，其余的大概都没有刊出，连稿子现在都没有了。

此时我的兴趣集中在西方的所谓"纯诗"上，但是也有分歧。纯诗主张废弃韵律，我则主张诗歌必须有韵律，否则叫任何什么名称都行，只是不必叫诗。泰戈尔是主张废除韵律的，他的道理并没有能说服我。我最喜欢的诗人是法国的魏尔兰、马拉梅和比利时的维尔哈伦等。魏尔兰主张：首先是音乐，其次是明朗与朦胧相结合。这符合我的口味。但是我反对现在的所谓"朦胧诗"。我总怀疑这是"英雄欺人"，以艰深文浅陋。文学艺术都必须要人了解，如果只有作者一个人了解（其实他自己也不见得就了解），那何必要文学艺术呢？此外，我还喜欢英国的所谓"形而上学诗"。在中国，我喜欢的是六朝骈文，唐代的李义山、李贺，宋代的姜白石、吴文英，都是唯美的，讲求辞藻华丽的。这个嗜好至今仍在。

在这四年期间，我同吴雨僧（宓）先生接触比较多。他主编天津《大公报》的一个副刊，我有时候写点书评之类的文章给他发表。我曾到燕京大学夜访郑振铎先生，同叶公超先生也有接触，他教我们英文，喜欢英国散文，正投我所好。我写散文，也翻译散文。曾有一篇《年》发表在与叶有关的《学文》上，受到他的鼓励，也碰过他的钉子。我常常同几个同班访问雨僧先生的藤影荷声之馆。有名的水木清华之匾就挂在工字厅后面。我也曾在月夜绕过工字厅走到学校西部的荷塘小径上散步，亲自领略朱自清先生《荷塘月色》描绘的那种如梦如幻的仙境。

我在清华时就已开始对梵文发生兴趣。旁听陈寅恪先生的佛经翻译文学更加深了我的兴趣。但由于当时没有人教梵文，所以空有这个愿望而不能实现。1935年深秋，我到了德国哥廷根，才开始从瓦尔德施米特教授（Prof. Waldschmidt）学习梵文和巴利文。后又从西克教授（Prof. Sieg）学习吠陀和吐火罗文。梵文文学作品只在授课时作为语言教材来学习。第二次世界大战爆发，瓦尔德施米特被征从军，西克以耄耋之年出来代他授课。这位年老的老师亲切和蔼，恨不能把自己的一切学问和盘托出来，教给我这个异域的青年。他先后教了我吠陀、《大疏》、吐火罗语。在文学方面，他教了我比较困难的檀丁的《十王子传》。这一部用艺术诗写成的小说实在非常古怪。开头一个复合词长达三行，把一个需要一章来描写的场面细致地描绘出来了。我回国以后之所以翻译《十王子传》，基因就是这样形成的。当时我主要是研究混合梵文，没有余暇来搞梵文文学，好像是也没有兴趣。在德国十年，没有翻译过一篇梵文文学著作，也没有写过一篇论梵文文学的文章。现在回想起来，也似乎从来没有想到要研究梵文文学。我的兴趣完完全全转移到语言方面，转移到吐火罗文方面去了。

1946年回国，我到北大来工作。我兴趣最大、用力最勤的佛教梵文和吐火罗文的研究，由于缺少起码的资料，已无法进行。我当时有一句口号，叫作："有多大碗，吃多少饭。"意思是说，国内有什么资料，我就做什么研究工作。巧妇难为无米之炊。不管我多么不甘心，也只能这样了。我就是在这种情况下来翻译文学作品的。新中国成立初期，我翻译了德国女小说家安娜·西格斯的短篇小说。西格斯的小说，我非常喜欢。她以女性特有的异常细致的笔触，描绘反法西斯的斗争，实在是优秀的短篇小说家。以后我又翻译了迦梨陀娑的《沙恭达罗》和《优哩婆湿》，翻译了《五卷书》和一些零零碎碎的《佛本生故事》等。直至此时，我还并没有立志专门研究外国文学。我用力最勤的还是中印文化关系史和印度佛教史。我努力看书，积累资料。20世纪50年代，我曾想写一部《唐代中印关系史》，提纲都已写成，可惜因循未果。"十年浩劫"中，资料被抄，丢了一些，还留下了一些，我已兴趣索然了。在浩劫之后，我自忖已被打倒在地，命运是永世不得翻身。但我又不甘心无所事事，白白浪费人民的小米，想找一件能占住自己的身心而又能旷日持久的翻译工作，从来也没想到出版问题。我选择的结果就是印度大史诗《罗摩衍那》。大概从 1973 年开始，在看门房、守电话之余，着手翻译。我一定要译文押韵。但有时候找一个适当的韵脚又异常困难，我就坐在门房里，看着外面来来往往的人，大半都不认识，只见眼前人影历乱，我脑海里却想的是韵脚。下班时要走四十分钟才能到家，路上我仍搜索枯肠，寻求韵脚，以此自乐，实不足为外人道也。

上面我谈了六十年来我和外国文学打交道的经过。原来不知从何处谈起，可是一谈，竟然也谈出了不少的东西。记得什么人说过，只要塞给你一支笔，几张纸，出上一个题目，你必然能写出东西来。我现在竟成了佐证。可是要说写得好，那可就不见得了。

究竟怎样评价我这六十年中对外国文学的兴趣和所表现出来的成绩呢？我现在谈一谈别人的评价。1980 年，我访问联邦德国，同分别了将近四十年的老师瓦尔德施米特教授会面，心中的喜悦之情可以想见。那时期，我翻译的《罗摩衍那》才出了一本。我就带了去送给老师。我万没有想到，他板起脸来，很严肃地说："我们是搞佛教研究的，你怎么弄起这个来了！"我了解老师的心情，他是希望我在佛教研究方面能多做出些成绩。但是他哪里能了解我的处境呢？我一无情报，二无资料，我是不得已而为之的。只是到了最近五六年，我两次访问联邦德国，两次访问日本，同外国的渠道逐渐打通，同外国同行通信、互赠著作，才有了一些条件，从事我那有关原始佛教语言的研究，然而人已垂垂老矣。

前几天，我刚从日本回来。在东京时，以东京大学名誉教授中村元博士为首的一些日本学者为我布置了一次演讲会。我讲的题目是"和平和文化"。在致开幕词时，中村元把我送给他的八大本汉译《罗摩衍那》提到会上，向大家展示。他大肆吹嘘了一通，说什么世界名著《罗摩衍那》外文译本完整的，在过去一百多年内只有英文，汉文译本是第二个全译本，有重要意义。日本、美国、苏联等国都有人在翻译，汉译本对日本译本会有极大的鼓励作用和参考作用。

中村元教授同瓦尔德施米特教授的评价完全相反。但是我决不由于瓦尔德施米特的评价而沮丧，也决不由于中村元的评价而发昏。我认识到翻译这本书的价值，也认识到自己工作的不足。由于别的研究工作过多，今后这样大规模的翻译工作大概不会再干了。难道我和外国文学的缘分就从此终结了吗？决不是的。我目前考虑的有两件工作：一是翻译一点《梨俱吠陀》的抒情诗，这方面的介绍还很不够；二是读一点古代印度文艺理论的书。我深知外国文学在我们国家精神文明建设中的重要性，也深知我们研究的深度和广度都有待于大大地提高。不管我其他工作多么多，我的兴趣多么杂，我决不会离开外国文学这一块阵地的，永远也不会离开。

1986年5月31日

# 漫谈散文

对于散文，我有偏爱，又有偏见。为什么有偏爱呢？我觉得在各种文学体裁中，散文最能得心应手，灵活圆通。而偏见又何来呢？我对散文的看法和写法不同于绝大多数的人而已。

我没有读过《文学概论》一类的书籍，我不知道，专家们怎样界定散文的内涵和外延。我个人觉得，"散文"这个词儿是颇为模糊的。最广义的散文，指与诗歌对立的一种不用韵又没有节奏的文体。再窄狭一点，就是指与骈文相对的，不用四六体的文体。更窄狭一点，就是指与随笔、小品文、杂文等名称混用的一种出现比较晚的文体。英文称这为"essay""familiar essay"，法文叫"essai"，德文是"essay"，显然是一个字。但是这些洋字也消除不了我的困惑。查一查字典，译法有多种。法国蒙田的

Essai，中国译为"随笔"；英国的 Familiar essay，译为"散文"，或"随笔"，或"小品文"。中国明末的公安派或竟陵派的散文，过去则多称之为"小品"。我堕入了五里雾中。

子曰："必也正名乎！"这个名，我正不了，我只好"王顾左右而言他"。中国是世界上散文第一大国，这绝不是"王婆卖瓜"，是必须承认的事实。在西欧和亚洲国家中，情况也有分歧。英国散文名家辈出，灿若列星。德国则相形见绌，散文家寥若晨星。印度古代，说理的散文是有的，抒情的则如凤毛麟角。世上万事万物有果必有因，这种情况的原因何在呢？我一时还说不清楚，只能说，这与民族性颇有关联。再进一步，我就词穷了。

这且不去管它，我只谈我们这个散文大国的情况，而且重点放在眼前的情况上。五四运动是中国近代史上的一件大事，在文学范围内，改文言为白话，也是中国文学史上的一件大事。七十多年以来，中国文学创作取得了长足的进步。但是，据我个人的看法，各种体裁间的发展是极不平衡的。小说，包括长篇、中篇和短篇以及戏剧，在形式上完全西化了。这是福？是祸？我还没见到有专家讨论过。我个人的看法是，现在的长篇小说的形式很难说较之中国古典长篇小说有什么优越之处。戏剧亦然，不必具论。至于新诗，我则认为是一个失败。至今人们对诗也没能找到一个形式。既然叫诗，则必有诗的形式，否则可另立专名，何必叫诗？在专家们眼中，我这种对诗的见解只能算是幼儿园的水平，太平淡低下了。然而我却认为，真理往往就存在于平淡低下中。你们那些恍兮惚兮高深玄妙的理论"只堪自怡悦"，对于我却是"只等秋风过耳边"了。

这些先不去讲它，只谈散文。简短截说，我认为五四运动以来中国文坛上最成功的是白话散文，个中原因并不难揣摩。中国有悠久雄厚的散文写作传统，所谓经、史、子、集四库中都有极为优秀的散文，为世界上任何国家所无法攀比。散文又没有固定的形式。于是作者如林，佳作如云，有如八仙过海，各显神通。旧日士子能背诵几十篇上百篇散文者，并非罕事，实如家常便饭。五四以后，只需将文言改为白话，或抒情，或叙事，稍有文采，便成佳作。窃以为，散文之所以能独步文坛，良有以也。

但是，白话散文的创作有没有问题呢？有的，或者甚至可以说，还不少。常读到一些散文家的论调，说什么："散文的诀窍就在一个'散'字。""散"字，松松散散之谓也。又有人说："随笔的关键就在一个'随'字。""随"者，随随便便之谓也。他们的意思非常清楚：写散文、随笔，可以随便写来，愿意怎样写，就怎样写。愿意下笔就下笔，愿意收住就收住。不用构思，不用推敲。有些作者自己有时也感到单调与贫乏，想弄点新鲜花样，但由于腹笥<sup>①</sup>贫瘠，读书不多，于是就生造词汇，生造句法，企图以标新立异来济自己的贫乏。结果往往是，虽然自我感觉良好，可是读者偏不买你的账，奈之何哉！读这样的散文，就好像吃掺上沙子的米饭，吐又吐不出，咽又咽不下，进退两难，啼笑皆非。你千万不要以为这样的文章没有市场。正相反，很多这样的文章堂而皇之地刊登在全国性的报刊上。我回天无力，只有徒唤奈何了。

要想追究产生这种现象的原因，也并不困难。世界上就有那么一些人，总想走捷径，总想少劳多获，甚至不劳而获。中国古代的散文，他们读得不多，甚至可能并不读；外国的优秀散文，同他们

① 笥（sì），盛饭或盛衣物的方形竹器。腹笥贫瘠，意指学识浅薄。

更是风马牛不相及。而自己又偏想出点风头，露一两手。于是就出现了上面提到的那样非驴非马的文章。

我在上面提到我对散文有偏见，又几次说到"优秀的散文"，我的用意何在呢？偏见就在"优秀"二字上。原来我心目中的优秀散文，不是最广义的散文，也不是"再窄狭一点"的散文，而是"更窄狭一点"的那一种。即使在这个更窄狭的范围内，我还有更窄狭的偏见。我认为，散文的精髓在于"真情"二字，这二字也可以分开来讲：真，就是真实，不能像小说那样生编硬造；情，就是要有抒情的成分。即使是叙事文，也必有点抒情的意味，平铺直叙者为我所不取。《史记》中许多《列传》，本来都是叙事的，但是在字里行间洋溢着一片悲愤之情，我称之为散文中的上品。贾谊的《过秦论》，苏东坡的《范增论》《留侯论》，等等，虽似无情可抒，然而却文采斐然，情即蕴涵其中，我也认为是散文上品。

这样的散文精品，我已经读了七十多年了，其中有很多篇我能够从头到尾地背诵。每一背诵，甚至仅背诵其中的片段，都能给我以绝大的美感享受。如饮佳茗，香留舌本；如对良友，意寄胸中。如果真有"三月不知肉味"的话，我即是也。从高中直到大学，我读了不少英国的散文佳品，文字不同，心态各异。但是，仔细玩味，中英又确有相通之处：写重大事件而不觉其重，状身边琐事而不觉其轻；娓娓动听，逸趣横生；读罢掩卷，韵味无穷。有很多很多值得我们学习借鉴之处。

至于六七十年来中国并世的散文作家，我也读了不少他们的作品。虽然笼统称之为"百花齐放"，其实有成就者何止百家。他们各有自己的特色，各有自己的风格，合在一起看，直如一个姹紫嫣红的大花园，给五四以后的中国文坛增添了无量光彩。留给我印象最深刻最鲜明的有鲁迅的沉郁雄浑，冰心的灵秀玲珑，朱自清的淳朴淡泊，沈从文的轻灵美妙，杨朔的镂金错彩，丰子恺的厚重平实，如此等等，不一而足。至于其余诸家，各有千秋，我不敢赞一词矣。

综观古今中外各名家的散文或随笔，既不见"散"，也不见"随"。它们多半是结构谨严之作，绝不是愿意怎样写就怎样写的轻率产品。蒙田的《随笔》，确给人以率意而行的印象。我个人认为，在思想内容方面，蒙田是极其深刻的；但在艺术性方面，他却是不足法的。与其说蒙田是一个散文家，不如说他是一个哲学家或思想家。

根据我个人多年的玩味和体会，我发现，中国古代优秀的散文家，没有哪一个是"散"的，是"随"的。正相反，他们大都是在"意匠惨淡经营中"，简练揣摩，煞费苦心，在文章的结构和语言的选用上，狠下功夫。文章写成后，读起来虽然如行云流水，自然天成，实际上其背后蕴藏着作者的一片匠心。空口无凭，有文为证。欧阳修的《醉翁亭记》是流传千古的名篇，脍炙人口，无人不晓。通篇用"也"字句，其苦心经营之迹，昭然可见。像这样的名篇还可以举出一些来，我现在不再列举，请读者自己去举一反三吧。

在文章的结构方面，最重要的是开头和结尾。在这一点上，诗文皆然，细心的读者不难自己去体会。而且我相信，他们都已经有了足够的体会了。要举例子，那真是不胜枚举。我只举几个大家熟知的。欧阳修的《相州昼锦堂记》开头几句话是："仕宦而至将相，富贵而归故乡，此人情之所荣，而今昔之所同也。"据一本古代笔记上的记载，原稿并没有。欧阳修经过了长时间的推敲考虑，把原稿派人送走。但他突然心血来潮，觉得还不够妥善，立即又派人快马加鞭，把原稿追了回来，加上了这几句话，然后再送走，心里才得到了安宁。由此可见，欧阳修是多么重视文章的开头。从这一件小事中，后之读者可以悟出很多写文章之法。这就绝非一件小事了。这几句话的诀窍何在呢？我个人觉得，这样的开头有雷霆万钧的势头，有笼罩全篇的力量，读者一开始读就感受到它的威力，有如高屋建瓴，再读下去，就一泻千里了。文章开头之重要，焉能小视哉！

这只不过是一个例子，不能篇篇如此。综观古人文章的开头，还能找出很多不同的类型。有的提纲挈领，如韩愈《原道》之"博爱之谓仁，行而宜之之谓义，由是而之焉之谓道，足乎己而无待于外之谓德"。有的平缓，如柳宗元的《小石城山记》之"自西山道口径北，逾黄茅岭而下，有二道"。有的陡峭，如杜牧《阿房宫赋》之"六王毕，四海一，蜀山兀，阿房出"。类型还多得很，不可能，也没有必要一一列举。读者如能仔细观察，仔细玩味，必有所得，这是完全可以肯定的。

谈到结尾，姑以诗为例，因为在诗歌中，结尾的重要性更明晰可辨。杜甫的《望岳》最后两句是："会当凌绝顶，一览众山小。"钱起的《省试湘灵鼓瑟》的最终两句是："曲终人不见，江上数峰青。"杜甫的《赠卫八处士》的最后两句是："明日隔山岳，世事两茫茫。"杜甫的《缚鸡行》的最后两句是："鸡虫得失无了时，注目寒江倚山阁。"这样的例子更是举不完的。诗文相通，散文的例子，读者可以自己去体会。之所以出现这种情况，原因并不难理解。在中国古代，抒情的文或诗，都贵在含蓄，贵在言有尽而意无穷，如食橄榄，贵在留有余味，在文章结尾处，把读者的心带向悠远，带向缥缈，带向一个无法言传的意境。我不敢说，每一篇文章，每一首诗，都是这样。但是，文章之作，其道多端；运用之妙，存乎一心。我上面讲的情况，是广大作者所刻意追求的，我对这一点是深信不疑的。

"你不是在宣扬八股吗？"我仿佛听到有人这样责难了。我敬谨答曰："是的，亲爱的先生！我正是在讲八股，而且是有意这样做的。"同世上的万事万物一样，八股也要一分为二的。从内容上来看，它是"代圣人立言"，陈腐枯燥，在所难免。这是毫不足法的。但是，从布局结构上来看，却颇有可取之处。它讲究逻辑，要求均衡，避免重复，禁绝拖拉。这是它的优点。有人讲，清代桐城派的文章曾经风靡一时，在结构布局方面曾受到八股文的影响。这个意见极有见地。如果今天中国文坛上的某一些散文作家——其实并不限于散文作家——学一点八股文，会对他们有好处的。

我在上面啰啰唆唆写了那么一大篇，其用意其实是颇为简单的。我只不过是根据自己六十来年的经验与体会，告诫大家：写散文虽然不能说是"难于上青天"，但也绝非轻而易行，应当经过一番磨炼，下过一番苦功，才能有所成，绝不可掉以轻心，率尔操觚①。

综观中国古代和现代的优秀散文，以及外国的优秀散文，篇篇风格不同。散文读者的爱好也会人人不同，我绝不敢要求人人都一样，那是根本不可能的。仅就我个人而论，我理想的散文是淳朴而不乏味，流利而不油滑，庄重而不板滞，典雅而不雕琢。我还认为，散文最忌平板。现在有一些作家的文章写得规规矩矩，没有任何语

---

① 觚（gū），一指古代一种盛酒的器具；二指古代写字用的木板。操觚，指写文章。率尔操觚，指轻率地写文章。

法错误，选入中小学语文课本中是毫无问题的。但是读起来总觉得平淡无味，是好的教材资料，却绝非好的文学作品。我个人觉得，文学最忌单调平板，必须有波涛起伏，曲折幽隐，才能有味。有时可以采用点文言辞藻，外国句法；也可以适当地加入一些俚语俗话，增添那么一点苦涩之味，以避免平淡无味。我甚至于想用谱乐谱的手法来写散文，围绕着一个主旋律，添上一些次要的旋律；主旋律可以多次出现，形式稍加改变，目的只想在复杂中见统一，在跌宕中见均衡，从而调动起读者的趣味，得到更深更高的美感享受。有这样有节奏有韵律的文字，再充之以真情实感，必能感人至深，这是我坚定的信念。

　　我知道，我这种意见绝不是每个作家都同意的。风格如人，各人有各人的风格，绝不能强求统一。因此，我才说：这是我的偏见。说"偏见"，是代他人立言。代他人立言，比代圣人立言还要困难。我自己则认为这是正见，否则我绝不会这样刺刺不休地来论证。我相信，大千世界，文章林林总总，争鸣何止百家！如蒙海涵，容我这个偏见也占一席之地，则我必将感激涕零之至矣。

1998年5月25日

# 我对散文的认识

　　我从小学起就爱上了散文这种文体。经过初中、高中，一直到大学，在国文课上，读的都是中国古代的散文。从先秦的庄子和孟子读起，经过了汉代的司马迁和贾谊等，南北朝时期的骈文和散文，唐初的四杰，以及以后的唐宋八大家，一直到明代的归有光，公安派和竟陵派的小品，最后是清代的桐城派的龚自珍等人的文章，没有读不到的。到了今天，时间已经过去了七八十年，《昭明文选》《古文观止》等书早已从我的书案上绝迹；可是，偶尔在有意与无意之间，还会背诵起整篇或整段的少年时读过的古文来。那种惨淡经营的结构，铿锵悦耳的节奏，恢宏诡奇的想象，深邃精密的思想，灵动活泼的文体，石破天惊的比喻，丰盈充沛的真情，品味不尽的神韵，所有这一切，都"润物细无声"似的流入我的灵府，使我精神为之抖擞，心情为之振奋，心旷神怡，消除烦闷，仿佛受到了一次净化，乐不可支了。

中国确实是世界散文大国。

可是，这一个彰明昭著的事实，最初我却视而不见，是经过了一段很长的时间，我才认识到的。

我在大学里读的是西洋文学系，对西方散文情有独钟，平日侈谈英国散文诸大家，旁及法国和美国。德国也是西方文学大国，诗歌、小说、戏剧，成绩斐然，而散文名家则寥若晨星。可见文学品种是与民族性有密切联系的。这一点好像还没有人明确地谈到过，我颇以为是憾事。

中国的民族性大概最宜于散文和诗歌。我在这里讲的散文是指有真情实感又具有高超的艺术性的散文，一般用散文写成的文字，不管思想性多么高，如果缺少真感情和文采，也算不上文学散文。在中国浩如烟海的典籍中，文学散文占有很大的比例。经部中有好散文，史部中更多，司马迁不就是公认的伟大的散文作家吗？子部中有好散文，孟子（有时归入经部）和庄子可为代表。集部中除了诗歌外，绝大部分都是散文。我没有做过细致的统计，在中国古代文献中，散文的分量肯定占绝对的优势。名篇佳作，辉耀千古，中国是世界散文大国，还有什么值得怀疑的地方吗？

20 世纪早期，中国爆发了一场文学革命，就是所谓的五四运动，举凡文学、艺术、哲学，以及政治、经济，无不蒙受其影响，而文学为尤甚，最显著的标志就是文言改白话，这是几千年文学史上一大剧变。新旧两派争论极为激烈，最后是白话统一了文坛，没有人再怀疑白话的能力了。

到了今天，五四运动已经过去了八十多年。在这一段漫长的时期内，评论五四运动的文章多如过江之鲫，至今未绝。但是，从各种不同的文体上评断其优劣成败者，愧我庸陋，尚未见到。我不是文学史家，对古代文学史和近现代文学史知之甚少。但是，常言道：一瓶醋不响，半瓶醋晃荡。我连半瓶也没有，却偏想晃荡一下。常言又道：抛砖引玉。我的意见连砖头都够不上，抛出去，用意不过是引起专家学者们的注意而已。

大家都知道，五四是中西文化碰撞的产物，结果是西方文化胜利了。专就文学而论，德国大诗人歌德晚年提出了"世界文学"这个想法。他究竟是怎样想的，我们并不完全清楚。事实是，随着西化在全世界的推进，欧美文学也一步一步地影响了全世界的文学创作。中国加入文学西化的行列相对来说是比较晚的，比印度晚得多。据我个人的看法，中国是从五四开始的，鲁迅的《狂人日记》可为代表。文学的世界化或者干脆说就是西化，其含义是什么呢？我认为，这主要表现在形式上，西方的文学创作形式，特别是小说和戏剧，几乎统一了全球，而其思想内涵和感情色彩，则仍然是民族的。这是轻易化不了的。

从小说来看，鲁迅以后的短篇小说，在形式上同欧美的毫无差异。唐代的传奇一直到清代《聊斋志异》等等的影响一点也没有了。茅盾和巴金以后的长篇小说，情况也一样，《水浒传》《西游记》《红楼梦》等等的痕迹一点也不见了。从戏剧来看，曹禺的名剧在形式上同易卜生有什么区别呢？在其中还能看到关汉卿的影子吗？

诗歌的情况有所不同。西方诗歌，同世界上其他国家的诗歌一样，形式是多种多样的。因此，很难说，西方的诗歌在形式上统一了世界。中国古代诗歌，形式虽然也比较多，但数目究竟有限。五四改写白话诗以后，形式如脱缰的野马，每个诗人都有自己的形式，每一首诗形式都可以不同。有的诗有韵律，有的诗则什么都没有，诗与非诗的界限难以划分。我不是诗人，本来对新诗不应当乱发表意见。但是，我是一个诗歌爱好者，旧诗能背上一两百篇。我虽然不会摇头晃脑而曼声吟咏之，读来也觉得神清气爽，心潮震荡。但新诗我却一首都没背过，而且是越读越乏味。到了今天，看到新诗，我就望望然而去之。我以一个谈禅的野狐的身份，感觉到，新诗还没有找到自己的形式。既然叫诗，必有诗的形式。虽然目前的新诗在形式方面有无限的自由性，但是诗歌是戴着枷锁的舞蹈，古今中外莫不如此。除掉枷锁，仅凭一点诗意——有时连诗意都没有——怎么能称之为诗呢？汉文是富于含蓄性和模糊性的语言，最适宜于诗歌创作，到了新诗，这些优点都不见了。总之，我认为，五四以后，在各种文体中，诗歌是最不成功的。

谈到散文，则情况完全相反。散文也没有固定的形式，所以，很难说，中国现代散文在形式上受了西方什么影响。在情调方面，在韵味方面，中国散文受点西方影响是难以避免的。但中国白话散文凭借的是丰厚的几千年的优异传统。恐怕20世纪的散文家都或多或少地读过古文，受到古代散文的熏陶。在谋篇布局，遣词造句方面，不会不受到古代散文的影响。古代优秀的散文名篇没有哪一篇不是惨淡经营的结果。这一点也会影响当今的散文作家。总之，20世纪的中国散文，上承几千年的遗绪，含英咀华，吸萃扬芬，吞吐百家，熔铸古今，是五四运动以来最成功的文体。

天津百花文艺出版社，是以专出散文作品蜚声于中国文坛的。

现在又推出谢冕教授主编的、范希文先生襄助遴选的《百年百篇文学经典·散文卷》，可谓锦上添花。谢冕教授是著名的文艺批评家，自己又是诗人，以这双重身份推出的散文精选，必有极其精到之处，可预卜也。我相信，这样一本书会对本来是中国文学创作强项的散文创作，起激浊扬清的作用，使我们的散文创作更上一层楼，在世界文坛上发出新的更耀眼的光芒。

2000年10月14日

（本文原为《百年百篇文学经典·散文卷》序）

# 散文的两大类

当年在清华大学读书时，听过叶公超先生所开的"英国散文"课，读了那些清秀隽永、篇幅不长而韵味无穷的英国散文，大为欣赏。想到中国古人说："临渊羡鱼，不如退而结网。"我也想"退而结网"，但却不知道这一张网如何去结。

后来，自己年岁长了几年，识见开阔了一点，我憬然顿悟：自己从小就读的那一些唐宋八大家以及其他家的古文，不就是极其优美的散文吗？远在天边，近在眼前，自己舍近而求远，成为一个典型的迂夫子。

我对散文有偏爱，也有偏见。我认为，散文可以分为两大类：广义的与狭义的。广义的散文就是与诗歌相对立的那种文体。狭义的散文则是接近英国人所说的 familiar essay，是以抒情和叙事为主的，叙事也不是干巴巴的事实排列，也必须贯之以抒情。至于议论文，有文采的可以归入我心目中狭义的散文内，报纸上的社论和各种形式的报告等等，则只能纳入广义的散文中，与我所欣赏的抒情散文不能同日而语了。

在中国流行的书籍分类法"四库"或"四部"中，经部几乎全是广义的散文，狭义的极少。在史部中，除了司马迁的《史记》外，其余几乎都要归入广义的散文。司马迁由于受到了极残酷的刑罚，满腹愤懑，一一倾之于《史记》中，虽系叙述历史事实，感情却流溢于字里行间，成为千古绝唱，其余史籍，间亦有文采灿然者，然而绝大多数只能纳入广义的散文中。子部，除了少数几种外，绝大部分都属于狭义的散文。集部，除了诗唱外，都可以归入狭义的散文中。总之，无论是从数量上来看，还是从质量上来看，中国都是世界散文，特别是狭义的散文的大国。我用不着亲自结网，一张巨大的网已经摆在我的眼前了。

在欧洲，狭义的散文发展是极不平衡的。英国一向是此道大国，谁也无法否认。名家辈出，灿如列星，照亮了英美、欧洲以及世界文坛。德国则极少。法国，除了著名的蒙田外，真正的狭义的散文家较德国为多，而远远比不上英国。这是我个人观察归纳的现象，至于产生这个现象的原因，我目前还没有办法来解释。

我为什么对这样抒情叙事的散文情有独钟呢？这可能与个人的审美情趣有关，但是也不尽然。我觉得，一个作者，情与境遇，真情发乎内心，汹涌回荡，必抒之以文字而后已。这样写出来的散文，能提高读者的精神境界，陶冶读者的性灵，使读者能得到美感享受，用现在的话来说，就是能提高读者的人文素质。其作用与诗歌正等。但是，现在诗歌已受到人们的青睐，由名家学者选出了一些脍炙人口的古代诗篇，供中小学生朗读背诵之用，受到了人们普遍的欢迎。遗憾的是，我们这个散文大国千百年来普遍传诵的散文，虽然过去已有不少的选本，如《古文观止》之类，现在还没有受到人们应有的注意和重视，这个课必须尽快补上。

我们现在这一部散文大系，由于篇幅过多，不可能让读者篇篇背诵。但是，背诵散文，同背诵诗歌一样，是中国几千年来传统教育方式的内容之一。这个优秀的传统我们必须继承下来。目前我能够想到的办法有二：在本书的基础上由老师或家长选出一二百篇多年传诵的名篇，让中小学生背诵，大学生如果缺这一课，也必须补上。第二个办法就是，由出版社出面邀请著名的专家学者，也以本书为基础，选出一二百篇文章，加出注释，编定出版。编选散文，同编选诗歌一样，都属于"及时雨"的范畴，切望普天下有识之士不要等闲视之。

1999年8月4日

（本文原为《中国历代名家散文大系》序）

# 中国散文与世界散文

自从有了文学史以来，散文就好像是受到了歧视。一般人谈论起文学类别来，也往往只谈诗歌、小说、戏剧这"老三样"。即使谈到散文，也令人有"敬陪末座"之感。

这是非常不公平的，然而有其原因。

一般讲到散文的应用，不外抒情与叙事两端。抒情接近诗歌，而叙事则邻近小说。散文于是就成了动物中的蝙蝠，亦鸟亦兽，非鸟非兽。在文学大家庭中，仿佛成了童养媳，难乎其为文矣。

不管是抒情，还是叙事，散文的真精神在于真实。抒情要真挚动人而又不弄玄虚；叙事不容虚构而又要有文采，有神韵。可是有一些人往往是为了消遣而读书。文学作品真实与否，在所不计。即使是胡编乱侃，只要情节动人，能触他们灵魂深处的某一个并不高明的部位，使他们能够得到一点也并不高明的快感，不用费脑筋，而又能获得他们认为的精神享受，在工作之余，在飞机上，在火车中，一卷在手，其乐融融，阅毕丢掉，四大皆空。

散文担当不了这个差使。于是受到歧视。

倘若把文学分为阳春白雪与下里巴人的话，散文接近阳春白雪。真要欣赏散文，需要一定的基础，一定的艺术修养。虽然用不着焚香静坐，也要有一定的环境。车上，机上，厕上，不是适宜的环境。

你是不是想把散文重新塞进象牙之塔，使它成为小摆设，脱离广大的群众呢？敬谨答曰：否。我只是想说，文学作品都要能给读者一点美感享受。否则文学作品就会失去它的社会意义。但是，美感享受在层次上是不尽相同的。散文给予的美感享受应该说是比较高级的美感享受，是真正的美感享受。它能提高人的精神境界，洗涤人的灵魂。像古希腊的悲剧，它能使人"净化"；但这是一种性质完全不同的净化。

写到这里，我必须谈一谈一个对散文来说是非常重要的问题：身边琐事问题。在中国文学史上，一直到近现代，最能感动人的散文往往写的都是身边琐事。即以本书而论，入选的中国散文中有《陈情表》《兰亭集序》《桃花源记》《别赋》《三峡》《春夜宴诸从弟桃李园序》《祭十二郎文》《陋室铭》《钴鉧潭西小丘记》《醉翁亭记》《秋声赋》《前赤壁赋》《黄州快哉亭记》等等宋以前的散文名篇，哪一篇不真挚动人，感人肺腑？又哪一篇写的不是身边琐事或个人的一点即兴的感触？我们只能得到这样一个结论：只有真实地写真实的身边琐事，才能真正拨动千千万万平常人的心弦，才能净化他们的灵魂。宇宙大事，世界大事，国家大事当然能震撼人心。然而写这些东西，如果掌握不好，往往容易流于假、大、空、废"四话"。四话一出，真情必隐，又焉能期望这样的文章能感动人呢？

在这一点上，外国的散文也同中国一样。只要读一读本书中所选的外国作家的散文，就能够一目了然，身边琐事和个人一点见景生情而萌生的小小的感触，在这些散文中也占重要的地位，我就不再细谈了。

谈到外国散文，我想讲一个有趣的现象。在世界上许多国家，特别是那几个文化大国中，文学创作都是非常繁荣昌盛的，诗歌、小说和戏剧的创作都比较平衡。一谈到散文，则不尽如此。有的国家散文创作异常发达，有的国家则比较差，其间的差距是非常令人吃惊的。比如，英国是散文大国，这一点是大家都承认的。这里的散文大家灿若列星，一举就能举出一连串的光辉的名字。法国次之，而德国则几乎找不出一个专以散文名家的大家。原因何在呢？实在值得人们仔细思考而且探讨。

曾经有很长一段时间，我认为英国是世界上唯一的，至少是最大的散文大国。我在大学里读的是西洋文学。教我们英国散文的是后来当了台湾"外交部"部长的一位教授。他把英国散文说得天花乱坠。我读了一些，也觉得确实不错。遥想英国人坐在壁炉前侃天说地的情景，娓娓而谈，妙趣横生，真不禁神往。愧我愚鲁，感觉迟钝，一直到很晚的时候，我才憬然顿悟：远在天边，近在眼前，世界上真正的散文大国其实就是中国。在"经"中间有好散文，在"史"和"子"中，绝妙的散文就更多。在"集"中，除了诗歌以外，几乎都是散文。因此，无论从质上，还是从量上，以及从历史悠久上来看，中国都是当之无愧的世界第一。事情难道不是这个样子吗？

我还想从另外一个角度上来说明中国散文的优越性。自从五四倡导新文学以来，我们已经取得了辉煌的成就，诗歌、小说、戏剧、散文四管齐下，各有独特的成绩。有人提出了一个问题：这四个方面，哪一方面成就最大？言人人殊，不足为怪。我不讨论这个论争。但是有人说，四者中成就最大的是散文。我不评论这个看法的是非曲直；但是我觉得，这种看法是非常深刻、很有启发性的。专就形式而论，诗歌模仿西方是尽人皆知的事实，而小说，不管是长篇还是短篇，哪里有一点《三国》《水浒传》《红楼梦》和唐代传奇、《今古奇观》《聊斋》等的影子？它们已经"全盘西化"了。至于戏剧，把中国戏剧置于易卜生等的戏剧之中，从形式上来看，还有一点关汉卿等等的影子吗？我不反对"西化"，我只是指出这个事实。至于散文，则很难说它受到了多少西方影响，它基本是中国的。我个人认为，这同中国是世界最大的散文国家这个事实，有密切关系。如果在这个意义上来说中国现代散文成就最大，难道还能有什么理由来批驳吗？

既然把散文摆上了这样高、这样特殊的位置，散文，特别是中国散文的特点究竟何在呢？有人说，散文的特点就在一个"散"字，散文要松松散散。愿意怎样写，就怎样写；愿意写到什么地方，就写到什么地方。率意而行，一片天机，挥洒自如，如天马行空。何等潇洒！何等自如！我对这种说法是有怀疑的。如果不是英雄欺人，就是完全外行。现在确实有些散文确实"散"了，但是散得像中小学生的作文。这样的东西也居然皇皇然刊登在杂志上，我极不理解。听说，英国现代个别作家坐在咖啡馆里，灵感忽然飞来，于是拿起电话，自己口述，对方的秘书笔录，于是一篇绝妙文章就此出笼。

这是否是事实，我不敢说。反正从中国过去的一些笔记中看到的情况与此截然相反。一些散文大家，一些散文名篇，都是在长期锻炼修养的基础上，又在"意匠惨淡经营中"的情况下，千锤百炼写出来的。尽管有的文章看起来如行云流水，舒卷自如，一点费力的痕迹都没有，背后隐藏着多么大的劳动，只有作者和会心人了解，实不足为外人道也。

以上就是我对中国散文和世界散文的一点肤浅的看法。我自己当然认为是正确的，否则就不会写出来。至于究竟如何，这要由读者来判断了。

因为自己不在坛上，对文坛上的情况不甚了了。风闻现在散文又走俏了。遂听之下，不禁狂喜，受了多年歧视的散文，现在忽然否极泰来，焉得不喜！而读者也大概对那些秘闻逸事，小道新闻，政坛艺坛文坛上的明星们的韵事感到腻味了。这是读者水平提高的表现，我又焉得不喜！

在这样出书难卖书难的十分严峻的环境中，江苏文艺出版社竟毅然出版这样一部规模空前的散文精华。对于这样的眼光与魄力，任何人也不会吝惜自己的赞扬。这篇序文本来是请冯至先生写的。他是写这篇序文的最适宜的人选。可惜天不假年，序写未半，遽归道山。蒙编选同志和姚平垂青，让我来承担这个任务，完成君培先生未竟之业，自愧庸陋，既感光荣与惶恐；哲人其萎，又觉凄凉与寂寞。掷笔长叹，不禁悲从中来。

1993年5月5日

（本文原为《世界散文精华》序）

# 1994 年我常读的一本书

## ——《陈寅恪诗集》

　　陈先生的诗艺术性极高，但不易懂。我特别喜欢他说的：中国文化之定义，具于《白虎通》三纲六纪之说。这里讲的实际上是处理九个方面的关系：国家与人民、父子、夫妇、父亲的兄弟、自己的兄弟、族人、母亲的兄弟、师长和朋友。这些关系处理好，国家自然会安定团结。这正是我们目前所最需要的。

1994年12月29日

# 读朱自清《背影》

这几乎是一篇家喻户晓的名篇，自来论之者众矣。但是，我总觉得，还有许多话要说，所以写了这一篇短文。

从艺术性来看，这篇文章朴素无华，语言淳朴自然，毫无矫揉造作之处。这是朱自清先生一贯的文风，实际上用不着再多费笔墨，众多的评论家，在这一点上，意见几乎是完全一致的。

至于思想性，则可说的话就非常非常多了。我个人认为，有一些十分重要的话，过去并没有人说过，不能不影响对这一名篇的欣赏。

要想真正理解这一篇文章的含义，不能不从中华民族的文化、中华民族的历史谈起。什么是中华文化的精义呢？几乎言人人殊，论点多如牛毛。但我认为，都没有说到点子上。先师陈寅恪先生在《王观堂先生挽词》的《序》

中说："吾中国文化之定义，见于《白虎通》三纲六纪之说，其意义为抽象理想最高之境，犹希腊柏拉图所谓 idea 者。"《白虎通》的"三纲"指的是君臣、父子、夫妇，"六纪"指的是诸父、兄弟、族人、诸舅、师长、朋友。这些话今天看来未免有点迂腐，也不能说其中没有糟粕，比如"夫为妇纲"之类。至于君臣，今天根本没有了，但是国家与人民却差堪比拟。总之，我们应取其精髓，不能拘泥于字面。

无独有偶，我偶然读到香港著名学者饶宗颐教授的一篇访问记。饶先生说："中国文化所以能延绵数千年，仍有如此凝聚力量，实乃受两个因素所驱使，一是文字，二是纲纪，即礼也。依我多年所悟，中华文化的特点，是在儒家思想中的'礼'，是处理人际关系的学问，这个关系就建立在道德的基础上，要明是非，方能取得'和'，所以《论语》说：'礼之用，和为贵。'"

饶先生的意见同陈先生几乎是完全一致的。这两位哲人实在可以说是"英雄所见略同"。今天，人们在国内讲"安定团结"，在国际上我们主张和平，讲"和为贵"。人际关系和国际关系，都需要一定道德伦理的制约，纲纪就是制约的手段。没有这个手段，则国将大乱，国际间也不会安宁。打一个简单明了的比方，纲纪犹如大街上的红绿灯。试思：如果大街上没有了红绿灯，情况将会何等混乱，不是一想就明白吗？

我仿佛听到有人提抗议了：你扯这么远，讲这样一些大道理，究竟想干什么呢？

我并没有走题，而且是紧紧地扣住了题，《背影》表现的就正是三纲之一的父子这一纲的真精神。中国一向主张父慈子孝。在社会上，孝是一种美德。在历史上，不知道有多少皇帝标榜"以孝治天下"。然而，在西方呢？拿英文来说，根本就没有一个与汉文"孝"字相当的单词，要想翻译中国的"孝"字，必须绕一个弯子，译作 filial piety，直译就是"子女的虔诚"。你看啰唆不啰唆！

这一字之差，有人或许说这是一件小事。然而，据我看，这却是一件大事，明确地说明了东西方社会伦理道德之不同。我只说我们的好，不说别人的坏。西方当然也有制约社会活动求得安定的办法，否则社会将不成为社会了。我们中国办法就是利用几千年传下来的文化，特别是其中的精义纲纪的学说来调整人际关系，人际关系得到调整，则社会安定也就有了保障。再济之以法，那么天下就可以太平了。

我觉得，读朱自清先生的《背影》，就应该把眼光放远，远到齐家、治国、平天下。然后才能真正体会到这篇名文所蕴含的真精神。若只拘泥于欣赏真挚感人的父子之情，则眼光就未免太短浅了。

1995年2月21日

# 我读《蒙田随笔》

译林出版社准备出版《蒙田随笔全集》，征序于我。我没有怎样考虑，就答应了下来。原因似乎颇为微妙，看似简单，实极曲折。首先是韩沪麟先生来我家，是孟华女士陪来。我对孟华一向是深信不疑，她决不会随随便便陪等闲之辈到我家来的。因此我非答应不行。其次我对蒙田还算是熟悉的，只是由于我个人研究方向的转变，同蒙田已经久违久违了。现在一旦提起，似乎有话要说，所以就答应了。

万没有想到，这第二条理由却使我尝到了一点不大不小的苦头：原以为自己真有话可说，等到拿起笔来，心中却空空如也。我现在是"马行在夹道内，难以回头"了，不说也得说了。但是，倒三不着两，随便扯几句淡，勉强凑成一篇序八股，也并不难。可这不是我的作风，这样既对不起出版社，也对不起读者，而且也对不起自己。

我眼前只有一条路可走，那就是，重读原作。当年我当学生时，梁宗岱先生翻译的《蒙田试笔》，我曾读过，至今虽已年深日久，但依稀印象犹存。现在又把韩沪麟先生寄来的校样拿过来，翻看了其中的若干篇。我没有全读，现在从实招供，旧印象加上新阅读，自己觉得现在说话有了些根据，"莫怪气粗言语壮"，我已经有了点资本了。

我觉得，读这一部书，首先必须读《致读者》这一篇短文。蒙田说：

读者，这是一本真诚的书。我一上来就要提醒你，我写这本书纯粹是为了我的家庭和我个人，丝毫没考虑要对你有用，也没想赢得荣誉，这是我力所不能及的。

下面他又说：

读者，我自己是这部书的材料：你不应该把闲暇浪费在这样一部毫无价值的书上！再见！

蒙田说这是一本真诚的书，这话是可信的。整部书中，在许多地方，他对自己都进行了无情的剖析。但是，在我这个生活在他身后四百多年的外国人眼中，他似乎有点矫情。你不让读者读自己的书，那你又为什么把书拿来出版呢？干脆不出版，不更符合你的愿望吗？又如在上卷第八章中，蒙田写道：

> 它（指大脑——羡林注）就像脱缰的野马，成天有想不完的事，要比给它一件事思考时还要多想一百倍；我脑海里幻觉丛生，重重叠叠，杂乱无章，为了能够随时细察这种愚蠢和奇怪的行为，我开始将之一一笔录下来，指望日后会自感羞愧。

这也是很奇怪而不近人情的想法，难道写随笔的目的仅仅是为了日后让自己感到羞愧吗？我看，这也有点近于矫情。

但是，我们必须记住，矫情，一种特殊的矫情，与愤世嫉俗仅仅有一片薄纸的距离。

不管怎样，如果全书只有这样一些东西，蒙田的《随笔集》决不会在法国，在英国，在全世界有这样大的影响，它必有其不可磨灭的东西在。

蒙田以一个智者的目光，观察和思考大千世界的众生相，芸芸众生，林林总总，他从古希腊一直观察到16世纪，从法国一直观察到古代的埃及和波斯，发为文章，波澜壮阔。他博学多能，引古证今，鉴古知今，对许多人类共同有的思想感情，提出了自己独到的、有时似乎是奇特的见解，给人以深思、反省的机会，能提高人们对人生的理解。

要想把他所想到和写到的问题爬梳整理，十分困难。以我个人浅见所及，我认为，上卷的第三章《情感驱使我们追求未来》最值得注意。在这一篇随笔中，蒙田首先说：

> 有人指控人类总是盲目追求未来，他们教导我们要抓住眼前利益，安于现状，似乎未来的事情根本就无法把握，甚至比

过去更难驾驭。

这都是很重要的意见。人类如果从变为人类的那一天起就安于现状，不求未来，他们就不能够变到今天这个地步。我们甚至可以说，如果化成人类的那一种猿或者其他什么动物安于现状的话，它们就根本变不成人类。人之所以异于禽兽者几希，这个"几希"就包含着不安于现状。

蒙田在下面接着说：

> "做你自己的事，要有自知之明"，人们通常将这一箴言归功于柏拉图。这一格言的每个部分概括了我们的责任，而两部分之间又互相包含，当一个人要做自己的事时，就会发现他首先做的便是认识自我，明确自己该做什么。有了自知之明，就不会去多管闲事，首先会自尊自爱，自修其身；就不会忙忙碌碌，劳而无功，不会想不该想的，说不该说的。

柏拉图这两句话，是非常有名的话，不但在西方流传了两千多年，而且也传入中国，受到了赞赏。其所以如此，就因为它搔到了痒处，道出了真理。中国人不也常说"人贵有自知之明"吗？可见人同此心，心同此理，时间和空间的巨大距离也不能隔断。按常理说，最了解自己的应该说还是自己。"近水楼台先得月"嘛。然而，根据我个人的观察，在花花世界中，争名于朝，争利于市，真正能了解自己的人，真如凤毛麟角，绝大部分人是自高自大，自己把自己看得超过了真实的水平。间亦有患自卑症者，这是过犹不及，都不可取。完全客观地、实事求是地给自己一个恰如其分的评价，夏夏乎难矣哉！然而这却是非常必要的，对个人，对社会，对国家来说，都是这样。

在这一部书中，类似这样的零金碎玉，还可以找到不少。只要挑选对头，就能够让我们终身受用。我在这里还要声明一句，蒙田的观点我并不全部接受，理由用不着解释。

在写书、出书方面，我有一个"狭隘的功利主义"观点。我认为，出书必定要有用，对个人有用，对社会和国家有用。这个"用"，当然不应该理解得太窄狭。美感享受也是一种"用"，如果一点用处都没有的书，大可以不必出。

我认为，《蒙田随笔全集》是一部有用的书，很有用的书。

最后，我还想就"随笔"这个词儿说几句话。这个词儿法文原文是 essai，这一下子就会让人联想到英文的 essay，从形式上来看就能知道，这本是一词儿。德文则把法文的 essai 和英文的 essay 兼收并蓄，统统纳入德文的词汇中。这在法、英、德三国文学中是一种体裁的名称，而在中国则是散文、随笔、小品等不同的名称。其间差别何在呢？我没有读"文学概论"一类的书，不知专家们如何下定义，有的书上和杂志上居然也把三者分列。个中道理，我区分不出来。

谈到散文、随笔、小品，中国是世界上第一大国，我们的经、史、子、集中都有上乘佳作，为任何国家所望尘莫及。在欧洲，则英国算得上散文、随笔的大国，名家辈出，灿如列星。法国次之，而德国则颇有逊色，上面举的 essai 和 essay 就可以充分说明这种现象。欧洲国家文化和文学传统本是同源，为什么在创作体裁方面竟有这样差距？我还没有看到哪一位比较文学家论证探讨过这个问题。我希望将来会有。

我在上面说到我在接受写序的任务时心理上的转变过程。但一旦拿起笔来，不觉就写了两三千字，而又没有说假话，全是出自内心的真话。这是我始料所不及，这一篇序总算给我带来了点安慰。

1996年11月8日

（本文原为《蒙田随笔全集》序）

# 我和东坡词

几年前的一段亲身经历，至今回忆起来，历历如在目前；然而其中的一点隐秘，我却始终无法解释。

患了老年性白内障，要动手术。要说怕得不得了，还不至于；要说心里一点波动都没有，也不是事实。坐车到医院去的路上，同行的人高谈阔论，我心里有点忐忑不安，一点也不想参加，我静默不语，在半梦幻状态中，忽然在心中背诵起来了苏东坡的词：

明月几时有？把酒问青天。不知天上宫阙，今夕是何年。我欲乘风归去，又恐琼楼玉宇，高处不胜寒。起舞弄清影，何似在人间！

转朱阁，低绮户，照无眠。不应有恨，何事长向别时圆？人有悲欢离合，月有阴晴圆缺，此事古难全。但愿人长久，千里共婵娟。

默诵完了一遍，再从头默诵起，最终自己也不知道，究竟默诵了多少遍，汽车到了医院。

在这样的时候，在这样的地方，我为什么单单默诵东坡这一首词，我至今不解。难道它与我当时的处境有什么神秘的联系吗？

在医院里住了几天，进行了细致的体检，终于把我送进了手术室。主刀人是施玉英大夫，号称"北京第一刀"，技术精湛，万无一失，因此我一点顾虑都没有。但因我患有心脏病，为了保险起见，医院特请来一位心脏科专家，并运来极大的一台测量心脏的仪器，摆在手术台旁，以便随时监测我心跳的频率。于是我就有了两位大夫。我舒舒服服地躺上了手术台。动手术的右眼虽然进行了麻醉，但我的脑袋是十分清醒的，耳朵也不含糊。手术开始后，我听到两位大夫慢声细语地交换着意见，间或还听到了仪器碰撞的声音。一切我都觉得很美妙。但是，我又在半梦幻的状态中，心里忽然又默诵起宋词来，仍然是苏东坡的，不是上面那一首，而是：

缥缈红妆照浅溪，薄云疏雨不成泥。送君何处古台西。
废沼夜来秋水满，茂陵深处晓莺啼。行人肠断草凄迷。

我仍然是循环往复地默诵，一遍又一遍，一直到走下手术台。

在这样的时候，在这样的地方，我为什么偏偏又默诵起词来，而且又是东坡的？其原因我至今不解。难道这又与我当时的处境有什么神秘的联系吗？

这样的问题，我无法解释。

但是，我觉得，如果真要想求得一个答复，也是有可能找得到的。

我不是诗词专家，只有爱好，不懂评论。可是读得多了，管窥蠡测，似乎也能有点个人的看法。现在不妨写了出来，供大家品评。

中国词家一向把词分为婉约与豪放两派。每一派中的诸作者也都各有特点，不完全是一个模样。在婉约派中，我最喜欢的是李后主、李易安和纳兰性德。在豪放派中，我最欣赏的是苏东坡。

原因何在呢？

我想提出一个真正的专家学者从来没有提过的肯定是野狐谈禅的说法。为了把问题说明白，我想先拉一位诗人来作陪，他就是李太白。我个人浅见认为，太白和东坡是中国几千年的文学史上两位最有天才的最伟大的作家。他们俩共同的特点是：为文如万斛泉涌，不择地而出，文不加点，倚马可待。每一首诗词，好像都是一气呵成，一气流转。他们写的时候，笔不停挥，欲住不能；我们读的时候，也是欲停不能，宛如高山滑雪，必须一气到底，中间绝无停留的可能。这种气或者气势洋溢充沛在他们诗词之中，霈然不可抗御。批评家和美学家怎样解释这个现象，我不得而知，这现象是明明白白地存在着的，我则丝毫也不怀疑。

我在下面举太白的几首诗，以资对比：

> 长安一片月，万户捣衣声。秋风吹不尽，总是玉关情。何日平胡虏，良人罢远征。
>
> 明月出天山，苍茫云海间。长风几万里，吹度玉门关。

蜀僧抱绿绮，西下峨眉峰。为我一挥手，如听万壑松。

你无论读上面哪一首诗，你能中途停下吗？真仿佛有一股力量，一股气势，在后面推动着你，非读下去不行，读东坡的词，亦复如是。这就是我独独推崇东坡和太白的原因。

这种想法，过去并没有明确地意识到过，它埋藏在我心中有年矣。白内障动手术是我平生一件大事，它触动了我的内心，于是这种想法就下意识地涌出来，东坡词适逢其会自然流出了。

我的文艺理论水平低，只能说出，无法解释，尚望内行里手有以教我。

2000年3月20日

第二辑　治学

# 研究学问的三个境界

王国维在他著的《人间词话》里说了一段话：

> 古今之成大事业大学问者，必经过三种之境界：
> "昨夜西风凋碧树，独上高楼，望尽天涯路。"此第
> 一境也。"衣带渐宽终不悔，为伊消得人憔悴。"此
> 第二境也。"众里寻他千百度，回头蓦见，那人正在
> 灯火阑珊处。"此第三境也。

尽管王国维同我们在思想上有天渊之别，他之所谓
"大学问""大事业"，也跟我们了解的不完全一样。但
是这一段话的基本精神，我们是可以同意的。

现在我就根据自己一些经验和体会来解释一下王国维
的这一段话。

"昨夜西风凋碧树，独上高楼，望尽天涯路。"意思是：在秋天里，夜里吹起了西风，碧绿的树木都凋谢了。树叶子一落，一切都显得特别空阔。一个人登上高楼，看到一条漫长的路，一直引到天边，不知道究竟有多么长。王国维引用这几句词，形象地说明了一个人立志做一件事情时的情景。志虽然已经立定，但是前路漫漫，还看不到什么具体的东西。

说明第二个境界的那几句词引自柳永的《蝶恋花》。王国维只是借用那两句话来说明：在工作进行中，一定要努力奋斗，刻苦钻研，日夜不停，坚持不懈，以致身体瘦削，连衣裳的带子都显得松了。但是，他并不后悔，仍然是勇往直前，不顾自己的憔悴。

在三个境界中，这可以说是关键。根据我自己的体会，立志做一件事情以后，必须有这样的精神，才能成功。无论是在对自然的斗争中，还是在阶级斗争中，要想找出规律来进一步推动工作，都是十分艰巨的事情。就拿我们从事教育和科学研究工作的人来说吧，搞自然科学的，既要进行细致深入的实验，又要积累资料。搞社会科学的，必须积累极其丰富的资料，并加以细致的分析和研究。在工作中，会遇到层出不穷的意想不到的困难，我们一定要坚忍不拔，百折不回，决不容许有任何侥幸求成的想法，也不容许徘徊犹豫。只有这样，才能得到最后的成功。

工作是艰苦的，工作的动力是什么呢？对王国维来说，工作的动力也许只是个人的名山事业。但是，对我们来说，动力应该是建设社会主义社会和共产主义社会。所以，我们今天的工作动力同王国维时代比起来，真有天渊之别了。

所谓不顾身体的瘦削，只是形象的说法，我们决不能照办。在王国维时代，这样说是可以的。但是到了今天，我们既要刻苦钻研，同时又要锻炼身体。一马万马的关系必须正确处理。

此外，我们既要自己钻研，同时也要兢兢业业地向老师学习。打一个不太确切的比喻，老师和学生一教一学，就好像是接力赛跑，一棒传一棒，跑下去，最后到达目的地。我们之所以要尊师，就是因为老师在一定意义上是跑前一棒的人。一方面，我们要从他手里接棒；另一方面，我们一定会比他跑得远，这就是所谓"青出于蓝，而胜于蓝"。

说明第三个境界的词引自辛弃疾的《青玉案·元夕》。意思是：到处找他，也不知道找了几百遍几千遍，只是找不到。猛一回头，那人原来就在灯火不太亮的地方。中国旧小说常见的"踏破铁鞋无觅处，得来全不费工夫"，表达的也是这个意思。王国维引用这几句词来说明获得成功的情形。一个人既然立下大志做一件事情，于是就苦干、实干、巧干。但是什么时候才能成功呢？对于这个问题大可以不必过分考虑。只要努力干下去，而方法又对头，干得火候够了，成功自然就会到你身边来。

这三个境界，一般地说起来，是与实际情况相符的。就王国维所处的时代来说，他在科学研究方面所获得的成绩是极其辉煌的。他这一番话，完全出自亲自的体会和经验，因此才这样具体而生动。

到了今天，社会大大地进步了，我们的学习条件大大地改善了，我们的学习动力也完全不一样了；我们都应该立下雄心大志，一定要艰苦奋斗，攀登科学的高峰。

1959年7月

# 我的学术研究的特点和范围

特点只有一个字，就是：杂。我认为，对于"杂"或者"杂家"应该有一个细致的分析，不能笼统一概而论。从宏观上来看，有两种"杂"：一种是杂中有重点；一种是没有重点，一路杂下去，最终杂不出任何成果来。

先谈第一种。纵观中外几千年的学术史，在学问家中，真正杂而精的人极少。这种人往往出在学艺昌明繁荣的时期，比如古希腊的亚里士多德，文艺复兴时期的达·芬奇，以及后来德国古典哲学家中的几个大哲学家。他们是门门通，门门精。藐予小子，焉敢同这些巨人相比，除非是我发了疯，神经不正常。我自己是杂而不精，门门通，门门松。所可以聊以自慰者只是，我在杂中还有几点重点。所谓重点，就是我毕生倾全力以赴、锲而不舍地研究的课题。我在研究这些课题之余，为了换一换脑筋，涉猎一些重点课题以外的领域。间有所获，也写成了文章。

中国学术传统有所谓"由博返约"的说法。我觉得，这一个"博"与"约"是只限制在同一研究范围以内的。"博"指的是在同一研究领域内把基础打得宽广一点，而且是越宽广越好。然后再在这个宽广的基础上集中精力，专门研究一个或几个课题。由于眼界开阔，研究的深度就能随之而来。我个人的研究同这个有点类似之处，但是我并不限制在同一领域内。所以我不能属于由博返约派。有人用金字塔来表示博与约的关系。笼统地说，我没有这样的金字塔，只在我研究的重点领域中略有相似之处而已。

既然讲到杂，就必须指出究竟杂到什么程度，否则头绪纷繁，怎一个"杂"字了得！根据我自己还有一些朋友的归纳统计，我的学术研究涉及的范围约有以下几项：

1. 印度古代语言，特别是佛教梵文

2. 吐火罗文

3. 印度古代文学

4. 印度佛教史

5. 中国佛教史

6. 中亚佛教史

7. 糖史

8. 中印文化交流史

9. 中外文化交流史

10. 中西文化之差异和共性

11. 美学和中国古代文艺理论

12. 德国及西方文学

13. 比较文学及民间文学

14. 散文及杂文创作

这个分类只是一个大概的情况。

# 我和外国语言

我学外国语言是从英文开始的。当时只有十岁，是高小一年级的学生。现在回忆起来，英文大概还不是正式课程，是在夜校中学习的。时间好像并不长，只记得晚上下课后，走过一片芍药栏，当然是在春天里，其他情节都记不清楚了。

当时最使我苦恼的是所谓"动词"，to be 和 to have 一点也没有动的意思呀，为什么竟然叫作动词呢？我问过老师，老师说不清楚，问其他的人，当然更没有人说得清楚了。一直到很晚很晚，我才知道，把英文 verb（拉丁文 verbum）译为"动词"是不够确切的，容易给初学西方语言的小学生造成误会。

我万万没有想到，学了一点英语，小学毕业后报考中学时竟然派上了用场。考试的其他课程和情况，现在完全记不清楚了。英文出的是汉译英，只有三句话："我新得到了一本书，已经读了几页，但是有几个字我不认识。"我大概是译出来了，只是"已经"这个字我还没有学过，当时颇伤脑筋，耿耿于怀者若干时日。我报考小学时，曾经因为认识一个"骡"字，被破格编入高小一年级。比我年纪大的一个亲戚，因为不认识这个字，被编入初小三年级。一个字给我争取了一年。现在又因为译出了这几句话，被编入春季始业的一个班，占了半年的便宜。如果我也不认识那个"骡"字，或者我在小学没有学英文，则我从那以后的学历都将推迟一年半，不知道会产生什么样的后果。人生中偶然出现的小事往往起很大的作用，难道不是非常清楚吗？不相信这一点是不行的。

在中学时，英文列入正式课程。在我两年半的初中阶段，英文课是怎样进行的，我已经忘记了。我只记得课本是《泰西五十轶事》、《天方夜谭》、《莎氏乐府本事》（*Tales form Shakespeare*）、Washington Irving 的《拊掌录》（*Sketch Book*），好像还念过 Macaulay 的文章。老师的姓名都记不清楚了。只记得，初中毕业后，因为是春季始业，又在原中学念了半年高中。在这半年中，英文教员是郑又桥先生。他给我留下了深刻难忘的印象。听口音，他是南方人。英文水平很高，发音很好，教学也很努力。只是他有吸鸦片的习惯，早晨起得很晚，往往上课铃声响了以后，还不见先生来临。班长不得不到他的住处去催请。他有一个很特别的习惯，学生的英文作文，他不按原文来修改，而是在开头处画一个前括弧，在结尾处画一个后括弧，说明整篇文章作废，他自己重新写一篇文章。这样，学生得不到多少东西，而他自己则非常辛苦，改一本卷子，恐怕要费很多时间。别人觉得很怪，他却乐此不疲。对这样一位老师是不大容易忘掉的。过了二十年以后，当我经过了高中、大学、教书、留学等等阶段，从欧洲回到济南时，我访问了我的母校，几乎所有以前的老师都已离开了人世，只有郑又桥先生一个人孤零零地住在临大明湖的高楼上。我见到他，我们俩彼此都非常激动，这实在是我万万没有想到的事。他住的地方，南望千佛山影，北望大明湖十里碧波，风景绝佳。可是这一位孤独的老人似乎并不能欣赏这绝妙的景色。从那以后，我再没有见到他，想他早已经不在人世了。

我们那一些十几岁的中学生也并不老实。来一个新教员，我们往往要试他一试，看他的本领如何。这大概也算是一种少年心理吧。我们当然想不出什么高招来"测试"教员。有一年换了一位英文教员，我们都觉得他不怎么样。于是在字典里找了一个短语 by the by。其实这也不是多么稀见的短语，可我们当时从来没有读到过，觉得很深奥，就拿去问老师。老师没有回答出来，脸上颇有愧色。我们一走，他大概是查了字典，下一次见到我们，说："你们大概是从字典上查来的吧？"我们笑而不答。幸亏这一位老师颇为宽宏大量，以后他并没有对我们打击报复。

在这时候，我除了在学校里念英文外，还在每天晚上到尚实英文学社去学习。校长叫冯鹏展，是广东人，说一口带广东腔的蓝青官话。他住的房子非常大，前面一进院子是学社占用。后面的大院子是他全家所居。前院有四五间教室，按年级分班。教我的老师除了冯老师以外，还有钮威如老师、陈鹤巢老师。钮老师满脸胡须，身体肥胖，用英文教我们历史。陈老师则是翩翩佳公子，衣饰华美。看来这几个老师英文水平都不差，教学也都努力。每到秋天，我能听到从后院传来的蟋蟀的鸣声。原来冯老师最喜欢养蟋蟀（山东人名之曰蛐蛐），嗜之若命，每每不惜重金，购买佳种。我自己当时也养蛐蛐，常常随同院里的大孩子到荒山野外蔓草丛中去捉蛐蛐，捉到了一只好的，则大喜若狂。我当然没有钱来买好的，只不过随便玩玩而已。冯老师却肯花大钱，据说斗蛐蛐有时也下很大的赌注，不是随便玩玩的。

在这里用的英文教科书已经不能全部回忆出来。只有一本我忆念难忘，这就是 Nesfield 的文法，我们称之为《纳氏文法》，当时我觉得非常艰深，因而对它非常崇拜。到了后来，我才知道，这是英国人专门写了供殖民地人民学习英文用的。不管怎样，这一本书给我提供了很多有用的资料。像这样内容丰富的语法，我以后还没有见过。

尚实英文学社，我上了多久，已经记不起来，大概总有几年之久。学习的成绩我也说不出来，大概还是非常有用的。到了我到北园白鹤庄去上山东大学附设高中的时候，我在班上英文程度已经名列榜首。当时教英文的教员共有三位，一位姓刘，名字忘了，只记得他的绰号，一个非常不雅的绰号。另一位姓尤名桐。第三位姓和名都忘了，这一位很不受学生欢迎。我们闹了一次小小的学潮：考试都交白卷，把他赶走了。我当时是班长，颇伤了一些脑筋。刘、尤两位老师却都受到了学生的尊敬，师生关系一直是非常好的。

在北园高中，开始学了点德文。老师姓孙，名字忘记了。他长得宽额方脸，嘴上留着两撇像德皇威廉第二世的胡须，除了鼻子不够高以外，简直像是一个德国人。我们用的课本是山东济宁天主教堂编的书，实在很不像样子，他就用这个本子教我们。他是胶东口音，估计他在德国占领青岛时在一个德国什么洋行里干过活，学会了德文。但是他的德文实在不高明，特别是发音更为蹩脚。他把 gut 这个字念成"古吃"。有一次上堂时他满面怒容，说有人笑话他的发音。我心里想，那个人并没有错，然而孙老师却忿忿然，义形于色。他德文虽不高明却颇为风雅，他自己出钱印过一册十七字诗，比如有一首是嘲笑一只眼的人：

> 发配到云阳，
> 见舅如见娘，
> 两人齐下泪，
> 三行！

诸如此类，是中国民间文学的一种形式，严格地说就是民间蹩脚文人的创作，足证我们孙老师的欣赏水平并不怎样高。总之，我们似乎只念了一学期德文，我的德文只学会了几个单词儿，并没有学好，也不可能学好。

到了 1928 年，日寇占领了济南，我失学一年。从 1929 年夏天起，我入了山东省立济南高中，据说是当时山东全省唯一的一所高中。此时名义上是国民党统治，但是实权却多次变换，有时候，仍然掌握在地方军阀手中。比起山东大学附设高中来，多少有了一些新气象。《书经》《诗经》不再念了，作文都用白话文，从前是写古文的。我在这里念了一年书，国文教员个个都给我的印象很深，因为都是当时文坛上的名人。但英文教员却都记不清楚了。高中最后一年用的什么教本我也记不起来了。可能是《格里弗游记》之类。

我还能清晰地回忆起来的是几次英文作文。我记得有一次作文题目是讲我们学校。我在作文中描绘了学校的大门外斜坡，大门内向上走的通道，以及后面图书馆所在的楼房。自己颇为得意，也得到了老师的高度赞扬。我们的英文课一直用汉语进行，我们既不大能说，也不大能听。这是当时山东中学里一个普遍的缺点，同京、沪、津一些名牌中学比较起来，我们显然处于劣势。这大大地影响了考入名牌大学的命中率。

此时已经到了 1930 年的夏天，我从高中毕业了。我断断续续学习英语已经十年了，还学了一点德文。要问有什么经验没有呢？应该有一点，但并不多。曾有一度，我想把整部英文字典背过。以为这样一来，就再没有不认识的字了。我确实也下过功夫去背，但持续了一段时间之后，我就觉得有好多字实在太冷僻没有用处，于是采用另外一种办法：凡是在字典上查过的字都用红铅笔在字下画一横线，表示这个字查过了。但是过了不久，又查到这个字。说明自己忘记了。这个办法有一点用处，它可以给我敲一下警钟：查过的字怎么又查呢？可是有的字一连查过几遍还是记不住，说明警钟也不大理想。现在的中学生要比我们当时聪明得多，他们恐怕不会来背字典了。阿门！加上阿弥陀佛！

不管怎么样，高中毕业了。下一步是到北京投考大学。山东有一所山东大学，但是本省的学生都是这山望着那山高，不大愿意报考本省的大学，一定要"进京赶考"。我们这一届高中有八十多个毕业生，几乎都到了北京。当年报考名牌大学，其困难程度要远远超过今天。拿北大、清华来说，录取的学生恐怕不到报名的十分之一。据说有一个山东老乡报考北大、清华，考过四次，都名落孙山。

我们考的那一年是第五次了，名次并不比孙山高。看榜后，神经顿时错乱，走到西山，昏迷漫游了四五天，才清醒过来，回到城里，从此回乡，再也不考大学了。

入学考试，英文是必须考的。以讲英语出名的清华，英文题出的并不难，只有一篇作文，题目忘记了。另外有一篇改错之类的东西。不以讲英语著名的北大出的题目却非常难，作文之外有一篇汉译英，题目是李后主的词：

　　别后春半，触目愁肠断，砌下落梅如雪乱，拂了一身还满。

有的同学连中文原文都不十分了解，更何况译成英文！顺便说一句，北大的国文作文题也非常古怪，那一年的题目是："何谓科学方法，试分析详论之"。这样一个题目也很够一个中学毕业生做的。但是北大古怪之处还不在这里。各门学科考完之后，忽然宣布要加试英文听写（dictation），这对我们实在是当头一棒。我们在中学没有听过英文。我大概由于单词记得多了一点，只要能听懂几个单词儿，就有办法了。记得老师念的是一段寓言。其中有狐狸，有鸡，只有一个字 suffer，我临阵惊慌，听懂了，但没有写对。其余大概都对了。考完之后，山东同学面带惊慌之色，奔走相告，几乎完全是丈二和尚摸不着头脑。大家都知道，这一加试，录取的希望就十分渺茫了。

我很侥幸，北大、清华都录取了。当时处心积虑是想出国留洋。在这方面，清华比北大条件要好。我决定入清华西洋文学系。这一个系有一套详细的教学计划，课程有古希腊拉丁文学、中世纪文学、文艺复兴文学、英国浪漫诗人、近代长篇小说、文艺评论、莎士比亚、欧洲文学史等。教授有中国人、英国人、美国人、德国人、波兰人、法国人、俄国人，但统统用英文讲授。我在前面已经谈到，我们中学没有听英文的练习。教大一英文的是美国小姐毕莲女士（Miss Bille）。头几堂课，我只听到她咽喉里咕噜咕噜地发出声音，"剪不断，理还乱"，却一点也听不清单词。我在中学曾以英文自负，到了此时却落到这般地步，不啻当头一棒，悲观失望了好多天，幸而逐渐听出了个别的单词，仿佛能"剪断"了，大概不过用了几个礼拜，终于大体听懂了，算是渡过了学英文的生平第一难关。

清华有一个古怪的规定：学英、德、法三种语言之一，从第一年×语，学到第四年×语者，谓之×语专门化（specialized in ×）。实际上法语、德语完全不能同英语等量齐观。法语、德语都是从字母学起，教授都用英语讲授，而所谓第一年英语一开始就念珍妮·奥斯丁（Jane Austin）的《傲慢与偏见》（*Pride and Prejudice*）。其余所有的课也都用英语讲授。所以这三个专门化是十分不平等的。

我选的是德语专门化，就是说，学了四年德语。从表面上来看，四年得了八个E（Excellent，最高分，清华分数是五级制），但实际上水平并不高。教第一年和第二年德语的是当时北京大学德文系主任杨丙辰（震文）教授。他在德国学习多年，德文大概是好的，曾翻译了一些德国古典名著，比如席勒的《强盗》等等。他对学生也从来不摆教授架子，平易近人，常请学生吃饭。但是作为一个教员，他却是一个极端不负责任的教员。他教课从字母教起，教第一个字母 a 时，说：a 是丹田里的一口气。初听之下，也还新鲜。但 b、c、d 等等，都是丹田里的一口气，学生就窃窃私语了："我们不管它是否是丹田里的几口气。我们只想把音发得准确。"从此，"丹田里的一口气"就传为笑谈。

杨老师家庭生活也非常有趣。他是北京大学的系主任，工资相当高，推算起来，可能有现在教授的十几倍。不过在北洋军阀时期，常常拖欠工资，国民党统治前期，稍微好一点，到了后期，什么法币、什么银圆券、什么金圆券一来，钞票几乎等于手纸，教授们的生活就够呛了。杨老师据说兼五个大学的教授，每月收入可达上千元银圆。我在大学念书时，每月饭费只需六元，就可以吃得很好了。可见他的生活是相当优裕的。他在北大沙滩附近有一处大房子，服务人员有一群，太太年轻貌美，天天晚上看戏捧戏子，一看就知道，他们是一个非常离奇的结合。杨老师的人生观也很离奇，他信一些奇怪的东西，更推崇佛家的"四大皆空"。把他的人生哲学应用到教学上就是极端不负责任，游戏人间，逢场作戏而已。他打分数，也是极端不负责任。我们一交卷，他连看都不看，立刻把分数写在卷子上。有一次，一个姓陈的同学，因为脾气黏黏糊糊，交了卷，站着不走。杨老师说："你嫌少吗？"立即把 S（superior，第二级）改为 E。

我就是在这样的情况下学习德语的。高中时期孙老师教的那一点德语早已交还了老师，杨老师又是这样来教，可见我的德语基础是很脆弱的。第二年仍然由他来教，前两年可以说是轻松愉快，但不踏实。

第三年是石坦安先生（Von den Steinen，德国人）教，他比较认真，要求比较严格，因此这年学了不少的东西。第四年换了艾克（C.Ecke，号锷风，德国人）。他又是一个马马虎虎的先生。他工资很高，又独身一人，在城里租了一座王府居住。他自己住在银安殿上，仆从则住在前面一个大院子里。他搜集了不少的中国古代名画。他在德国学的是艺术史，因此对艺术很有兴趣，也懂行。他曾在厦门大学教过书，鲁迅的著作中曾提到过他。他用德文写过一部《中国的宝塔》，在国外学术界颇得好评。但是作为一个德语教员，则只能算是一个蹩脚的教员。他对教书心不在焉。他平常用英文讲授，有一次我们曾请求他用德语讲，他立刻哇啦哇啦讲一通德语，其快如悬河泻水，最后用德语问我们："Verstehen Sie etwas davon?"我们摇摇头，想说："Wir verstehen nichts davon."但说不出来，只好还说英语。他说道："既然你们听不懂，我还是用英语讲吧！"我们虽不同意，然而如哑子吃黄连，有苦说不出。课程就照旧进行下去了。

但是他对我却产生了极大的影响。他喜欢德国古典诗歌，最喜欢 Hölderlin（荷尔德林）和 Plateno。我受了他的影响，也喜欢起 Hölderlin 来。我的学士论文 "The Early Poems of Hölderlin"，就是在他的影响下写的，他是指导教授。当时我大概对 Hölderlin 不会了解得太多、太深。论文的内容我记不清楚了，恐怕是非常肤浅的。我当时的经济情况很困难，有一次写了几篇文章，拿了点稿费，特别向德国订购了 Hölderlin 的豪华本的全集，此书我珍藏至今，念了一些，但不甚了了。

除了英文和德文外，我还选了法文。教员是德国小姐 Madmoiselle Holland，中文名叫华兰德。当时她已发白如雪，大概很有一把子年纪了。因为是独身，性情有些反常，有点乖戾，要用医学术语来说，她恐怕患了迫害狂。在课堂上专以骂人为乐。如果学生的答卷非常完美，她挑不出毛病来借端骂人，她的火气就更大，简直要勃然大怒。最初选课的人很多，过了没有多久，就被她骂走了一多半。只剩下我们几个不怕骂的仍然留下，其中有华罗庚同志。有一次把我们骂得实在火了，我们商量了一下，对她予以反击，结果大出意料，她屈服了，从此天下太平。她还特意邀请我们到她的住处（现在北大南门外的军机处）去吃了一顿饭。可见师徒间已经化干戈为玉帛，揖让进退，海宇澄清了。

我还旁听过俄文课。教员是一个白俄，名字好像是陈作福，个子极高，一个中国人站在他身后，从前面看什么都看不见。他既不会英文，也不会汉文，只好被迫用现在很时髦的"直接教学法"，然而结果并不理想，我只听到讲 Скажите Пожалуйста（请您说），其余则不甚了了。我旁听的兴趣越来越低，终于不再听了。大概只学了一些生词和若干句话，我第一次学习俄语的过程就此结束了。

我上面谈到，我虽然号称德文专门化，然而学习并不好。可是我偏偏得了四年高分。当我 1934 年毕业后，不得已而回到母校济南高中当了一年国文教员。之后，清华与德国学术交流处订立了交换研究生的合同，我报名应考，结果被录取了。我当年舍北大而趋清华的如意算盘终于真正实现了，我能到德国去留学了。对我来说，这真是天大的喜事。

可是我的德文水平不高，我看书大概是没有问题的，听、说则全无训练。到了德国，吃了德国面包，也无法立刻改变。我到德国学术交流处去报到的时候，一个女秘书含笑对我说："Lange

Reise!"（长途旅行呀！）我愣里愣怔，竟没有听懂。我留在柏林，天天到柏林大学外国语学院专为外国人开的德文班去学习了六周，到了深秋时分，我被分配到 Gottingen（哥廷根）大学去学习。我对于这个在世界上颇为著名的大学什么都不清楚。第一学期，我还没有能决定究竟学习哪一个学科。我随便选了一些课，因为交换研究生选课不用付钱，所以我尽量多选，我每天要听课六七小时。选的课我不一定都有兴趣，我也不能全部听懂。我的目的其实是通过选课听课提高自己的听的能力。我当时听德语的水平非常低，以前从来没有听过，这情况我在上面已经谈过。新中国成立后，我们的外语教育，不管还有多少不能令人满意的地方，其水平和认真的态度是新中国成立前无论如何也比不上的，这一点现在的青年不一定都清楚。因此我在这里说上几句。

我还利用另一种方式来提高自己的听说能力，这就是同我的女房东谈话。德国大学没有学生宿舍，学生住宿的问题学校根本不管，学生都住民房。我的女房东有一些文化水平，但不高。她喜欢说话，唠唠叨叨，每天晚上到我屋里来收拾床铺，她都要说上一大套，把一天的经过都说一遍。别人大概都不爱听，我却是求之不得，正好利用这个机会来练习听力。我的女房东可以说是一位很好的德文教员，可惜我既不付报酬，她自己也不知道讨报酬，她成了我的义务教员。

到了第二学期，我偶然看到瓦尔德施米特开梵文课的告示。我大喜过望，立刻选了这一门课。我在清华大学时，曾经想学梵文，但没有老师教，只好作罢。现在有了这样一个机会，我怎能放过呢？学生只有三个：一个乡村里的牧师，一个历史系的学生，还有一个就是我。瓦尔德施米特的教学方法是德国通常使用的。德国 19 世纪一位语言学家主张，教学生外语，比如教学生游泳，把学生带到游泳池旁，一下子把他推下去，如果淹不死，他就学会游泳了。具体的办法是：尽快让学生自己阅读原文，语法由学生自己去钻，不在课堂上讲解。这种办法对学生要求很高。短短的两节课往往要准备上一天，其效果我认为是好的：学生的积极性完全调动起来了。他要同原文硬碰硬，不能依赖老师，他要自己解决语法问题。只有实在解不通时，教授才加以辅导。这个问题我在别的地方讲过，这里不再详细叙述了。

德国大学有一个奇特的规定：要想考哲学博士学位，必须选三个系，一个主系，两个副系。对我来说，主系是梵文，这是已经定了的。副系一个是英文，这可以减轻我的负担。至于第三个系，则费了一番周折。有一个时期，我曾经想把阿拉伯语作为我的副系。我学习了大约三个学期的阿拉伯语。从第二学期开始就念《古兰经》。我很喜欢这一部经典，语言简练典雅，不像佛经那样累赘重复，语法也并不难。但是在念过两个学期以后，我忽然又改变了想法，我想拿斯拉夫语言作为我的第二副系。按照德国大学的规定，拿斯拉夫语作副系，必须学习两种斯拉夫语言，只有一种不行。于是我在俄文之外，又选了南斯拉夫语。

教俄文的老师是一个曾在俄国居住过的德国人，俄文等于是他的母语。他的教法同其他德国教员一样，是采用把学生推入游泳池的办法。俄文每周两次，每次两小时，德国的学期短，然而我们却在第一学期内，读完了一册俄文教科书，其中有单词、语法和简单的会话，又念完果戈理的小说《鼻子》。我最初念《鼻子》的时候，俄文语法还没有学多少，只好硬着头皮翻字典。往往是一个字的前一半字典上能查到，后一半则不知所云，因为后一半是表变位或变格变化的。而这些东西，我完全不清楚，往往一个上午只能查上两行，其痛苦可知。但是不知怎么一来，好像做梦一般，在一个学期内，我竟把《鼻子》全念完了。下学期念契诃夫的剧本《万尼亚舅舅》的时候，我觉得轻松多了。

南斯拉夫语由主任教授 Prof. Braun 亲自讲授。他只让我看了一本简单的语法，立即进入阅读原文的阶段。有了学习俄文的经验，我拼命翻字典。南斯拉夫语同俄文很相近，只在发音方面有自己的特点，有升调和降调之别。在欧洲语言中，这是很特殊的。我之所以学南斯拉夫语，完全是为了应付考试。我的兴趣并不大，可以说也没有学好。大概念了两个学期，就算结束了。

谈到梵文，这是我的主系，必须全力以赴。我上面已经说过，瓦尔德施米特教授的教学方法也同样是德国式的。我们选用了 Stenzler 的教科书。我个人认为，这是一本非常优秀的教科书。篇幅并不多，但是应有尽有。梵文语法以艰深复杂著称，有一些语法规则简直烦琐古怪到令人吃惊的地步。这些东西当然不是哪一个人硬制定出来的，而是历史发展自然形成的，利用比较语言学的方法都能解释得通。Stenzler 在薄薄的一本语法书中竟能把这些古怪的语法规则的主要组成部分收容进来，是一件十分不容易做好的工作。这一本书前一部分是语法，后一部分是练习。练习上面都注明了相应的语法章节。做练习时，先要自己读那些语法，教授并不讲解，一上课就翻译那些练习。第二学期开始念《摩诃婆罗多》中的《那罗传》。听说，欧美许多大学都是用这种方式。到了高年级，梵文课就改称 Seminar，由教授选一部原著，学生课下准备，上堂就翻译。新疆出土的古代佛典残卷，也是在 Seminar 中读的。这种 Seminar 制看似平淡无奇，实际上是训练学生做研究工作的一个最好的方式。比如，读古代佛典残卷时就学习了怎样来处理那些断简残篇，怎样整理，怎样阐释，连使用的符号都能学到。

至于巴利文，虽然是一门独立的课程，但教授根本不讲，连最基本的语法也不讲。他只选一部巴利文的佛经，比如《法句经》之类，一上堂就念原书，其余的语法问题，梵巴音变规律，词汇问题，都由学生自己去解决。

念到第三年上，我已经拿到了博士论文的题目，此时第二次世界大战已经正式爆发。我的教授被征从军。他的前任西克老教授又出来承担授课的任务。当时他已经有七八十岁了，但身体还很硬朗，人也非常和蔼可亲，简直像一个老祖父。他对上课似乎非常感兴趣。一上堂，他就告诉我，他平生研究三种东西：《梨俱吠陀》、古代梵文语法和吐火罗文，他都要教给我。他似乎认为我一定同意，连征求意见的口气都没有，就这样定下来了。

我想在这里顺便谈一点感想。在那极"左"思潮横行的年代里，把世间极其复杂的事物都简单化为一个公式：在资产阶级国家里学习过的人或者没有学习过的人，都成了资产阶级。至于那些国家的教授更不用说了。他们教什么东西，宣传什么东西，必定有政治目的，具体地讲，就是侵略和扩张。他们决不会怀有什么好意的。西克教我这些东西也必然是为他们的政治服务的，为侵略和扩张服务的。帝国主义的侵略扩张政策，谁也否认不掉。但是不是他们的学者在任何时间任何地方都为这个政策服务呢？我以为不是这样。像西克这样的老人，不顾自己年老体衰，一定要把他的"绝招"教给一个异域的青年，究竟为了什么？我当时学习任务已经够重，我只想消化已学过的东西，并不想再学习多少新东西。然而，看了老人那样诚恳的态度，我屈服了。他教我什么，我就学什么。而且是全心全意地学。他是吐火罗文世界权威，经常接到外国学者求教的信。比如美国的 Lane 等等。我发现，他总是热诚地罄其所知去回答，没有想保留什么。和我同时学吐火罗文的就有一个比利时教授 W. Couvreur。根据我的观察，西克先生认为学术是人类的公器，多撒一颗种子，这一门学科就多得一点好处。侵略扩张同他是不沾边的。他对我这个异邦的青年奖掖扶植不遗余力。我的博士论文和口试的分数比较高，他就到处为我张扬，有时甚至说一些夸大的话。在这一方面，他给了我极大的影响。今天我也成了老人，我总是想方设法，为年轻的学者鸣锣开道。我觉得，只要我能做到这一点，我就算是对得起西克先生了。

我跟西克先生学习的那几年，是我一生挨饿最厉害，躲避空袭最多，生活最艰苦的几年。但是现在回忆起来却是最甜蜜的几年。甜蜜在何处呢？就是能跟西克先生在一起。到了冬天，大雪载途，黄昏早至。下课以后，我每每扶西克先生踏雪长街，送他回家。此时山林皆白，雪光微明，十里长街，寂寞无人。心中又凄清，又温暖。此情此景，终生难忘。

1946 年我回国以后，当了外语教员。从表面上来看，我自己的外语学习任务已经完成了。但是实际上，并不是这个样子。对于语言，包括外国语言和自己的母语在内，学习任务是永远也完成不了的。真正有识之士都会知道，对于一种语言的掌握，从来也不会达到绝对好的程度，水平都是相对的。据说莎士比亚作品里就有不少的语法错误，我们中国过去的文学家、哲学家、史学家、诗人、词客等等，又有哪一个没有病句呢？现代当代的著名文人又有哪一个写的文章能经得起语法词汇方面的过细的推敲呢？因此，谁要是自吹自擂，说对语言文字的掌握已达到炉火纯青的程度，这个人不是一个疯子，就是一个骗子。我讲的全是实话，并不是危言耸听。从这个意义上来讲，我学习外语的任务并没有完成。在教学之余，我仍然阅读一些外文的书籍，翻译一些外国的文学作品，还经常碰到一些不懂的或者似懂而实不懂的地方，需要翻阅字典或向别人请教。今天还有一些人，自视甚高，毫无自知之明，强不知以为知，什么东西都敢翻译，什么问题都不在话下，结果胡译乱写，贻害无穷，而自己则沾沾自喜，真不知天下还有羞耻事！

"你学了一辈子外语，有什么经验和教训呢？"我仿佛听到有人这样问。经验和教训，都是有的，而且还不少。

我自己常常想到，学习外语，在漫长的学习过程中，到了一定的时期，一定的程度，眼前就有一条界线，一个关口，一条鸿沟，一个龙门。至于是哪一个时期，这就因语言而异，因人而异。语言的难易不同，而且差别很大；个人的勤惰不同，差别也很大。这两个条件决定了这一个龙门的远近，有的三四年，有的五六年，一般人学习外语，走到这个龙门前面，并不难，只要泡上几年，总能走到。可是要跳过这龙门，就绝非易事。跳不跳过有什么差别呢？差别有如天渊。跳不过，你对这种语言就算是没有登堂入室。只要你稍一放松，就会前功尽弃，把以前学的全忘掉。你勉强使用这种语言，这个工具你也掌握不了，必然会出许多笑话，贻笑大方。总之你这一条鲤鱼终归还是一条鲤鱼，说不定还会退化，你绝变不成龙。跳过了龙门呢？则你已经不再是一条鲤鱼，而是一条龙。可是要跳过这个龙门又非常难，并不比鲤鱼跳龙门容易，必须付出极大的劳动，表现出极大的毅力，坚忍不拔，锲而不舍，才有跳过的希望。做任何事情都有类似的情况。书法、绘画、篆刻、围棋、象棋、打排球、踢足球、体操、跳水等等，无不如此。这一点必须认清。跳过了龙门，你对你的这一行就有了把握，有了根底。专就外语来说，到了此时，就不大容易忘记，这一门外语会成为你得心应手的工具。当然，即使达到这个程度，仍然要继续努力，决不能掉以轻心。

学习外语，同学习一切东西一样，必须注重方法。我们过去尝试过许多教学外语的方法，都取得过一定的成绩。这一点必须承认。但是我们决不能迷信方法，认为方法万能。我认为，最可靠的不是方法，而是个人的勤学苦练，发挥主观能动性。这个道理异常清楚。各行各业，莫不如此。过去有人讲笑话，说除臭虫最好的办法不是这药那药，而是"勤捉"。其中有朴素的真理。

我学习外国语言，已经有六十多年的历史了。如今我已经到了垂暮之年。回顾这六十多年的历史，心里真是感慨万端。我学了不少的外国语言，但是现在应用起来自己比较有把握的却不太多。我上面讲到跳龙门的问题。好多语言，我大概都没有跳过龙门。连那几种比较有把握的，跳到什么程度，自己心中也没有底。想要对今天学外语的年轻人讲几句经验之谈，想来想去，也只有勤学苦练一句，这真是未免太寒碜了。然而事实就是这个样子，这真叫作没有办法。学什么东西都要勤学苦练。这个真理平凡到同说每个人只要活着就必须吃饭一样。你不说，人家也会知道。然而它毕竟还是真理。你能说每个人必须吃饭不是真理吗？问题是如何贯彻这个真理。我只希望有志于掌握外语的年轻人说到做到。每个人到了一定的阶段，都能跳过龙门去。我们祖国今天的建设事业要求尽量多的外语人才，而且要求水平尽量高的。希望我们大家共同努力，达到这个神圣的目的。

1986年9月12日写完

# 抓住一个问题终生不放

　　根据我个人的观察，一个学人往往集中一段时间，钻研一个问题，搜集极勤，写作极苦。但是，文章一旦写成，就把注意力转向另外一个题目，已经写成和发表的文章就不再注意，甚至逐渐遗忘了。我自己这个毛病比较少。我往往抓住一个题目，得出了结论，写成了文章，但我并不把它置诸脑后，而是念念不忘。我举几个例子。

　　我于1947年写过一篇论文《浮屠与佛》，用汉文和英文发表。但是限于当时的条件，其中包括外国研究水平和资料，文中有几个问题勉强得到解决，自己并不满意，耿耿于怀者垂四十余年，一直到1989年，我得到了新材料，又写了一篇《再谈"浮屠"与"佛"》，解决了那一个悬而未决的问题，心中极喜。最令我欣慰的是，原来看似极大胆的假设竟然得到了证实，心中颇沾沾自喜，对自己的研究更增强了信心。觉得自己的"假设"确够"大胆"，而"求证"则极为"小心"。

第二个例子是关于佛典梵语中 –am > o 和 u 的几篇文章。1944年我在德国哥廷根写过一篇论文，谈这个问题，引起了国际上一些学者的注意。有人，比如美国的 F. Edgerton，在他的巨著《混合梵文文法》中多次提到这个音变现象。最初坚决反对，提出了许多假说，但又前后矛盾，不能自圆其说，最后，半推半就，被迫承认，却又不干净利落，窘态可掬；因此引起了我对此人的鄙视。回国以后，我连续写了几篇文章，对 Edgerton 加以反驳，但在我这方面，我始终没有忘记进一步寻找证据，进一步探索。这些情况我在上面的叙述中都已经谈到过。由于资料缺乏，一直到了1990年，上距1944年已经过了四十六年，我才又写了一篇比较重要的论文《新疆古代民族语言中语尾 –am > u 的现象》。在这里，我用了大量的新资料，证明了我第一篇论文的结论完全正确，无懈可击。

例子还能举出一些来。但是，我觉得，这两个也就够了。我之所以不厌其烦地谈论这个问题，是因为我看到有一些学者，在某一个时期集中精力研究一个问题，成果一出，立即罢手。我不认为这是正确的做法。学术问题，有时候一时难以下结论，必须锲而不舍，终生以之，才可能得到越来越精确可靠的结论。有时候，甚至全世界都承认其为真理的学说，时过境迁，还有人提出异议。听说，国外已有学者对达尔文的"进化论"提出了不同的看法。我认为，这不是坏事，而是好事，真理的长河是永远流逝不停的。

# 如何搜集资料

进行科学研究，必须搜集资料，这是不易之理。但是，搜集资料并没有什么一定之规。最常见的办法是使用卡片，把自己认为有用的资料抄在上面，然后分门别类，加以排比。可这也不是唯一的办法。陈寅恪先生把有关资料用眉批的办法，今天写上一点，明天写上一点，积之既久，资料多到能够写成一篇了，就从眉批移到纸上，就是一篇完整的文章。比如，他对《高僧传·鸠摩罗什传》的眉批，竟比原文还要多几倍，就是一个典型的例子。我自己既很少写卡片，也从来不用眉批，而是用比较大张的纸把材料写上。有时候随便看书，忽然发现有用的材料，往往顺手拿一些手边能拿到的东西，比如通知、请柬、信封、小纸片之类，把材料写上，再分类保存。我看到别人也有这个情况，向达先生有时就把材料写在香烟盒上。用比较大张的纸有一个好处，能把有关的材料都写在上面，约略等于陈先生的眉批。卡片面积太小，这样做是办不到的。材料抄好以后，要十分认真、细心地加以保存，最好分门别类装入纸夹或纸袋。否则，如果一时粗心大意丢上张把小纸片，上面记的可能是至关重要的材料，这样会影响你整篇文章的质量，不得不黾勉从事。至于搜集资料要巨细无遗，要有竭泽而渔的精神，这是不言自喻的。但是，要达到百分之百的完整的程度，那也是做不到的。不过我们千万要警惕，不能随便搜集到一点资料，就动手写长篇论文。这样写成的文章，其结论之不可靠是显而易见的。与此有联系的就是要注意文献目录，只要与你要写的文章有关的论文和专著的目录，你必须清楚。否则，人家已经有了结论，而你还在卖劲地论证，必然贻笑方家，不可不慎。

我想顺便谈一谈材料有用无用的问题。严格讲起来，天下没有无用的材料，问题是对谁来说，在什么时候说。就是对同一个人，也有个时机问题。大概我们都有这样的经验：只要你脑海里有某一个问题，一切资料，书本上的、考古发掘的、社会调查的等等，都能对你有用。搜集这样的资料也并不困难，有时候资料简直是自己跃入你的眼中。反之，如果你脑海里没有这个问题，则所有这样的资料对你都是无用的。但是，一个人脑海里思考什么问题，什么时候思考什么问题，有时候自己也掌握不了。一个人一生中不知要思考多少问题。当你思考甲问题时，乙问题的资料对你没有用。可是说不定什么时候你会思考起乙问题来。你可能回忆起以前看书时曾碰到过这方面的资料，现在再想去查找，可就"云深不知处"了。这样的经验我一生不知碰到多少次了，想别人也必然相同。

那么怎么办呢？最好脑海里思考问题，不要单打一，同时要思考几个，而且要念念不忘，永远不让自己的脑子停摆，永远在思考着什么。这样一来，你搜集面就会大得多，漏网之鱼也就少得多，材料当然也就积累得多。养兵千日，用兵一时，一旦用起来，你就左右逢源了。

1988年

# 搜集资料必须有"竭泽而渔"的气魄

对研究人文社会科学的人来说，资料是最重要的。在旧时代，虽有一些类书之类的书籍，可供搜集资料之用，但作用毕竟有限。一些饱学之士主要靠背诵和记忆。后来有了索引（亦称引得），范围也颇小。到了今天，可以把古书输入电脑，这当然方便多了，但是已经输入电脑的书，为数还不太多，以后会逐渐增加的。到了大批的古书都能输入电脑的时候，搜集资料，竭泽而渔，便易如反掌了。那时候的工作重点便由搜集转为解释，工作也不能说是很轻松的。

我这一生，始终从事人文社会科学的研究工作。我搜集资料始终还是靠老办法、笨办法、死办法。只有一次尝试利用电脑，但可以说是毫无所得，大概是那台电脑出了毛病。因此我只能用老办法，一直到我前几年集中精力写

《糖史》时，还是靠自己一页一页地搜寻的办法。关于这一点，我在上面已经谈到过，这里不再重复了。

不管用什么办法，搜集资料决不能偷懒，决不能偷工减料，形象的说法就是要有竭泽而渔的魄力。在电脑普遍使用之前，真正做到百分之百的竭泽而渔，是根本不可能的。但是，我们至少也必须做到广征博引，巨细不遗，尽可能地把能搜集到的资料都搜集在一起。科学研究工作没有什么捷径，一靠勤奋，二靠个人的天赋，而前者尤为重要。我个人认为，学者的大忌是仅靠手边一点搜集到的资料，就茫然作出重大的结论。我生平有多次经验，或者毋宁说是教训，我对一个问题作出了结论，甚至颇沾沾自喜，认为是不刊之论。然而，多半是出于偶然的机会，又发现了新资料，证明我原来的结论是不全面的，或者甚至是错误的。因此，我时时提醒自己，千万不要重蹈覆辙。

总之，一句话：搜集资料越多越好。

# 如何利用时间

时间就是生命，这是大家都知道的道理。而且时间是一个常数，对谁都一样，谁每天也不会多出一秒半秒。对我们研究学问的人来说，时间尤其珍贵，更要争分夺秒。但是各人的处境不同，对某一些人来说就有一个怎样利用时间的"边角废料"的问题。这个怪名词是我杜撰出来的。时间摸不着看不见，但确实是一个整体，哪里会有什么"边角废料"呢？这只是一个形象的说法。平常我们做工作，如果一整天没有人和事来干扰，你可以从容濡笔，悠然怡然，再佐以龙井一杯、云烟三支，神情宛如神仙，整个时间都是你的，那就根本不存在什么"边角废料"问题。但是有多少人能有这种神仙福气呢？鲁钝如不佞者几十年来就做不到。新中国成立以来，我搞了不知多少社会活动，参加了不知多少会，每天不知有多少人来找，心烦意乱，啼笑皆非。回想"十年浩劫"期间，我成了"不可接触者"，除了蹲牛棚外，在家里也是门可罗雀。《罗摩衍那》译文八巨册就是那时候的产物。难道为了读书写文章就非变成"不可接触者"或者右派不行吗？浩劫一过，我又是门庭若市，而且参加各种各样的会，终日马不停蹄。我从前读过马雅可夫斯基的《开会迷》和张天翼的《华威先生》，觉得异常可笑，岂意自己现在就成了那一类人物，岂不大可哀哉！但是，人在无可奈何的情况下是能够想出办法来的。现在我既然没有完整的时间，就挖空心思利用时间的"边角废料"。在会前、会后，甚至在会中，构思或动笔写文章。有不少会，讲话空话废话居多，传递的信息量却不大，态度欠端，话风不正，哼哼哈哈，不知所云，又佐之以"这个""那个"，间之以"俺""啊"，白白浪费精力，效果却是很少。在这时候，我往往只用一个耳朵或半个耳朵去听，就能兜住发言的全部信息量，而把剩下的一个耳朵或一个半耳朵全部关闭，把精力集中到脑海里，构思，写文章。当然，在飞机上、火车上、汽车上，甚至自行车上，特别是在步行的时候，我脑海里更是思考不停。这就是我所说的利用时间的"边角废料"。积之既久，养成"恶"习，只要在会场一坐，一闻会味，心花怒放，奇思妙想，联翩飞来，"天才火花"，闪烁不停。此时文思如万斛泉涌，在鼓掌声中，一篇短文即可写成，还耽误不了鼓掌。倘多日不开会，则脑海活动，似将停止，"江郎"仿佛"才尽"。此时我反而期望开会了。这真叫作没有法子。

1988年

# 才、学、识

我认为，要想从事科学研究工作，应该在四个方面下功夫：一、理论；二、知识面；三、外语；四、汉语。唐代刘知几主张，治史学要有才、学、识。我现在勉强套用一下，理论属识，知识面属学，外语和汉语属才，我在下面分别谈一谈。

## 一、理论

现在一讲理论，我们往往想到马克思主义。这样想，不能说不正确。但是，必须注意几点。一、马克思主义随时代而发展，绝非僵化不变的教条。二、不要把马克思主义说得太神妙，令人望而生畏，对它可以批评，也可以反驳。我个人认为，马克思主义的精髓就是唯物主义和辩证法。唯物主义就是实事求是。把黄的说成是黄的，是唯物主义。把黄的说成是黑的，是唯心主义。事情就是如此简单明了。哲学家们有权力去作深奥的阐述，我辈外行，大可不必。至于辩证法，也可以作如是观。看问题不要孤立，不要僵死，要注意多方面的联系，在事物运动中把握规律，如此而已。我这种幼儿园水平的理解，也许更接近事实真相。

　　除了马克思主义以外，古今中外一些所谓唯心主义哲学家的著作，他们的思维方式和推理方式，也要认真学习。我有一个奇怪的想法：百分之百的唯物主义哲学家和百分之百的唯心主义哲学家，都是没有的。这就是和真空一样，绝对的真空在地球上是没有的。中国古话说"智者千虑，必有一失"，就是这个意思。因此，所谓唯心主义哲学家也有不少东西值得我们学习的。我们千万不要像过去那样把十分复杂的问题简单化和教条化，把唯心主义的标签一贴，就"奥伏赫变"[①]。

## 二、知识面

　　要求知识面广，大概没有人反对。因为，不管你探究的范围多么窄狭，多么专门，只有在知识广博的基础上，你的眼光才能放远，你的研究才能深入。这样说已经近于常识，不必再做过多的论证了。我想在这里强调一点，就是我们从事人文科学和社会科学研究的人，应该学一点科学技术知识，能够精通一门自然科学，那就更好。今天学术发展的总趋势是，学科界限越来越混同起来，边缘学科和交叉学科越来越多。再像过去那样，死守学科阵地，鸡犬之声相闻，老死不相往来，已经完全不合时宜了。此外，对西方当前流行的各

---

① 德文 aufheben 的音译，意译为"辩证法"。

种学术流派，不管你认为多么离奇荒诞，也必须加以研究，至少也应该了解其轮廓，不能简单地盲从或拒绝。

### 三、外语

外语的重要性，尽人皆知。若再详细论证，恐成蛇足。我在这里只想强调一点：从今天的世界情势来看，外语中最重要的是英语，它已经成为名副其实的世界语。这种语言，我们必须熟练掌握，不但要能读、能译，而且要能听、能说、能写。今天写学术论文，如只用汉语，则不能出国门一步，不能同世界各国的同行交流。如不能听说英语，则无法参加国际学术会议。情况就是如此地咄咄逼人，我们不能不认真严肃地加以考虑。

### 四、汉语

我在这里提出汉语来，也许有人认为是非常异议可怪之论。"我还不能说汉语吗？""我还不能写汉文吗？"是的，你能说，也能写。然而仔细一观察，我们就不能不承认，我们今天的汉语水平是非常成问题的。每天出版的报章杂志，只要稍一注意，就能发现别字、病句。我现在越来越感到，真要想写一篇准确、鲜明、生动的文章，绝非轻而易举。要能做到这一步，还必须认真下点功夫。我甚至想到，汉语掌握到一定程度，想再前进一步，比学习外语还难。只有承认这一个事实，我们的汉语水平才能提高，别字、病句才能减少。

我在上面讲了四个方面的要求。其实这些话都属于老生常谈，都平淡无奇。然而真理不往往就寓于平淡无奇之中吗？这同我在上面引鲁迅先生讲的笑话中的"勤捉"一样，看似平淡，实则最切实可行，而且立竿见影。我想到这样平凡的真理，不敢自秘，便写了出来，其意不过如野叟献曝而已。

1988年

# 把学术还给人民大众

关于"是不是应该把学术还给人民大众"这个问题，现在几乎没有详细讨论的必要了。我想，恐怕只有极少数的人还反对这样做，还想把学术关在天上，只放出点余光来，让留在地上的人民大众仰头赞叹，顶礼膜拜。但我为什么现在又把这个问题提出来呢？我的主要用意是想把一个在旧社会里生长起来的知识分子关于这方面思想改造的过程写出来，让大家看一看，对有些人也许还有点参考的价值。

我自己是一个在旧社会里生长起来的知识分子。自从自己有了点知识那一天起，我就有一个偏见：我反对一切通俗化的举措，看不起一切通俗化的书籍。我当然崇拜专家，但我所最崇拜的却是专门研究一个问题的专家。问题的范围愈小愈好，牛角钻得愈深愈好。最好是一头钻进去，钻上三年五载，然后写出一篇论文来，这篇论文也许世界上只有几个人肯读，只有几个人能够读得懂，这样一个专家在我眼中才真正是一个专家，才真正值得佩服。我在初中的时候，就崇拜过爱因斯坦，这并不是说我是一个神童，十几岁就了解了相对论。相对论我到现在还一丝一毫都不了解，何况二十年前？我当时甚至不知道爱因斯坦是男是女，是哪一国人，相对论是属于哪一门科学的。我只听说，相对论世界上只有七个半人懂，我于是立刻觉得，学问到了这个地步才真正算是学问，便对这位爱因斯坦先生肃然起敬了。后来自己弄印度和古代中亚语言学。倘若有人也研究印度语言学或古代中亚语言学，我当然并不反对。倘若有人在这方面有什么著作，我当然很高兴看到。但我自己所最向往的却是能够对印度语言学或古代中亚语言学上一个小到不能再小的问题写上一部大书，对一个简单的单字写上一篇长长的论文，最好还是能够写到深奥复杂到一个程度，让一般人，连专家在内，都看不懂，这样我觉得才够味，这样才是真正的学术，学术的妙处就在这一点神秘味。倘若有人写一部通俗的书，无论这个人是怎样有地位的专家，我过去也许对他曾经一度崇拜过，我立刻就会看不起他。他的书无论写得多么好，我总拒绝去看。有时我甚而还搜寻世界上最刻毒的话来批评，武断地抹杀它的一切好处，即便勉强看了有时候也觉得的确写得还不坏；但我的偏见却不让我去赞美它。我总觉得一本让大家都能看懂的书一定没有价值，大家都能看懂了，学术还有什么神秘味呢？学术没有神秘味，那还值得我们崇拜吗？

我为什么这样做呢？当然并没有想到这问题，因为根本没有意识到还有这样一个问题存在。是不是有奇货可居的意思呢？在意识里，我自问确实是没有；但在潜意识里，那就不敢说了。几千年以来，无论是在世界上哪一个国土里，在所谓文明国家里也好，在所谓野蛮国家里也好，学问都操在一小部分的特权阶级手里，学问成了一部分人统治和压迫另一部分人的重要武器。中国古代有"民可使由之，不可使知之"的话，这完全暴露了统治阶级的心理。"民"怎样才可以"知"呢？有了学问就会知了。正像古代的天神把火的秘密紧紧地握在手里一样，统治者把学问紧紧地握在手里。他们还散布什么"劳心者治人，劳力者治于人"的谣言，劳心者就是有学问的人，劳力者就是没有学问的人，人而没有学问当然只好被治了。同这谣言同时流行的还有一首大家都知道的诗："天子重英豪，文章教尔曹。万般皆下品，惟有读书高。"这些谣言和这些诗歌都只有有学问的人才能创造。于是统治者就利用这些有学问的人，这些有学问的读书人也就帮助他们的"天子"把"民"一下统治了几千年。

在古代的印度情形也差不多。当时研究学问的种种方便都操在第一阶级的婆罗门手里，只有他们有权利可以同神们办交涉，他们可以诵读吠陀圣典，可以唱赞美神的诗，他们是有学问的人。他们也就利用他们的学问，把原始人创造的神话加以改变或者自己创造神话，来麻醉人民，好巩固自己的统治地位。我现在举一个例子，在古代印度人第一圣典《梨俱吠陀》第十卷里有一首诗叫作《原人歌》，里面有两段诗，我现在译在下面：

把原人分割开来，

有几种变现呢？

他的嘴是什么？

他的胳臂怎样？

他的腿怎样？

他的两足叫什么名字？

　

他的嘴是婆罗门，

他的胳臂是王族，

他的腿是吠舍（平民），

从他的双足里生出首陀罗（最低阶级）。

　整个《原人歌》的意思就是把宇宙万物幻想成一个巨人，太阳是他的眼睛，风是他的呼吸，空界是从他的脐里生出来的，天界是他的头化成的，地界就是他的足——这些都可能是原始人类的想法。但有学问的婆罗门人就利用了这原始神话，把当时社会上存在的四个阶级的来源也神化了。因为自己是第一阶级，就说什么自己是从原人嘴里生出来的，阶级愈低，生出的地位也就愈低，到了首陀罗，就只好从原人的脚下面产生了。这当然都是鬼话，但学问在婆罗门手中，谣言也只好由他们来造，别的阶级只好受他们的麻醉了。

　在欧洲中世纪我们找到同印度几乎完全相同的例子。当时教士阶级也是第一阶级，学问也几乎完全操在他们手里。他们自命是具有神圣性格的人，他们有独占管理圣餐的权利，与一般凡人迥乎不同。他们先用种种方法脱开了普通法律的羁绊，终于完全不受政府的支配。罗马有一位主教基拉西乌斯曾说，"支配世界的有两种力量，教士与国王。第一种力量当然在第二种之上，因为人类行为，连国王在内，都是由他们对上帝负责。"他们的想法，他们的作风，完全同他们在印度的同事婆罗门一样。倘若有人说，上面这一段话是一位印度婆罗门说的，我想，也没有人会怀疑。

类似上面的例子还可以举出很多来，但只是上面举的几个例子也就可以告诉我们，特权阶级怎样有意识地或无意识地利用学问来巩固他们的特权，维持他们在社会上高高在上的地位。我自己以前之所以反对把学术通俗化，是不是也有这个动机，我自己确实还没有意识到，但在潜意识里恐怕就很难免有这样的动机。

但终于来了解放。对我自己说，解放真像暗夜里一线光明，照彻了许多糊里糊涂的思想。我过去当然不会是唯物，但也谈不上唯心，我根本没有唯什么，只是模糊一团。我自己研究的是印度语言学和中亚古代语文。这一切就是我的天地，我天天同各种奇形怪状的字母相对，脑袋里想到的只是文法变化，根本没有时间，也根本没有兴趣来谈哲学上思想上的问题，谈唯什么的问题，虽然思想里存在着许多唯心的不科学的成分。解放以后，大家都搞学习，我也参加进去。到现在已经半年多了，我绝不敢说，我的思想已经打通了，但对许多问题的看法却已经在潜移默化中大大地改变了。以前根本没有想到像自己这样一个人还有这样多的问题。当然我从来没有认为自己已经是尽善尽美，但也没有觉得自己还有检讨一下自己的必要。让我改变看法的主要原因，除了书本子上的理论以外，就是实际的例子。我几乎天天在报纸上读到作为新中国的主人的工人的创造天才，读到关于工人工作情绪高扬的记载。我钦佩这些以前被压迫的从来没有多少机会求得学问的人们的精神。另外，我还看到了真正的民间艺术。对这些艺术我以前也没有什么了解，也可以说是没有了解的机会。但我现在却亲耳听到了民歌和根据民歌改造的歌，我亲眼看到了在匈牙利获得特奖的民间舞蹈艺术腰鼓舞。这些歌声才真正是盛世之音，里面洋溢着一片生机、一团力量，确实能够表达出新中国伟大的精神，象征出中国将来远大灿烂的前途。再回想起解放前随地都可以听到的柔媚的歌声，古人所谓亡国之音大概就是那样吧。说到民间舞蹈，更是住在大都市里的知识分子连做梦也没有想到的。腰鼓舞获得世界特奖，有少数的人还觉得奇怪。但我却以为，像中国腰鼓舞这样的艺术，倘若在世界上得不到特奖，那才是怪事呢。像这样的例子真是不胜枚举。我现在才真正认识了人民大众的伟大，我仿佛是一个井底之蛙，今天从井里跳出来，看到了天地之大。过去有一个时期我也是相信"英雄造时势"的。我觉得历史就是几个所谓伟人造成的，没有他们，社会就没有变化，他们就是社会进化的原动力。说到学术，我更坚定不移地相信，一部学术史就是几个大学者的历史。没有哥白尼，我们就一直到现在还会相信，太阳绕着地球转。没有爱因斯坦，我们就不会有相对论。在学术史上大学者的地位就同在历史上的"英雄"完全一样。

但是现在人民大众创造力的伟大清清楚楚摆在我们眼前，不容我们不承认。历史上一切进化的根源都是从人民大众那里来的，他们才真正推动了历史的巨轮。历史上所谓"英雄"，同学术史上的大学者一样，当然有他们一定的作用，无论谁也不会一笔抹杀，但他们只不过适应了人民大众共同的要求，或者把人民大众所获得的经验总结起来使社会进化加速一步或学术水平提高一步。脱离了人民大众就什么事情也做不成。

人民大众的创造力既然这样伟大，在过去得到应得的发展没有呢？根本没有得到，因为学问操在极少数的特权阶级手里，学问是他们最重要的武器和护身符，他们把学问谨慎地锁起来，像一个囤积商人囤积奇货，不让它与人民大众发生关系，恐怕秘密泄露了，失掉自己的地位。人民大众失掉求得学问的机会，自己的创造力只好在极不正常极艰苦的条件下慢慢发展。现在新中国成立了，我们应该把学术交还给人民大众。《中国人民政治协商会议共同纲领》第五章第四十九条明确地规定了："发展人民出版事业，并注重出版有益于人民的通俗书报。"这就是要指明我们应该走的方向。无论哪一行的专家都应该严格执行这一条的规定，把他们专门研究的学问用通俗的形式写出来，让人民大众能够了解，能够接受。倘若大家都这样做，我敢相信，人民大众的创造力得了专门学问的辅助，将会更高地发扬起来，空前地发扬起来。然后我们再在普及的基础上把学术水平逐渐提高，普及的程度愈大，水平也就愈提得高。过去是几个学者把自己关在图书馆或研究室里孤独地研究和发明，现在是全体人民大众都参加到这发明和研究工作里来，这样一来，一方面普及，一方面提高，愈普及就愈提高，愈提高就愈普及，交互影响，学术将会飞跃地前进。只有这样，被封锁了几千年的人类创造的智慧，才真正地得到解放。

1949年11月18日

# 关于义理、文章与考证

## 谈义理

清代桐城派主将姚鼐《复秦小岘书》说："天下学问之事，有义理、文章、考证三者之分，异趋而同为不可废。"我觉得，这种三分法是符合实际情况的，它为后来的学者所接受，是十分自然的，它也为我所服膺。

在三者之中，我最不善义理，也最不喜欢义理。我总觉得，义理（理论）这玩意儿比较玄乎。公说公有理，婆说婆有理。一个唯心主义与唯物主义的矛盾，矛盾了几千年，到现在还没有哪一个理论家真正说透。以我的愚见，绝对纯之又纯的唯心主义和唯物主义，都是没有的。说一部哲学史就是唯心主义和唯物主义的斗争史，显然也与历史事实不完全符合。特别是最近几十年以来，有一些理论家，或者满篇教条，或者以行政命令代替说理，或者视理论如儿戏，今天这样说，明天那样说，最终让读者如同丈二和尚，摸不着头脑。反正社会科学的理论不像自然科学的实验那样，乱说不能立即受到惩罚。搞自然科学，你如果瞎鼓捣，眼前就会自食其果，受到惩罚。社会科学理论说错了，第二天一改，脸也用不着红一红。因此，我对于理论有点敬鬼神而远之。这类的文章，我写不出，别人写的我也不大敢看。我对理论的偏见越来越深。我安于自己于此道不擅长，也不求上进。

这并不等于说，我抹杀所有的理论。也有理论让我五体投地地佩服的，这就是马克思主义的根本理论。经过了几十年的学习与考验，我觉得马克思主义的根本理论完全反映了客观现实，包括了历史、人类社会与自然界。即使马克思主义仍然要不断发展，但是迄今它发展达到的水平让我心服口服。

这种轻视理论的做法是不是一种根深蒂固的偏见呢？可能是的。一个人难免有这样或那样的偏见。即使是偏见吧，我目前还不打算去改变。我也决不同别人辩论这个问题，因为一辩论，又是公说公有理，婆说婆有理，最终弄得大家一起坠入五里雾中。我只希望理论家们再认真一点，再细致一点，再深入一点，再严密一点。等到你们的理论能达到或者接近马克思主义基本理论的水平时，无须辩论，无须说明，我自然会心悦诚服地拜倒在你们脚下。

## 说文章

谈到文章，我觉得，里面包含着两个问题：一个是专门搞文章之学的，一个是搞义理或考证之学而注意文章的。专门搞文章之学的是诗人、词人、散文家等等。小说家过去不包括在里面。这些人的任务就是把文章写好，文章写不好，就不能成为诗人、词人、散文家、小说家。道理一清二楚，用不着多说。搞义理或考证之学的人，主要任务是探索真理，不管是大事情上的真理，还是小事情上的真理，都要探索。至于是否能把文章写好，不是主要问题。但是，古人说：言之无文，行之不远。孔子要求弟子们在讲话方面要有点文采，是很有道理的。过去的和现在的义理学或考证学的专家们，有的文章写得好，有的就写得不怎么好。写得好的，人家愿意看，你探索的真理容易为别人所接受；写得不好的，就会影响别人的接受。这个道理也是一清二楚的。所以，我认为，对不专门从事文章之学的学者来说，认真把文章写好也有很重要的意义。

## 论考证

谈到考证，亦称考据，是我最喜欢的东西，也是清代朴学大师所最擅长的东西，同时又是新中国成立后受到一些人责难的东西。最近我写了一篇短文《为考据辩诬》，这里不再重复。我在这里只谈我的想法和做法。

首先，我觉得考证之学并没有什么神秘的地方，没有一些人加给它的那种作用，也没有令人惊奇的地方，不要夸大它的功绩，也不要随便加给它任何罪状，它只是做学问的必要的步骤，必由之路。特别是社会科学，你使用一种资料、一本书，你首先必须弄清楚，这种资料、这本书是否可靠，这就用得着考证。你要利用一个字、几个字或一句话、几句话证明一件事情，你就要研究这一个字、几个字或一句话、几句话，研究它们原来是什么样子，后来又变成了什么样子，有没有后人窜入的或者更改的东西？如果这些情况都弄不清楚，而望文生义或数典忘祖，贸然引用，企图证明什么，不管你发了多么伟大的议论，引证多么详博，你的根据是建筑在沙漠上的，一吹就破。这里就用得着考证。必须通过细致的考证才能弄清楚的东西，你不能怕费工夫。现在间或有人攻击烦琐的考证，我颇有异议。如果非烦琐不行的话，为什么要怕烦琐？用不着的烦琐，为了卖弄而出现的烦琐，当然为我们所不取。

其次，在进行论证时，我服膺两句话："大胆的假设，小心的求证。"这两句话已经被批了很长时间了，也许有人认为，已经被批倒批臭，永世不得翻身了。现在人们都谈虎色变，不敢再提。可是我对此又有异议。过去批判这两句话，批判一些人，是在极"左"思想支配下——用形而上学的方法冒充辩证法，鱼目混珠，实际上是伪辩证法——来进行的。头脑一时发热，在所难免，我自己也并非例外。但是，清醒之后，还是以改一改为好。我现在就清醒地来重新评估这两句话。

我个人认为，古今中外，不管是自然科学家，还是社会科学家，哪一个人在进行工作时也离不开这两句话。不这样，才是天大的怪事。在开始进行一个课题的研究时，你对于这个课题总会有些想法吧，这些想法就是假设。哪里能一点想法都没有而进行一个课题的研究呢？为什么要"大胆"？意思就是说，不要受旧有的看法或者甚至结论的束缚，敢于突破，敢于标新立异，敢于发挥自己的幻想力或者甚至胡想力，提出以前从没有人提过或者敢于提出的假设。不然，如果一开始就谨小慎微，一大堆清规戒律，满脑袋紧箍，一点幻想力都没有，这绝对不会产生出什么好结果的。哥白尼经过细致观测，觉得有许多现象是太阳绕地球旋转说解释不了的，于是假设了日中心说。这真是石破天惊的假设，大胆的假设。没有这个胆量，太阳恐怕还要"绕"地球运转若干年。没有大胆的假设，世界学术史陈陈相因，能有什么进步呢？

那么，大胆的假设，其罪状究竟何在呢？

有了假设，不等于就有了结论。假设只能指导你去探讨，去钻研。所有的假设，提出来以后，都要根据资料提供的情况，根据科学实验提供的情况来加以检验。有的假设要逐步修正，使之更加完善。客观材料证实了多少，你就要在假设中肯定多少。哪些地方同客观材料相违，或者不太符合，你就要在假设中加以修正。这样可能反复多次，十次，百次，几百次；假设也要修正十次，百次，几百次，最后把假设变成结论。有的假设经不住客观材料的考验，甚至必须完全扬弃，重新再立假设，重新再受客观材料的考验。凡是搞点科学研究的人，都能了解其中的味道，或甘或苦，没有定准儿。这就叫作小心的求证。

那么，小心的求证，其罪状究竟何在呢？

也有人灵机一动提出了一个假设，自己认为是神来之笔，是灵感的火花，极端欣赏，极端自我陶醉。但是后来，客观材料，包括实验结果证明这个假设不能成立。在这个关键时刻，真正有良心的科学工作者应该当机立断，毅然放弃自己的假设，另觅途径，另立新说。这是正途。可是也有个别的人，觉得自己的假设真是美妙绝伦，丢掉了万分可惜。于是不惜歪曲材料，顺我者昌，逆我者亡，只选取对自己的假设有利的材料，堆累在一起，形成了一个迁就自己的假设的结论。这是地道的学术骗子。这样的"学者"难道说是绝无仅有吗？

这就是我理解的"大胆的假设，小心的求证"。

这是丝毫也无可非议的。

但是确实有一些学者是先有了结论，然后再搜集材料，来证实结论。"以论带史"派的学者，我认为就有这种倾向。比如要研究中国历史上农民战争问题，他们从什么人的著作里找到了农民战争解放生产力的结论。在搜集材料时，凡有利于这个结论的，则统统收进来；凡与这个结论相违反的，则统统视而不见。有时甚至不惜加以歪曲，爬罗剔抉，刮垢磨光，最后磨出一个农民战争解放生产力的结论，而让步政策则是"修正主义"。研究清官与赃官问题时，竟然会说赃官要比清官好得多，因为清官能维护封建统治，而赃官则能促成革命，从而缩短封建统治的寿命。如此等等，不一而足。这样的研究方法根本用不着假设，不大胆的假设也用不着。至于小心的求证，则是戴着有色眼镜去衡量一切，谈不到小心不小心。

对这样的科学工作者来说，"大胆的假设，小心的求证"是必须彻底批判的。

对这样的科学工作者来说，他们的结论是先验的真理，不许怀疑，只准阐释。他们是代圣人立言，为经典作注。

用这样的方法，抱这样的态度，来研究学问，学问会堕落到什么程度，不是一清二楚了吗？

我服膺被批判了多年的"大胆的假设，小心的求证"，理由就是这一些。另外可能还有别的解释，则非愚钝如不佞者所能知矣。

统观自己选出来的这一些文章，不管它们是多么肤浅，我总想在里面提出哪怕是小小的一点新看法。要提出新看法，就必须先有新假设。假设一提出，还不就是结论。不管假设多么新，在证实之前，都不能算数。我经常被迫修改自己的假设，个别时候甚至被迫完全放弃。有的假设，自己最初认为是神来之笔，美妙绝伦；一旦证实它站不住脚，必须丢弃。这时往往引起内心的激烈波动，最终也只能忍痛丢弃。我的做法大体上就是如此。鹦鹉学舌，非我所能；陈陈相因，非我所愿。我也决不敢说，我的这些所谓新看法都是真理。一部人类的学术史证明了学术一定要随时代的前进而前进。将来有新材料发现，或者找到了观察问题的新的角度，自己的看法或者结论也势必要加以修改，这是必然的。

现在归纳起来可以说，我过去五六十年的学术活动，走的基本上是一条考证的道路。可是原来自己并没有意识到。到了今天，通过这个自选活动，我才真正全面而明确地认识到这一点。考证要达到什么目的呢？无非是寻求真理而已。伟大科学家爱因斯坦说："凡在小事上对真理持轻率态度的人，在大事上也是不足信的。"这句话可以有多种解释。什么叫真理？大家的理解也未必一致。有的人心目中的真理有伦理意义。我不认为是这样。我觉得，事情是什么样子，你就说它是什么样子。这是唯物主义，同时也是真理。我体会爱因斯坦在这里所说的真理就是这样的真理。他这一句颇耐人寻味。同样是真理，事情却有大小。哥白尼倡日中心说，这是大事情上的真理。语言文字学家，训诂学家，弄清楚一个字或一句话的古音古义，这是小事情上的真理。事情有大有小，而其为真理则一也。有人夸大考证的作用，说什么发现一个字的古音，等于发现了一颗新星，这有点过分夸张。这样的发现与哥白尼的日中心说是不能比的。不管怎样，整个人类的历史，就是追求真理、探索真理的历史，这一点恐怕是无法否认的。从事各种工作的人，都在自己的领域内追求真理、探索真理。

1988年4月18日写完

（节选自《季美林学术论著自选集》自序）

# 学术研究发展的轨迹

## ——由考证到兼顾义理

　　清儒分学问为三门：义理、辞章、考据。最理想的是三者集于一人之身，但这很难。桐城派虽然如此主张，但是他们真正的成就多半在辞章一门，其他两门是谈不上的。就我个人而言，也许是由于天性的缘故，我最不喜欢义理，用现在的说法或者可以称为哲学。哲学家讲的道理恍兮惚兮，以我愚钝，看不出其中有什么象。哲学家公说公有理，婆说婆有理，天底下没有哪两个哲学家的学说是完全一样的。我喜欢实打实、摸得着、看得见的东西。这是我的禀赋所决定的，难以改变。所以，我在三门学问中最喜爱考证，亦称考据。考据，严格说来，只能算是一个研究方法，其精髓就是：无证不信，"拿证据来"，不容你胡思乱想，毫无根据。在中国学术史上，考据大盛于清朝乾嘉时代，当时大师辈出，使我们读懂了以前无法读的古书，这是它最大的贡献。

在德国，实证主义的研究方法，其精神与中国考据并无二致，其目的在拿出证据，追求真实——我故意不用"真理"二字——然后在确凿可靠的证据的基础上，抽绎出实事求是的结论。德国学术以其"彻底性"（Gründlichkeit）蜚声世界，这与他们的民族性不无联系。

至于我自己，由于我所走过的学术道路和师承关系，又由于我在上面讲到的个人禀性的缘故，我在学术探讨中、在潜移默化中受到了中、德两方面的影响。在中国，我的老师陈寅恪先生和汤用彤先生都是考据名手。在德国，我的老师西克和瓦尔德施米特和后者的老师吕德斯，也都是考证巨匠。因此，如果把话说得夸大一点的话，我承受了中、德两方面的衣钵。即使我再狂妄，我也不敢说，这衣钵我承受得很好。在我眼中，以上这几位大师依然是高山仰止，景行行止。我一生小心翼翼地跟在他们后面行走。

可是，也真出乎我自己的意料，到了晚年，"老年忽发少年狂"，我竟对义理产生了兴趣，发表了许多有关义理的怪论。个中因由，我自己也尚不能解释清楚。

# 为考证辩诬

考证，也叫作考据。在清代，义理、辞章、考据被认为是三个独立又互相联系的学科。有的学者专门从事一门学科的研究，有的学者也能从事两门学科的探讨，或者三门学科都兼容并包。据我所知道的，当时好像没有什么人对这种三分法说三道四，或者对其中一门加以挑剔。大家好像都认为，事情本来就是这个样子。

到了20世纪20年代，情况却有了变化。胡适大力提倡考据工作，引起了纷纷的议论与责难。一直到新中国成立后，每次对胡适进行所谓批判，都有人主张，胡适之所以提倡考据是为了引导青年钻入故纸堆中，脱离当前的斗争，从而防止共产主义在中国的传播与发展。天下翕然从之，从来没有什么人提出异议。我对于这种说法一直持怀疑态度。胡适不赞成共产主义，这是事实，是谁也否认不掉的。但是，为了反对共产主义，就提倡考据，天下能有这种笨伯吗？有什么理由说，搞考据的人就一定反对共产主义呢？有什么理由说，搞考据的人就一定没有时间和兴致来从事共产主义的宣传呢？事实也并不是这样。有一些老革命家曾长年从事考据工作。可见考据工作与共产主义并不是水火不相容的。还有一个与此类似的说法，我也深为怀疑。有不少人说，清代乾嘉时代考据之风大盛，与清代统治者大力倡导有关。而从事考据工作的学者们，也想通过这种工作来避免文字狱之类的灾难。我个人觉得，这种逻辑非常滑稽。如果统治者真想搞文字狱，欲加之罪，何患无辞？难道考据就能成为躲开文字狱的避风港吗？

然而，以上两种说法却流行开来，而且占了垄断的地位，于是沸沸扬扬，波及全国，揭批判之大旗，震挞伐之天声，考据工作好像真成了革命之大敌。一些革命者，为了显示自己的革命性，一有机会，总要刺上几枪。一直到今天，流风未息，大有谈考据而色变之概了。

我个人觉得，对考据工作既用不着大捧特捧，也用不着大张挞伐。这种工作实际上是非常平常而又非做不可的。稍微搞点科学研究工作的人，特别是搞与古代典籍有关的研究工作的，都有一种经验：首先要积累资料，这种积累是"韩信将兵，多多益善"。马克思主义告诉我们的也不外是这一层意思。但是，资料光多还不行，它还必须正确可靠，而不正确不可靠的资料却比比皆是。如果对资料不加鉴别，一视同仁，则从不正确不可靠的资料中得出来的结论绝对不会正确可靠，这一点连小孩子都会知道的。检验资料可靠不可靠的手段颇多，其中最重要的就是考证。因此，考据工作不是可有可无，而是非有不可。在提倡假、大、空的时代中是用不着考据的。反正是"以论带史"，或者"以论代史"。"论"已经有了，只需寻求证据加以肯定，加以阐释，工作就算是完成了。至于资料可不可靠，那是无关重要的，最重要的是"论"。如果发现资料与"论"不相符合，那就丢车保帅，把资料丢弃，或者加以歪曲，只要帅能保得住，就猗欤盛哉，天下太平了。我从来不反对论，论是非常必要的；但这种论必须真正反映客观规律，而这种真正反映客观规律的论只能从正确可靠的资料中才能抽绎出来，考据工作正是保证资料的正确与可靠所不能缺少的。

现在还有一种反对所谓烦琐考证的论调。我并不赞成搞烦琐考据。但是，我必须指出一点来：搞不搞烦琐考证，要视需要而定，不能笼统地加以否定，更不能不分青红皂白而口诛笔伐。搞过考据工作的恐怕都有一种经验：考据往往难免烦琐，大而化之搞考据，是决不会搞出什么名堂来的。只要烦琐没有超过需要的范围，我看是应该允许的。

总之，我只是想说：对于考据工作和所谓烦琐考证，要平心静气地进行分析，既不必大声疾呼加以提倡，也不必义形于色横加指责。那种过分夸大考据工作作用的论调，如"发现一个字的古音，等于发现一个行星"等等，也为我所不取。

1987年11月18日

# 再谈考证

不久以前，我在《群言》杂志上发表了一篇短文：《为考证辩诬》，目的是想为清代考证之学说几句话，顺便发泄一点对当前理论界的不满。在文中我讲到，我不同意多少年来流行的说法，说清代考证之学之兴与清代统治者大兴文字之狱有关。我个人认为，这种说法有点教条主义的味道，是一种形而上学，与我们几十年来在理论方面的教条主义有关。

这引起了王武子先生不同的意见。他的文章已经发表在《群言》杂志1988年第8期上。王先生的文章对我有启发。但是他把考证之学与文字狱联系在一起的传统的说法，并不全面，不准确，仍然不足以服我。因此我再申论一下。

我在上一篇文章里已经谈过，如果清代的文人学士只是想逃避文字之狱的话，他们不一定专门从事考证之学，其他离文字较远的学科都可以搞，甚至任何学科都不搞也可以。欲加之罪，何患无辞，古有明训。考证之学决不能成为他们的避风港。有一点，我在那篇短文里没有点明：清代考证之学之兴是由中国学术历史的发展规律促成的，是由内因决定的，而不是文字狱等外因。

想证明这一点，用不着旁征博引，只需根据梁启超的《清代学术概论》一书，稍加申述，就完全够了。我不敢说，梁的论点是百分之百的准确、完善，但是持之有故、言之成理的。他首先讲到时代思潮，他说："其在我国自秦以后，确能成为时代的思潮者，则汉之经学，隋唐之佛学，宋及明之理学，清之考证学，四者而已。"他的意思是说，考证之学是中国几千年的学术史上时代思潮之一。如果承认这个观点，则应该从宏观方面看待这个问题，不能囿于有清一代的文字狱等。

梁启超对于这个问题又进一步进行了论证。他认为，在中国学术史上，"学派上之'主智'与'主意''唯物'与'唯心''实验'与'冥证'，每迭为循环。大抵甲派至全盛时必有流弊，有流弊斯有反动，而乙派与之代兴。乙派之由盛而弊，而反动亦然。……唐代佛学极昌之后，宋儒采之，以建设一种'儒表佛里'的新哲学，至明而全盛"。全盛之后，流弊斯出。梁启超把这种流弊归结为两点：一曰遏抑创造，二曰奖励虚伪。清学起而矫之。他说："清学之出发点，在对于宋明理学一大反动。"极简略地说，梁启超就是这样解释清学之兴的，而清学的代表就是考证之学。我觉得，这样从学术发展规律上来说明清代考证产生的原因，理由是充足的，是能够说服人的。

梁启超又把每一个思潮之流划分为四个时期：一、启蒙期；二、全盛期；三、蜕分期；四、衰落期。把这四个时期的分法应用到清代思潮上，他认为启蒙期的代表人物是顾炎武、胡渭、阎若璩；全盛期的代表人物是惠栋、戴震、段玉裁、王念孙、王引之。至于蜕分期与衰落期与我现在要谈的问题无关，这里不谈了。在第一、二两期中，梁启超又把全盛期的代表人物名之为正统派。他说："正统派则为考证而考证，为经学而治经学。""其治学之根本方法，在'实事求是'，'无征不信'。其研究范围，以经学为中心，而衍及小学、音韵、史学、天算、水地、典章制度、金石、校勘、辑佚，等等。而引论取材，多极于两汉，故亦有'汉学'之目。"梁启超在这里讲的就是清代考据学的基本方法和基本内容。

我在上面只是非常简略地介绍了一下梁启超对于清代考证的论述。读者倘有兴趣，可以自己去读他的原著，我不再介绍了。总之，我认为，梁启超的看法是可信的。因此，清代考证之学的兴起是中国学术发展的内因所决定，与文字狱之类的外因无关。这就是我的看法。

1988年6月9日

（本文收入本书时个别文字有节略）

# 我的考证

　　我在上面叙述中，甚至在"总结"的"学术研究发展的轨迹——由考证到兼顾义理"中，都谈到了考证，但仍然觉得意犹未尽，现在再补充谈一谈"我的考证"。

　　考证并不是什么神秘的东西，把它捧到天上去，无此必要；把它贬得一文不值，也并非实事求是的态度。清代的那一些考据大师，穷毕生之力，从事考据，给我们带来了极大的好处；好多古书，原来我们读不懂，或者自认为读懂而实未懂，通过他们对音训词句的考据，我们能读懂了。这难道说不是极大的贡献吗？即使不是考据专家，凡是从事人文社会科学研究工作的学者，有时候会引征一些资料，对这些资料的真伪迟早都要进行一些必要的考证工作。这些几乎近于常识的事情，不言而喻。因此，我才说，考证不是什么神秘的东西，而且考证之学不但中国

有，外国也是有的。科学研究工作贵在求真，而考据正是达到这个
目的的手段，焉能分什么国内国外？

至于考证的工拙精粗，完全决定于你的学术修养和思想方法。
少学欠术的人，属于马大哈一类的人，是搞不好考证工作的。死板
僵硬，墨守成规，不敢越前人雷池一步的人，也是搞不好考证的。
在这里，我又要引用胡适先生的两句话："大胆的假设，小心的求
证。"假设，胆越大越好。哥白尼敢于假设地球能转动，胆可谓大
矣。然而只凭大胆是不行的，必须还有小心的求证。求证，越小心
越好。这里需要的是极广泛搜集资料的能力，穷极毫末分析资料的
能力，坚韧不拔、锲而不舍的精神，然后得出的结论才能比较可靠。
这里面还有一个学术道德或学术良心的问题，下一节再谈。

在考证方面，在现代中外学人中，我最佩服的有两位：一位是
我在德国的太老师吕德斯，一位是我在中国的老师陈寅恪先生。他
们两位确有共同的特点。他们能在一般人都能读到的普通的书中，
发现别人看不到的问题，从极平常的一点切入，逐步深入，分析细
致入微，如剥春笋，层层剥落，越剥越接近问题的核心，最后画龙
点睛，一笔点出关键，也就是结论；简直如"石破天惊逗秋雨"，
匪夷所思，然而又铁证如山。此时我简直如沙漠得水，酷暑饮冰，
凉沁心肺，毛发直竖，不由得你不五体投地。

上述两位先生都不是为考证而考证，他们的考证中都含有"义
理"。我在这里使用"义理"二字，不是清人的所谓"义理"，而
是通过考证得出规律性的东西，得出在考证之外的某一种结论。比
如吕德斯通过考证得出了，古代印度佛教初起时，印度方言林立，
其中东部有一种古代半摩揭陀语，有一部用这种方言纂成的所谓"原

始佛典"（Urkanon），当然不可能是一部完整的大藏经，颇有点类似中国的《论语》。这本来是常识一类的事实。然而当今反对这个假说的人，一定把 Urkanon 理解为"完整的大藏经"，真正是不可思议。陈寅恪先生的考证文章，除了准确地考证史实之外，都有近似"义理"的内涵。他特别重视民族与文化的问题，这也是大家所熟悉的。我要郑重声明，我绝不是抹杀为考证而考证的功绩。钱大昕考出中国古无轻唇音，并没有什么"义理"在内，但却是不刊之论，这是没有人不承认的。类似的例子还可以举出不少来，足证为考证而考证也是有其用处的、不可轻视的。

　　但是，就我个人而言，我的许多考证的文章，却只是手段，而不是目的。比如，我考证出汉文的"佛"字是 pat、but 的音译。根据这一个貌似微末的事实，我就提出了佛教如何传入中国的问题。我自认是平生得意之作。

1997年

# 我的义理

　　我在上面提到的我一生所写的许多文章中都讲到我不喜欢义理，不擅长义理。但是，我喜欢胡思乱想，而且我还有一些怪想法。我觉得，一个真正的某一门学问的专家，对他这一门学问钻得太深，钻得太透，或者也可以说，钻得过深，钻得过透，想问题反而缩手缩脚，临深履薄，战战兢兢，有如一个细菌学家，在他眼中，到处是细菌，反而这也不敢吃，那也不敢喝，窘态可掬。一个外行人，或者半外行人，宛如初生的犊子不怕虎，他往往能看到真正专家、真正内行所看不到或者说不敢看到的东西。我对于义理之学就是一个初生的犊子。我决不敢说，我看到的想到的东西都是正确的。但是，我却相信我的意思是一些专家绝对不敢想更不敢说的。从人类文化发展史来看，如果没有绝少数不肯受钳制，不肯走老路，不肯故步自封的初生犊子敢于发石破天惊的议论的话，则人类进步必将缓慢得多。当然，我们也必须注意常人所说的"真理与谬误之间只差毫厘""真理过一分就是谬误"。一个敢思考敢说话的人，说对了了不得，说错了不得了。因此，我们决不能任意胡说八道。如果心怀哗众取宠之意，故作新奇可怪之论，连自己都不信，怎么能让别人相信呢？我幸而还没有染上这种恶习。

总之，我近几年来发了不少"怪论"，我自己是深信不疑的，别人信不信由他，我不企图强加于人。我的怪论中最重要的是谈中西文化同异问题的。经过多年的观察与思考，我处处发现中西文化是不同的。我的基本论点是东西方思维模式不同：东综合而西分析。这种不同的思维模式表现在许多方面。举其荦荦大者，比如在处理人与大自然的关系问题上，西方对自然分析再分析，征服再征服；东方则主张"天人合一"，用张载的话来说就是："民，吾同胞；物，吾与也。"结果是由西方文化产生出来的科学技术，在辉煌了二三百年，主宰了世界，为人类谋了很大的福利之后，到了今天，其弊端日益暴露，比如大气污染，臭氧层出洞，环境污染，淡水资源匮乏，生态平衡破坏，新疾病层出不穷，如此等等，哪一个问题不解决都能影响人类生存的前途。这些弊端将近两百年前英国浪漫诗人雪莱就曾预言过，如今不幸而言中。这些东西难道能同西方科技的发展分得开吗？

令人吃惊的是，到了今天，竟还有少数学者，怀抱"科学"的尚方宝剑，时不时祭起了"科学"的法宝，说我的说法不"科学"，没有经过"科学"的分析。另外还有个别学者，张口"这是科学"，闭口"这是科学"，来反对中国的医学，如针灸、拔罐子等等传统医疗方法。把中国传统的东西说得太神，我也无法接受。但是实践是检验真理的唯一标准，经过国内外多年的临床应用，证明有些方法确实有效，竟还有人视而不见，听而不闻，死抱住他所谓的"科学"不放，岂不令人骇异吗？

其实，这些人的"科学"，不过是西方的主要在近代发展起来的科学。五四运动时，中国所要求的"赛先生"者就是。现在事实已经证明了，这位"赛先生"确实获得了一部分成功，获得了一些真理，这是不能否认的。但是，通向真理的道路，并不限于这一条。东方的道路也同样能通向真理。这一个事实才刚露出了端倪，还没有被广大群众所接受，至于后事如何，21世纪便可见分晓。

# 一些具体的想法

同我在上一篇谈到的"我的义理"有一些联系的是我的一些具体的想法，我希望这些想法能变为事实。

我在下面把我目前所想到的一些具体的问题和做法加以简略的介绍：

## 一、关于汉语语法的研究

世界语言种类繁多，至今好像还没有一个为大家所公认的"科学"的分类法。不过，无论如何，汉语同印欧语系的语言是截然不同的两类语言，这是无论谁也无法否认的事实。然而，在我们国内，甚至在国外，对汉语的研究，在好多方面则与对印欧语系的研究无大差异。始作俑者恐怕是马建忠的《马氏文通》。这一部书开创之功不可没，但没能分清汉语和西方语言的根本不同，这也是无法否认的。汉语只有单字，没有字母，没有任何形态变化，词性也难以确定，有时难免显得有点模糊。在五四运动期间和以后一段时期内，有人就想进行改革，不是文字改革，而是语言改革，鲁迅就是其中之一，胡适也可以算一个。到了现在，"语言改革"的口号没有人再提了。但是研究汉语的专家们的那一套分析汉语语法的方式，我总认为是受了研究西方有形态变化的语言的方法的影响。我个人认为，这一条路最终是会走不通的。

汉语有时显得有点模糊，但是，妙就妙在模糊上。试问，世界上万事万物百分之百地彻底地绝对地清楚的有没有？自从西方新兴科学"模糊学"出现以后，给世界学人——不管是人文社会科学家，还是自然科学和技术科学家——一个观察世间错综复杂的现象的新的视角。这对世界文化的进步与发展是大有裨益的。

因此，我建议，汉语语法的研究必须另起炉灶，改弦更张。

## 二、中国通史必须重写

从历史上一直到现在，在世界民族之林中，最重视历史的民族是中华民族。从三皇五帝一直到今天的中华人民共和国，在长达几千年的时期内，我们都有连续不断的历史的文字记录，而且还不止有一种，最著名的是《二十四史》，这是举世闻名的。我们每一个朝代都有断代史。正史之外，还有杂史。至于通史这种体裁，古代我们也有，司马迁的《史记》、司马光的《资治通鉴》都有通史的性质。我们决不敢说，这些史籍中所记录的全是事实，那是根本不可能的。但是，中华民族是一个颇为实事求是的，没有多少想入非非的不着边际的幻想的民族，却也是大家所公认的。

近代以来，一些学者颇写了一些《中国通史》之类的著作。根据丰富的历史资料，而观点则见仁见智，各不相同。这是很自然的事。这些书不同程度地受到了读者的欢迎。新中国成立后，大力提倡学习马克思主义。这事情本身应该说是一件好事，可惜的是，五六十年代我们所学的相当一些内容是"苏联版"的、带有"斯大林的印记"的。在这种情况下，我们的人文社会科学的研究，其中当然包括历史研究，都受到了感染。专以中国通史而论，历史分期问题议论蜂起，异说纷纭，仅"封建社会起源于何时"这一个问题就争论不休，意见差距超过千年，至今也没有大家比较公认的意见，只好不了了之。我真怀疑，这样的争论究竟有什么意义。再如一些书对佛教的谩骂，语无伦次，连起码的常识和逻辑都不讲。鲁迅说，谩骂不是战斗。它决不能打倒佛教，更谈不上消灭。这样的例子，我还可以举出一些来，现在先到此为止吧。

在当时极"左"思想的指导下，颇写出了几本当时极为流行的《中国通史》，大中小学生学习的就是这样的历史。不管作者学问多么大，名气多么高，在教条主义流行的年代，写出来的书绝对不可能不受其影响，有时是违反作者本意的产品。有人称之为"以论代史"，而不是"以论带史"。关键在于一个"论"字，这是什么样的"论"呢？我在上面已经指出来过，这是带有苏联印记的"论"，而不一定是真正马克思主义的"论"。历史研究，贵在求真，决不容许歪曲历史事实，削足适履，以求得适合某种教条主义的"论"。

固此，我主张，中国通史必须重写。

另外还有一些情况，我们必须注意，一个是中国历史长短的问题，一个是中国文化发源地广袤的问题。关于第一个问题，我们过去写通史，觉得最有把握的是，最早只写到商代，约公元前17世纪至11世纪，在"古史辨派"眼中，夏禹还只是一条虫，遑论唐虞，更谈不到三皇五帝。这样我们的历史只有三千多年，较之埃及、巴比伦，甚至印度，瞠乎后矣。硬说是五千年文明古国，不是硬吹牛吗？然而，近年来，由于考古工作的飞速进步，夏代的存在已经完全可以肯定，也给禹平了反，还他以人形。即以文字发展而论，被称为最古的文字的甲骨文已经相当成熟，其背后还必有一段相当长的发展的历史。我们相信，随着考古发掘工作进一步的发展，中国的历史必将更会向前推断，换句话说，必将会更长。

至于中国文化发源地的广袤问题，过去一般的意见是在黄河流域。现在考古发掘工作告诉我们，长江流域的文化发展决不可轻视。有的人甚至主张，长江早于黄河。不管怎样，长江流域也是中国文化发源地之一。这只要看一看《楚辞》便可明白。没有一个比较长期的文化积淀，《楚辞》这样高水平的文章是产生不出来的。长江流域以外，考古工作者还在南方许多地区发现了一些文化遗址。这一切都说明，过去只看到黄河流域一个地方，是不够的。今天我们再写历史，决不能再走这一条老路。

因此，我主张，中国通史必须重写。

### 三、中国文学史必须重写

在20世纪以前，尽管我们的正史和杂史上关于中国文学的记载连篇累牍，可是专门的中国文学史却是没有的。有之，是自20世纪初期始可能受了点外来的影响。在新中国成立前的几十年中，颇出了一些《中国文学史》，书名可能有一些不同，但内容却是基本上一样的，水平当然也参差不齐。连《中国文学批评史》也出了几种。

新中国成立以后，四五十年来，更出了不少的文学史，直到今日，此风未息。应该说，对学术界来说，这都是极好的事情，它说明了我国学术界的繁荣昌盛。

但是，正如可以预料的那样，同上面讲到的《中国通史》一样，《中国文学史》的纂写也受到了极"左"思潮的影响。中国的极"左"思潮一向是同教条主义、僵化、简单化分不开的。在这种思想左右下，我们中国的文学史和文艺理论研究，无疑也受到苏联的很大影响。50年代，我们聘请了一些苏联文艺理论专家来华讲学。他们带来的当然带有苏联当时的那一套教条，我们不少人却奉为金科玉律，连腹诽都不敢。苏联一个权威把极端复杂的、花样繁多，然而却又是生动活泼的哲学史上哲学家的学说，一下子化为僵死、呆板、极端简单化了的教条。可在一段相当长的时期内，这就是我们研究中国文学史以及中国历史上文艺理论的一个指针。在这样的情况下，文学史和文艺理论的研究焉能生动活泼、繁荣昌盛呢？

在外来的影响之外，还有我们自己土产的同样贴上了马克思主义标签的教条主义的东西。不错，文学作品有两个标准，政治标准和艺术标准。但却不能只一味强调政治标准，忽视艺术标准。其时，一般的中国文学史家，为了趋吉避凶，息事宁人，就拼命在第一条标准上做文章，而忽视了这个第二条艺术性标准。翻看近四五十年来所出版的几部部头比较大、影响比较大的《中国文学史》或者有类似名称的书，我们不难发现，论述一个作家作品的政治性或思想性时，往往不惜工本，连篇累牍地侃侃而谈，主要是根据政治教条，包括从苏联来的洋教条在内；论述这位作家的思想性，有时候难免牵强附会，削足适履；而一旦谈到艺术性，则缩手缩脚，甚至潦潦草草，敷敷衍衍，写上几句倒三不着两的话，好像是在应付差事，不得不尔。

根据我个人的浅见，衡量一部文学作品的标准，艺术性绝对不应忽视，甚至无视，因为艺术性是文学作品的灵魂。如果缺乏艺术性，思想性即使再高，也毫无用处，这样的作品决不会为读者所接受。有一些文学作品，思想性十分模糊，但艺术性极高，照样会成为名作而流传千古，李义山的许多无题诗就属于这一类。可惜的是，正如我在上面说过的那样，近几十年来几乎所有的文学史，都忽视了作品艺术性的分析。连李白和杜甫这样伟大的诗人，文学史的作者对他们的艺术风格的差异也只能潦草地说上几句话，很少有言之有物、切中肯綮的分析，遑论其他诗人。

这样的文学史是不行的。因此，我主张，中国文学史必须改写。

### 四、美学研究的根本转型

在中国古代，美学思想是丰富多彩的，但比较分散，没有形成体系。"美学"这一门学问，在某种意义上来看，可以说是一个舶来品，是受到了西方影响之后才成立的。这一个事实恐怕是大家所公认的。新中国成立以后，有一段时期，美学浸浸乎成了显学，出了不少人才，出了不少书，还形成了一些学派，互相争辩，有时候还相当激烈。争论的问题当然很多，但是主要集中在美的性质这个问题上：美是主观的呢？还是客观的？抑或是主客观相结合的？跟在西方学者后面走，拾人牙慧，不敢越雷池一步，结果走进了死胡同，走进了误区。

何以言之？按西方语言，"美学"这个词儿的词源与人的感官（sense organ）有关。人的感官一般说有五个，即眼、耳、鼻、舌、身。中国和印度等国都是这样说。可是西方美学家却只讲两官，即眼与耳。美术、绘画、雕塑、建筑等属于前者，音乐属于后者。这种说法实际上也可归入常识。

可是，中国美学家忘记了，中国的"美"同西方不一样。从词源学上来讲，《说文》[①]："美，羊大也。"羊大了肉好吃，就称之为"美"。这既不属于眼，也不属于耳，而是属于舌头，加上一点鼻子，鼻子能嗅到香味。我们现在口头上时时都在讲"美酒""美味佳肴"等等，还有"美食城"这样的饭店，这些在西方都不能用"美"字来表述。西方的"美"不包括舌头和鼻子。只要稍稍想一想，就能够明白。中国学者讲美学，而不讲中国的"美"，岂非咄咄怪事！我说，这是让西方学者带进了误区。

现在，中国已经有了一些美学家谈论美学转型的问题。我认为，这谈得好，谈得及时。可惜这些学者只想小小地转一下型，并没有想到彻底走出误区，没有想到我在上面提到的那一些带根本性的问题。

我从20世纪30年代起就陆续读过一些美学的书，对美学我不能说是一个完全的外行。但是浅尝辄止，也说不上是一个真正的内行，只能说是一个半瓶醋。常识告诉我们，只有半瓶醋才能晃荡出声。我就是以这样的身份提出了一个主张：美学必须彻底转型，决不能小打小闹，修修补补，而必须大破大立，另起炉灶。

---

① 即《说文解字》，是中国第一部系统地分析汉字字形和考究字源的字书。

## 五、文艺理论在国际上"失语"问题

近七八十年以来，在世界范围内，文艺理论时有变化，新学说不时兴起。有的延续时间长一点，有的简直是"蟪蛄不知春秋"，就为更新的理论所取代。我常套用赵瓯北的诗句，改为"江山年有才人出，各领风骚数十天"。可是，令人奇怪的是，在国际文艺论坛上的喧嚣闹嚷声中，独独缺少中国的声音，有人就形象地说，中国患了"失语症"。

难道我们中国真正没有话可说吗？难道国际文艺理论的讲坛上这些时生时灭的"理论"就真正高不可攀吗？难道我们中国的研究文艺理论的学者就真正蠢到鸦雀无声吗？非也，非也。我个人认为，其中原因很多，但是最主要的原因之一是，我们有一些学者过多地屈服于"贾桂思想"，总觉得自己不行；同时又没有勇气，或者毋宁说是没有识见，去回顾我们自己有悠久历史传统的、水平极高的旧的文艺理论宝库。我们传统的文艺理论，特别是所使用的"话语"，其基础是我在上面提到的综合的思维模式，与植根于分析的思维模式的西方文艺理论不同。我们面对艺术作品，包括绘画、书法、诗文等等，不像西方文艺理论家那样，把作品拿过来肌骈理分，割成小块块，然后用分析的"话语"把自己的意见表述出来。有的竟形成极端复杂的理论体系，看上去令人目眩神摇。

我们中国则截然不同。我们面对一件艺术品，或耳听一段音乐，并不像西方学者那样，手执解剖刀，把艺术品或音乐分析解剖得支离破碎，然后写成连篇累牍的文章，使用了不知多少抽象的名词，令读者如堕入五里雾中，最终也得不到要领。我们中国的文艺批评家或一般读者，读一部文学作品或一篇诗文，先反复玩味，含英咀华，把作品的真精神灿然烂然映照于我们心中，最后用鲜明、生动而又凝练的语言表达出来。读者读了以后得到的也不是干瘪枯燥的义理，而是生动活泼的综合的印象。比方说，庾信的诗被综合评论为"清新"二字，鲍照的诗则是"俊逸"二字。杜甫的诗是"沉郁顿挫"，李白的诗是"飘逸豪放"；其余的诗人以此类推。对于书法的评论，我们使用的也是同一个办法，比如对书圣王羲之的书法，论之者评为"龙跳天门，虎卧凤阙"，多么具体凝练，又是多么鲜明生动！在古代，月旦人物，用的也是同样的方式，不赘述。

我闲常考虑一个问题：为什么在中国文学批评史上，除了《文心雕龙》《诗品》等少数专门著作之外，竟没有像西方那样有成套成套的专门谈文艺理论的著作？中国的文艺理论实际上是历史悠久，内容丰富，而又派别繁多，议论蜂起的。许多专家的理论往往见之于诗话（词话）中，不管什么"神韵说""性灵说""肌理说""境界说"等等，都见之于诗话中，往往是简简单单的几句话，而内容却包罗无穷。试拿中国——中国以外，只有韩国有诗话——诗话同西方文艺理论的皇皇巨著一比，其间的差别立即可见。我在这里不作价值评判，不说哪高哪低，让读者自己去评论吧。

这话说远了，赶快收回，还是谈我们的"失语"。我们中国文艺理论并不是没有"语"，我们之所以在国际上失语，一部分原因是欧洲中心主义还在作祟，一部分是我们自己的腰板挺不直，被外国那一些五花八门的"理论"弄昏了头脑。我个人觉得，我们有悠久雄厚的基础，只要我们多一点自信，少一点自卑，我们是大有可为的，我们决不会再"失语"下去的。但是兹事体大，决不会是一蹴而就的事，我们必须付出艰苦的劳动，多思考，勤试验，在不薄西方爱东方的思想指导下，才能为世界文艺理论开辟一个新天地。任何掉以轻心的做法都是绝对有害的。

# 广通声气　博采众长

比较文学今天已经成为世界显学。这是学术发展的必然结果，是很自然的事情。

最近十几年以来，我国和我们山东对比较文学的研究，日益重视，并且已经取得了令人瞩目的成绩。这是顺乎世界潮流、合乎学术发展规律之举，值得我们欣慰。

但是，在发展过程中还有没有不足之处呢？实事求是、心平气和论之，应该说还是有的。我并没有把所有的比较文学的文章全部读遍。仅就我阅览所及，我觉得，有些学者把比较文学看得过于简单，写出来的文章不够深入，缺少新的见解。表面上看起来，文章数目不少，似乎是一片兴旺发达的气象。仔细品评，实际情况并非如此。根据我个人肤浅的看法，中国的比较文学，在表面繁荣的掩盖下，正处在一个十字路口，空泛无涯涘，每个人根据自己的理解，写出十分不同的文章，统统装入比较文学这个筐子里。这不利于中国比较文学的发展。在欣慰之余，我又有点忧虑了。

救之之方，只有一条：广通声气，努力学习。所谓广通声气，指的是同国内外、省内外的同行学者加强联系，互通信息，互通有无，切莫坐井观天，闭关自守。要学人之长，避人之短。既接受，也给予。博采众长，必有所得。所谓努力学习，首先指的是要学习文艺理论。我个人认为，中国古代文艺理论、印度古代文艺理论、西方古今的文艺理论是人类文艺理论的三大体系。我们都应该下功夫努力学习。"采得百花成蜜后"，必有所得。只有做到这一步，我们中国的比较文学才能真正有所突破，真正出现新气象，才能真正立足于世界比较文学之林，从而形成我们大家所期望的比较文学的中国学派。

作为比较文学的一个没有成就的老兵，一个忠诚的比较文学的啦啦队员，作为山东比较文学界的一员，我愧无建树，幸有赤诚，野叟献曝，老生常谈。愿与我省同人们共勉之。是为序。

1990年1月17日

（本文原为《走向世界文学的桥梁》序一）

# "模糊""分析"与"综合"

我在上面的几篇文章中，几次使用了"模糊""分析"与"综合"这三个词儿。在分析东方文化与西方文化及其相互关系时，使用这几个词儿是不可避免的。但是，我却并没有给这几个词儿下严格的、比较科学的定义。这样恐怕会引起误解，特别是"模糊"这个词儿更容易让人们理解为"模糊一团""糊里糊涂"等等。因此，我现在做一点必要的补充，意在简略地界定词儿的含义。详细解释，尚非其时。我在说明时要引征两篇文章：

解兴武《艺术的模糊思维》，见《文艺研究》1991年第2号（简称为文一）。

王明居《审美中的模糊思维》，同前（简称为文二）。

## 一、先谈"模糊"

"模糊"绝不是我们常常说的"模模糊糊""不清不楚"等等，而是有比较严格的科学的定义的。文二说："现代科学表明，人的神经细胞主要遍布在大脑皮质上，大脑皮质上神经细胞的数目约有150亿之多。它们之间形成了极其复杂的联系网络，彼此沟通，相互影响。每个细胞与其他细胞可产生两千多种联系。"神经细胞既有稳定性，也有不稳定性。"这种不稳定性，正是大脑皮层神经细胞信息传递的根本特点，它是模糊思维的生理机制的产生根源。"（页34ab）

文一引用李晓明的说法："模糊性的本质是宇宙普遍联系和连续运动在人类思维活动中的反映。模糊性并非物质的本质属性，也不是人脑主观的产物，而是客体在人类意识的映照下，成为模糊性的栖身寓所，即'人类认识模糊性产生的客观根源在于主体与客体之间的相互作用'。"（页24a）文一又引李晓明关于模糊与明晰的关系的论述："一言以蔽之，'明晰兮模糊所伏，模糊兮明晰所倚'。"（页25a）这里最重要的两点是：一、模糊性的本质是宇宙普遍联系和连续运动在人类思维活动中的反映；二、模糊与明晰的互相依存的辩证关系。这两点我们必须牢牢记住。

以上的说明虽然是极其简略的，但是从中可以看到"模糊"的科学含义。在分析东方文化和西方文化使用这个词儿时，我们不能偏离这个含义。

## 二、再谈"分析"

文二说："把事物的整体分解为许多部分的方法，叫作分析。

一谈到分析，人们往往把它归结为经典分析，认为它是一种追求事物的质量的精确性的条分缕析的科学方法。因此，定性分析、定量分析、因果分析、元过程分析等等，便成为这种分析的主要品类。"（页39b）但是，除了这经典分析以外，还有更科学的模糊分析，它是与模糊思维相联系的。

我讲西方文化是以分析为基础的，指的是经典分析。这种分析对于认识事物的本质不能说没有用处。它确实帮助我们认识到宇宙自然界、人类社会和人体本身许多本质的东西。但是，这种分析是有限度的，是有极限的。它受到许多限制，比如解剖学，中国过去也有过，但是兴旺发达却是在西方。它帮助我们认识了动物、植物和人体的许多真实现象，但是它有局限，一旦解剖刀割了下去，被割的东西就成了死的东西，活生生的东西消逝了。因此，我们不能说，西方的分析方法是通向真理的唯一或最可靠的道路。

还有一条综合的道路。

### 三、最后谈"综合"

文二说："把事物的各个部分联成一气，使之变为一个统一的整体的方法，叫作综合。它所考察的不仅是事物的某一要素，而且是全部要素。此外，它还要考察各个要素之间的联系，把握一切联系中的总的纽带，从总体上揭示事物的本质及其运动规律。"（页40a）

文二的说法既简明，又扼要，用不着我再画蛇添足了。

综合是东方文化的基础。

现在归纳起来，再说几句。

从最大的宏观上来看，人类文化无非是东方文化与西方文化两大体系。其思维基础一是综合，一是分析。综合者从整体着眼，着重事物间的普遍联系，既见树木，又见森林。分析者注重局部，少见联系，只见树木，不见森林。

这就是我对东西文化以及综合与分析的理解。

1991年5月3日

# 谈翻译

　　题目虽然是"谈翻译"，但并不想在这里谈翻译原理，说什么信达雅。只是自己十几年来看了无数的翻译，有从古代文字译出来的，有从近代文字译出来的，种类很复杂，看了就不免有许多杂感。但因为自己对翻译没有多大兴趣，并不想创造一个理论，无论"软译"或"硬译"，也不想写什么翻译学入门，所以这些杂感终于只是杂感堆在脑子里。现在偶有所感，想把它们写出来。因为没有适当的标题，就叫作"谈翻译"。

　　题目虽然有了，但杂感仍然只是杂感。我不想而且也不能把这些杂感归纳到一个系统里面去。以下就分两方面来谈。

## 一、论重译

世界上的语言非常多，无论谁也不能尽通全世界的语言。连专门研究比较语言学的学者顶多也不过懂几十种语言。一般人大概只能懂一种，文盲当然又除外。在这种情况下，我们就非要翻译不行。

但我们不要忘记，翻译只是无可奈何中的一个补救办法。《晏子春秋·内篇》说："橘生淮南则为橘，生于淮北则为枳，叶徒相似，其实味不同。所以然者何？水土异也。"橘移到淮北，叶还能相似。一篇文章，尤其是文学作品，倘若译成另外一种文字，连叶也不能相似，当然更谈不到味了。

譬如说，我们都读过《红楼梦》。我想没有一个人不惊叹里面描绘的细腻和韵味的深远的。倘若我们现在再来读英文译本，无论英文程度多么好，没有人会不摇头的。因为这里面只是把故事用另外一种文字重述了一遍，至于原文字里行间的意味却一点影都没有了。这就是所谓"其实味不同"。

但在中国却竟有许多人把移到淮北化成枳了果子又变味的橘树再移远一次。可惜晏子没有告诉我们，这棵树又化成什么。其实我们稍用点幻想力就可以想象到它会变成多么离奇古怪的东西。倘我们再读过中国重译的书而又把原文拿来校对过的话，那么很好的例子就在眼前，连幻想也用不着了。

十几年前，当我还在中学里的时候，当时最流行的是许多从俄文译出来的文艺理论的书籍，像蒲力汗诺夫（普列汉诺夫）的艺术论，卢那卡尔斯基的什么什么之类。这些书出现不久，就有人称之曰天书，因为普通凡人们看了就如丈二和尚摸不着头脑。我自己当时也对这些书籍感到莫大的狂热。有很长的时间，几乎天天都在拼命念这些书。意义似乎明白，又似乎不明白。念一句就像念西藏喇嘛的梵咒。用铅笔记出哪是主词，哪是动词，哪是副词，开头似乎还有径可循，但愈来愈糊涂，一个长到两三行充满了"底""地""的"的句子念到一半的时候，已经如坠入五里雾中，再也难挣扎出来了。因而就很失眠过几次。译者虽然再三声明，希望读者硬着头皮看下去，据说里面还有好东西，但我宁愿空看一次宝山，再没有勇气进去了。而且我还怀疑译者自己也不明白，除非他是一个超人。这些天书为什么这样难明白呢？原因很简单，这些书，无论译者写明白不写明白，反正都是从日文译出来的，而日本译者对俄文原文也似乎没有看懂。

写到这里，也许有人抗议，认为我是无的放矢；因为这样的书究竟不多，在书店我们只找到很少几本书是写明重译的。其余大多数的译本，无论从希腊文拉丁文和其他中国很少有人会的文字译出来的，都只写原著者和译者的名字。为什么我竟会说中国有许多人在转译呢？这原因很复杂。我以前认识一个人，我确切知道他一个俄文字母也不能念，但他从俄文译出来的文艺作品却是汗牛又充栋。诸位只要去问一问这位专家，就保险可以探得其中的奥秘了。

像这样的人又是滔滔者天下皆是。我现在只再举一个例。一位上海的大学者，以译俄国社会科学的书籍出了大名，他对无论谁都说他是从俄文原文直接译出来的。但认识他的人却说，他把俄文原本摆在书桌上，抽屉里面却放了日译本。这样他工作的时候当然是低头的时候多而抬头的时候少，也许根本就不抬头。倘若有人访他，却只看到桌上摆的俄文原本而震惊于这位大学者的语言天才了。

我们现在并不想拆穿这些大学者们的真相，这种人也有权利生活的。我们只是反对一切的重译本，无论写明的也好，不写明的也好。把原文摆在桌子上把日译本放在抽屉里，我们也仍然是反对。科学和哲学的著作不得已时当然可以重译，但文艺作品则万万不能。也许有人要说，我们在中国普通只能学到英文或日文，从英文或日文转译，也未始不是一个办法。是的，这是一个办法，我承认。但这只是一个懒人的办法。倘若对一个外国的诗人戏剧家或小说家真有兴趣的话，就应该有勇气去学他那一国的语言。倘若连这一点勇气都没有，就应该自己知趣走开，到应该去的地方去。不要在这里越俎代庖，鱼目混珠。我们只要有勇气的人！

## 二、著者和译者

著者和译者究竟谁用的力量多呢？不用思索就可以回答，当然是著者。所以在欧洲有许多译本封面上只写著者的姓名，译者的姓名只用很小的字印在反面，费许多力量才能发现。在杂志上题目的下面往往也只看到著者的姓名，译者的姓名写在文章的后面，读者念完文章才能看到。他们的意思也不过表示译者和著者不敢抗衡而已。

在中国却又不然。我看到过很多的书，封面上只印着译者的姓名，两个或三个大金字倨傲地站在那里，这几个字的光辉也许太大了，著者的姓名只好逃到书里面一个角落里去躲避。在杂志的封面上或里面的目录有时我们只能找到译者的姓名，甚至在本文的上面也只印着译者的姓名，著者就只能在本文后面一个括弧里找到一块安身立命的地方。从心理上来看，这是一个很有趣的现象。译者就害怕读者只注意著者的姓名。但又没有勇气把著者一笔抹杀，好在文章既然到了他手里，原著者已经没有权利说话，只好任他处置，他也就毫不客气把著者拼命往阴影里挤了。我不是心理学家，但我能猜想到，变态心理学家一定在他们的书里替这些人保留一块很大的地盘的。

我还看到几个比较客气一点的译者，他们居然肯让著者的姓名同他们自己的列在一块。但也总觉得心有所不甘，于是就把自己的姓名用大号字排印，著者的姓名用小号字，让读者一看就有大小偏正之感，方法也颇显明。我立刻想到德国大选时希特勒的作风。现在被谥为希魔的德国独裁者当时正兴高采烈，在各个城市里大街小巷的墙壁上都贴满了放大了的选举票的式样。上面写了他自己和戈林、戈培尔、赫斯、福利克的名字，下面印了两个圈，一个很大，一个很小，像是太阳和地球。年纪大一点的或眼睛近视的无论如何也不会看到那小圈。这当然有它的作用，因为赞成希特勒的人要在大圈里画一个记号，小圈却是为反对他的人预备的。结果希特勒果然成了功，百分之九十八的德国人都选举了他。我总怀疑有些人根本没看到那小圈，既然每个人都必须画一个记号，他们只好拿起笔来向大圈里一抹了。我们中国这些客气的译者的心理同希特勒大概差不多，这真可以说是东西映辉，各有千秋。至于他们究竟像不像希特勒那样成功呢？这我可就有点儿说不上来了。

我前面说过，有的译者没有勇气把著者一笔抹杀。但这里正像别处也并不缺少有勇气的人。有一位姓丁双名福保的大学者"著"了一部几十册厚的佛学字典。我们一看就知道这里面有问题，因为这种工作需要多年的搜集和研究。我们从来没听说中国有这样一位专家，现在却凭空掉出了这样一部大著，不由人不怀疑。书的序里提到日本织田得能的佛教大词典，我们拿来一对，才知道原来就是这部书的翻译。但丁先生却绝对否认是"译"，只承认是"著"，因为他添了些新东西进去。我又有点糊涂起来。译一部几百万字的大著只要增加十个字八个字的新材料就可以把这部书据为己有，恐怕世界上每个人都要来译书了。但丁先生的大"著"并非毫无可取，里面插入许多丁先生的玉照，例如研究生理时代之丁福保，研究医学时代之丁福保，也颇琳琅满目。丁先生的尊容也还过得去，虽然比畹华博士还差一筹。但我终于恍然大悟。以前有的人想把自己的玉照登在报纸上，但苦于没有机会，只好给兜安氏大药房写信，当然附上玉照，信里说吃了某某药，自己的某某病已经好了，特此致谢。于是隔了不久，自己的尊容就可以同名人一样出现在报纸上，虽然地方不大对，也顾不了那样许多了。现在丁先生又发明了一个方法，使以后想出名的人再也不必冒充自己有梅毒或瘾君子写信给大药房了。真是功德莫大。我们能不佩服丁先生的发明能力吗？

另外还有一位更有勇气的人，当然也是一位学者。他译了几篇日本人著的关于鲜卑和匈奴的论文，写上自己的名字发表了。后来有人查出原文来去信质问，他才声明因时间仓促把作者的名字忘掉了。这当然理由充足，因为倘若在别人和自己的名字中间非忘掉一个不行的话，当然会忘掉别人的，谁不爱自己的名字呢？

我上面只是随便举出两个例子。像这样的有勇气的人，在我们中真是俯拾即是，比雨后的春笋还要多。只是在我们国内要这一套，关系还不太大，因为好多人都是彼此彼此，心照不宣，但偶尔让外国学者知道了，就不免替我们丢人。我上面说的丁福保的字典，一位现在剑桥大学任教授的德国汉学家就同日文原文对照过，他把结果告诉了我，弄得我面红耳赤半天说不上话来。在外国这是法律问题。倘若一个人在自己的博士论文里偷了人家的东西而不声明，以后发现了，立刻取消博士头衔。我希望中国的法律也会来制裁这一群英雄！

1946年11月14日

# 研究、创作与翻译并举

这完全是对我自己的总结，因为这样干的人极少。

我这样做，完全是环境造成的。研究学问是我毕生兴趣之所在，我的几乎是全部的精力也都用在了这上面。但是，在济南高中读书时期，我受到了胡也频先生和董秋芳（冬芬）先生的影响和鼓励；到了清华大学以后，又受到了叶公超先生、沈从文先生和郑振铎先生的奖励，就写起文章来。我写过一两首诗，现在全已逸失。我不愿意写小说，因为我厌恶虚构的东西。因此，我只写散文，六十多年来没有断过。人都是爱虚荣的，我更不能例外。我写的散文从一开始就受到了上述诸先生的垂青，后来又逐渐得到了广大读者的鼓励。我写散文不间断的原因，说穿了，就在这里。有时候，搞那些枯燥死板的学术研究疲倦了，换一张桌子，写点散文，换一换脑筋。就像是磨刀一样，刀磨过之后，重又锋利起来，回头再搞学术研究，重新抖擞，如虎添翼，奇思妙想，纷至沓来，亦人生一乐也。我自知欠一把火，虽然先后成为中国作家协会的会员、理事、顾问，却从来不敢以作家自居。在我眼中，作家是"神圣"的名称，是我崇拜的对象，我哪里敢鱼目混珠呢？

至于搞翻译工作，那完全是出于无奈。我于1946年从德国回国以后，我在德国已经开了一个好头的研究工作，由于国内资料完全缺乏，被迫改弦更张。当时内心极度痛苦。除了搞行政工作外，我是一个闲不住的人，我必须找点工作干，我指的是写作工作。写散文，我没有那么多真情实感要抒发。我主张散文是不能虚构的，不能讲假话的；硬往外挤，卖弄一些花里胡哨的辞藻，我自谓不是办不到，而是耻于那样做。想来想去，眼前只有一条出路，就是搞翻译。我从德国的安娜·西格斯的短篇小说译起，一直扩大到梵文和巴利文文学作品。最长最重要的一部翻译是印度两大史诗之一的《罗摩衍那》。这一部翻译的产生是在我一生最倒霉、精神最痛苦的时候。当时"文化大革命"还没有结束，我虽然已经被放回家中，北大的"黑帮大院"已经解散，每一个"罪犯"都回到自己的单位，群众专政，监督劳改，但是我头上那一摞莫须有的帽子，似有似无，似真似假，还沉甸甸地压在那里。我被命令掏大粪，浇菜园，看楼门，守电话，过着一个"不可接触者"的日子。我枯坐门房中，除了传电话，分发报纸信件以外，实在闲得无聊。心里琢磨着找一件会拖得很长，但又绝对没有什么结果的工作，以消磨时光，于是就想到了长达两万颂的《罗摩衍那》。从文体上来看，这部大史诗不算太难，但是个别地方还是有问题有困难的。在当时，这部书在印度有不同语言的译本，印度以外还没有听到有全译本，连英文也只有一个编译本。我碰到困难，无法解决，只有参考也并不太认真的印地文译本。当时极"左"之风尚未全息，读书重视业务，被认为是"修正主义"。何况我这样一个半犯人的人，焉敢公然在门房中摊开梵文原本翻译起来，旁若无人。这简直是在太岁头上动土，至少也得挨批斗五次。我哪里有这个勇气！我于是晚上回家，把梵文译为汉文散文，写成小纸条，装在口袋里。白天枯坐门房中，脑袋里不停地思考，把散文改为有韵的诗。我被进一步解放后，又费了一两年的时间，终于把全书的译文整理完。后来时来运转，受到了改革开放之惠，人民文学出版社全文出版，这是我事前绝对没有妄想过的。

1977年

（本文收入本书时有节略）

# 汉语与外语

## 一、问题的提出

我们正处在 20 世纪的世纪末中，也可以说是处在第二千纪的千纪末中，再过几年，一个新的世纪——21 世纪和一个新的千纪——第三千纪，就要来到我们眼前。值此世纪和千纪转轨之际，学术界的各门学科都在进行回顾与前瞻，我们语言学界当然也不会例外。在过去将近一百年中，我们学术界以及学术界以外一些人士，对待外语的态度有天翻地覆的转变。总的发展趋势是，由世纪初的漠然懵然进到了世纪末的肃然狂然。时至今日，不但大中小学都有了英文教学，连给店铺起名，给商品命名，给新生婴儿起名字，都非带点洋味不行；连官方的电台也称之为×TV。如此等等，不一而足。这是好事呢，还是坏事？这是进步呢，还是退化？兹事体大，非三言两语可以说清楚的，这里先不深入探讨。但是，我个人总认为，这是大势所趋，这是世界潮流所向，九斤老太头摇得再厉害，也无济于事。

但是，我们语言学界也不能特立独行，我们也不能反潮流，我们也必须在回顾与前瞻的基础上思考与语言有关的问题。问题是千头万绪，决不能毕其功于一役。我先提出一个在我们日常活动中和学术研究中汉语与外语的关系问题，来谈一谈我个人的看法。

### 二、当前的情况

社会上一般的情况，我已在上面稍有所涉及，我在这里集中谈学术界的情况，特别是北京大学的情况，后者是有些代表性的。

北大是处在社会中的，并非世外桃源。社会上弥漫着的外国热——简短截说，实际上就是英语热——当然会波及北大，不但波及，而且变本加厉。可是根据我多年的仔细地观察与体会，我终于发现，尽管在这里英语热热得发烫，但是该学的人中却有不爱学者，而在学习的人中，学习的方式和目的都令人担忧。

什么叫"该学的人"呢？我首先指的是教师，而且不是哪一科的教师，而是所有的教师。到了今天，大家都会承认，所有的国家，所有的学科，都是世界性的，国际性的，哪一科也不能自我封闭，闭关锁国。如果真想这样做的话，其无前途完全是可以断言的。就拿中国国学来说，表面上来看，这是中国的学问，中国学者不通外语，完全能够玩得转的。然而，如果不是井蛙观天而是放眼世界的话，则立刻就能发现，别的国家也在研究我们的"国学"，而且由于研究基础和传统的不同，由于研究角度和方式的差异，往往能发我们所未发之覆。这样的例子比比皆是，俯拾即得，不承认是不行的。中国古人早就认识到这个真理了，他们说"他山之石，可以攻玉"，讲的就是这个道理。外国汉学家往往喜欢搞一些很小很偏僻的题目，搞一些我们中国国学家所疏忽不注意的题目，搞一些由于语言条件的限制而我们搞不了的课题。这些题目完全可以弥补我们的不足，使我们的国学研究涵盖面更广，钻研得更深。这会大大地有利于我们的国学研究，彰彰在人耳目，不言自明。至于国学以外的其他国际通行的学科，我们更需要随时了解世界各国同行们的研究情况，决不允许闭门造车，其道理更是人人都能明白的，解释反而会成为赘疣。

能做到这一步，必须通外语。

现在北大流行一种说法：我们的学科要与外国接轨。我认为这个说法提得好，提得鲜明生动，是不易之理，也是我们中国学术界进步的表现。但是，如果想接轨，必须首先知道轨究竟在什么地方，否则自己的轨往哪里去接呢？乱接一气，驴唇对不上马嘴，接这样的轨有什么用处呢？

真想接轨，必须通外语。

事实上，有一些轨就在眼前，比如说到外国去参加国际学术讨论会，出席的基本上都是同行的学者，这些就是摆在眼前的轨，要想接立刻就能接上。然而，"眼前有轨接不得，只缘缺乏共同语"。我曾多次参加国外举办的国际学术讨论会。有时候我国派出去规模相当大的代表团，参加者多为著名的学者，个个满腹经纶，学富五车，在国内国际广有名声。如果请他用中国话作学术报告，必然是广征博引，妙语连珠，滔滔如悬河泻水，语惊四座。然而，我们的汉语，虽然在世界上使用的人数居众语的前列；可惜由于种种原因还没有能争取到国际学术通用语的地位，一出国门，寸步难行。没有哪一个在国外召开的学术会议规定汉语为会上发表论文的通用语，我们只好多带翻译。然而有不少会议规定，参加主席团不能带翻译，宣读学术论文不能带翻译。于是不会说洋话的代表团长（在国内往往是个官）只好退避三舍，成为后座议员。而有一些很有价值的优秀论文也得不到向国外同行们显示的机会。

在会议休息时，往往到大客厅里去喝点咖啡或茶，吃点点心，这正是不同国家的学者们交流感情、增强友谊的好时机。每一位学者手端一杯饮料，这里聊上几句，那里侃上一阵，胡谈乱侃中，往往包含着最新的学术消息。如果有共同的语言，这真是如鱼得水，不费吹灰之力，就能"秀才不出厅，便知天下事"。然而可惜的是我们中国的学者，只带了一张嘴，然而却没有带语言工具，除了点头微笑之外，连"今天天气，哈，哈，哈"都说不出来。尴尬之态可掬，只好找中国人扎堆儿谈话。

参加国外学术会议，必须通外语。

我在上面举的这几个必须学习外语的例子，只是顺手拈来，一点求全的意思也没有。真想求全，是办不到的，也是没有必要的。我觉得，仅仅这三个小例子也足以令人触目惊心了。我谈的对象也绝不仅仅限于大学的圈子，这个圈子以外的所有的科研机构中的人员，都应当包括在里面。至于在政府部门，不管是经济、教育、法治、国防等等，都必须同外国同行或非同行打交道。语言不能沟通，必须配备翻译，翻译必须学外语，而且还要学好外语，这属于常识之列，用不着多说了。

我现在想从另外一个角度来谈一谈学习外语的必要性。不管是在大学，还是在科研部门，研究学问第一步要懂目录学，特别是与自己研究的学科有关的目录学，这是必不可少的一步。中国有造诣的学者，比如说乾嘉诸大师，以及西方各门学科有成就的学者，无不如此。不通目录学，不看新杂志，你连一个值得研究的题目都不会找到。研究学问，不能闭着眼睛捉麻雀。一个题目，特别是在自然科学内，如果别的国家的学者已经研究过，而且已经得出了结果，你懵懂无知，又费上力量，从事研究。如果真出现这种情况，将会腾笑士林，无颜见人。在人文社会科学中，情况与此稍有区别。比如一个庄子，别人能研究，你当然也能研究。因为人文社会科学有一些题目不是丁是丁，卯是卯，同一个题目结果也能够而且允许不同的。即使是这样，人文社会科学者也必须了解国内外与自己研究有关的进展情况，与自己看法相同的可以增加研究信心，与自己看法不同的可以供自己进一步推敲和思考。而且研究学问，不是创作写诗，你必须认真搜集资料，资料越多越好，要有"竭泽而渔"的气魄。古代学者只搜集中国材料就足够了。我们处于今天信息爆炸的时代，搜集资料只限于中国是绝对不行的，必须放眼世界。这是时势使然，不这样做，是不行的，而想做到这一步，必须学习外语。

根据我上面的极简短的说明，人们已经可以知道，在当前中国，学习外语的重要性已昭如日月。我既讲了北大的教师，也讲到了北大以外的科学工作者。很可惜，在这些人中，不懂外语的和所懂不多的，人数并不算太少。更可惜的是，他们自我感觉极为良好，对学习外语的重要性似乎一点也不理会，我希望，这种局面能够尽快改变。

在"该学的人"之外，我还必须提到一类"学者"，我的意思是指"学的人"或者"爱学的人"。他们爱学外语，当然是一件绝大的好事。但是我又说到，他们学习的方式和目的都令人担忧。这是什么意思呢，这一类人中，青年学生较多。他们学习得非常刻苦，除了上正课以外，有的还参加什么"英语强化班"，有的简直到了废寝忘食的程度。他们真懂得了学习外语（首先是英语）的重要性了吗？倘你进一步深入了解，可以说，在一种特殊的意义上，他们是懂得的。英语是一把金钥匙，可以帮他们打开出国的大门，可以帮他们拿到绿卡，可以使他们异化为非中国人。这是学习的目的，目的决定学习方式。指导他们学习的指挥棒就是大名鼎鼎的托福和GRE。这两个指挥棒怎样指挥，他们就怎样跟着转，不肯也不敢越雷池一步。这样学外语会得到一个什么结果，可以想见。抱着这样的目的，使用这样的方式来学习外语，难道还不令人担忧吗？

### 三、我对出国留学的看法

读了上面我写的那一些话，也许有人会怀疑我是反对出国留学的。

不，不，绝对不是这样。我不但不反对中国青年学生出国留学，而且真诚地积极地希望和帮助他们这样做。不但年轻学生，连并不年轻的教员，不管是哪一门学科的，我都希望他们能够出国看一看，学一学，时间可长可短，走的国家可多可少，访问和学习的方式可以多种多样。多少年来，世界各国的人士都承认，现在的世界越变越小了。不但"鸡犬之声相闻，老死不相往来"的时代早已被我们远远地抛在后面，连法显、玄奘、义净时代到天竺去取经要经过艰难跋涉，千辛万苦的情况，也早已成为历史陈迹。当今之世，出国千里万里，朝发夕至，人类连当年被认为是"天上宫阙"的月球都能够登上。要想再当井底之蛙，是绝无可能的。何况我们这一些在大学或其他科研机构学习和工作的人，更需要放眼世界，否则学习和工作都绝无前途。因此我才有上面说到的那些想法和希望。

但是，我希望我们中国的老、中、青年的学者们，甚至包括一些学生在内都能够到国外去看一看，学一学，其目的同当前的人数不能算是太少的青年们努力通过托福和 GRE 考试的目的是绝对不相同的，是针锋相对的。我希望，他们看一看、学一学之后还要回到我们的祖国来，用看到的和学到的本领来建设我们的国家。而那些兀兀穷年，废寝忘食努力学习外语，通过必要的测试终于到了外国的青年人，他们的最终目的是能拿到绿卡，放弃了中国国籍。正如中国俗话所说的那样：牛肉包子打狗，一去不回头。

我是坚决反对和蔑视这种行为的。

但我自己并不是一个极端狭隘的民族主义者。在今天的世界上，放弃一个国籍，取得一个新国籍，这完全是个人的行动，并不是犯法的行为。可是我觉得对这个问题必须作具体的分析，不能眉毛胡子一把抓。所谓"具体的分析"者，就是要看为什么，在什么时候，加入什么国家，放弃什么国家。这话太玄虚，还是直白地说为好。我不讲别的国家，只讲中国与美国。中国是一个穷国，而美国是一个富国，就眼前来说，这是最大的区别。嫌贫爱富，虽然说是人之常情，但是却一向为中国伦理道德所鄙视。西方国家的伦理道德可能是完全不一样的，他们可能认为这是正常和正当的行为，别人无权说三道四。

但是，在中国则不然。前几年，我曾写过一篇文章《一个老知识分子的心声》。其中我谈到，几千年来，中国的知识分子养成了两个突出的特点，一个是爱国主义，一个是讲骨气，两者有联系，又有区别。存在决定意识，这两个特点也是中国历史存在所决定的。中国从先秦起，每一个朝代都有"边患"，也就是外敌的侵略和骚扰。这些外敌今天可能已融入中华民族大家庭中，但在当年却确是敌人，屠杀我人民，强占我土地。这种长达几千年的外敌压境的情况，就决定了中华传统的爱国主义。像岳飞、文天祥、林则徐等等家喻户晓的爱国人物，没有外敌的国家是不会产生的。

至于讲骨气，则与此有联系，又有区别。在外寇的斧钺面前，决不贪生怕死，这也是爱国主义的一种表现。在别的地方，中国人也讲骨气。宁愿饿死也不吃嗟来之食，几千年来在中国传为美谈。三国时候，祢衡击鼓骂曹；民国时候，章太炎赤足持扇胸佩大勋章站在新华门前痛骂袁世凯；新中国成立前夕，朱自清忍饥不吃美援面粉，如此等等，都传为佳话，表现了中国人民的硬骨头。

眼前，我们国家社会正处在转型时期，由于众多的原因造成了我们仍然是一个穷国，人们，当然包括知识分子在内，工资极低，同国外比较起来，简直让人感到寒碜和脸红。我认为，这只能是一个暂时的过渡现象，将来一定会改变的。我们眼前的日子确实过得非常紧，可并没有看到哪一个知识分子真正挨饿的。而且按照中国古老的传统，越是在困难中越应该显出我们的骨气。"岁寒然后知松柏之后凋也。"这句话道出了中国知识分子的心声。

然而，可悲的是，这一个在世界民族之林中也能称得上独特的值得称扬的优良传统，今天已被许多中国青年人忘掉了，忘得无影无踪了。为了生活得好一点，多捞一些美元，竟忍气吞声心甘情愿地住在一个中国人被视为不知是几等（反正连二等也够不上）公民的国家里，天天吃着嗟来之食，我真想问一声：美国的黄油面包你咽得下去吗？自己国家的事办不好，有骨气的人都应当咬一咬牙，排除万难，把自己的事办好，焉得厚着脸皮赖在人家的国家里不走！

请大家千万不要误会，我并不是笼统地反对加入外国国籍。有的中国人，虽然入了美国籍，但身在异域，心悬中华，想方设法，帮助祖国办好教育，搞好科研，希望祖国真正富强起来。这样的人，在别的国家是极少见的。有的西方国家的人，一旦异化为美国人，就弃自己原来的祖国若敝屣，这同他们缺少真正的爱国主义这一件事实是密切相连的。

但是，话又说了回来，我对那些极少数身处异域，心悬中华的人，虽然有点尊敬，但是，我的尊敬是有限度的。在我的心理天平上，这种人同学成回国宁愿一箪食一瓢饮的人，分量是有相当大的悬殊的。

## 四、语言，特别是外语的功能

上面的话扯得太远了，还是收回来谈语言问题为宜。

语言是什么？如果硬钻牛角，世界上许多语言学派都有自己对语言下的定义，我个人觉得，这些定义都有片面的道理，但都有偏颇之处。我在这里不是写论语言的专著，我想完全不理会那些定义，我想只用传统的对语言的看法也就够了，这种看法就是语言是人类交流思想的工具。这是不是就是想说，只有人类才有思想，因而才有思想交流的工具呢？也还不这样简单。人类中有一种人——哑巴，他们无语言而有思想，想要交流，只能靠手势。至于他们如何理解外在的世界，恐怕永久会成为一个谜，除非哑巴忽然能说了话，别人实无法越俎代庖。这问题我在这里先不谈。

至于禽兽有无语言，我知道，国外个别语言学家是主张禽兽也有语言的。这个问题同我现在要谈的问题无关，我在这里也先不谈。

我现在谈语言的功能，特别是外语的功能。对我们懂汉语又懂外语的人来说，同外国人交流思想，外语是绝对不可缺少的。然而，我却听说，30年代一个国民党政府驻意大利的公使（那时候还没有大使）只用一个意大利文相当于汉语"这个"的词儿，就能指挥使馆里的意大利工作人员完成他的指示。比如说，他指着窗子说"这个""这个"。意大利人一看窗子，如果是开着，就把它关上；如果是关着，就把它打开。于是任务完成，皆大欢喜。其余的事情可以此类推。宋代赵普以半部《论语》治天下，我们的公使先生以"这个"一词治大使馆，古今异曲同工，堪称佳话。然而外语之为用渺乎小矣！

这当然是一个极端的例子，然而确实是事实。如你不信，我再举一个例子。50年代我随中国科学院代表团赴东德（德意志民主共和国）开会，在莫斯科旅馆中碰到一位中国民主妇联的领导人，一位著名的国际活动家。她是从中国到日内瓦去开会的，孤身一人，一个翻译也没有带，而她自己又下那一位公使一筹，连外语的"这个"也不会说。然而竟能行万里路，从容不迫。我们私下议论，实在猜不透她在路上是怎样生活的。这也是一个事实。外语的功能又显得渺小了。

但是，我必须郑重声明，这些个别的例子，虽为事实，实不足为训。那一位到了日内瓦参加会议时必定会用翻译的。那一位公使在外交谈判中只用"这个",也是办不到的。我绝不是劝人不学外语,而是劝人外语学得越多越好。我只想告诉读者,汉语和外语的功能都不是绝对化的。我们不是哑巴,能够说话,但有时还未免要动用手势。中国古时就有言意之辨,言是难以尽意的。不管怎样,我个人的经验是,掌握汉语或外语越好,则动用手势越少;反之则越多,而产生误会的机会也就越多,这种情况有时会影响思想交流,影响社会生活。在关键时刻,还会贻误"戎机",产生极其恶劣的影响。因此我们必须尽上一切力量掌握好汉语和外语。

## 五、翻译的危机

一个人掌握一种外语,已极不易,遑论多种!但是,居今之世,国与国之间必须打交道,打交道就必须靠翻译。这已是常识,不必多谈。

中国是最早的有翻译的国家,在先秦典籍中,已有翻译的记载。自从汉代印度佛教传入中国以后,中印高僧以及其他一些中亚民族的高僧,从事译经工作者,代不乏人。明末欧风东渐,又掀起了一股从西方语言译为汉文的高潮。此外,还有古今少数民族,如藏、蒙、回鹘等等,也都翻译了大量的佛典。到了近代和现当代,翻译的范围日益扩大,翻译的功能日益显著。在某一些方面,已经到了没有翻译就无法过日子的程度了。

从上面极其简略的叙述中,我们已经可以断言,从古至今,从实践到理论,中国都可以算是世界翻译第一大国。然而,根据我个人的经验和观察,中国现在存在着相当严重的翻译危机。我们翻译的量不是世界第一；我们翻译的面也不是世界第一；我们翻译的及时程度更不是世界第一。在这些方面，日本都走在我们前面。我个人没有研究过日本的翻译，他们的质量怎样，我不敢瞎说。但是，我们中国当前的翻译质量却不能不令人忧心忡忡。我接触的翻译并不是太多，但是，仅就我接触到的那一些来说，质量或多或少是有问题的，其中原因很多。有的译者外语水平不高，又不肯下死工夫去学习，急功近利，靠翻字典来翻译。有的人自以为是，连字典也不肯翻，抓住一本书，就译开了。其结果如何，不问可知。出版社的所谓责任编辑，有的通外语，有的通之不多，他们有的不肯核对原文。社会上，出版界，又缺乏有力的审查和监督制度。我认为，这是一种极不负责的态度。现在有某一些译本，不用查原文，仅从汉文不通之处，就能推知译文是有问题的。可惜这种危机现象还并没有能引起社会上，尤其是文艺界和学术界的普遍关注，一味听之任之，文恬武嬉，天下太平。

然而，我的心里面却无论如何也太平不下去，我深深知道翻译的重要性。从外国原作者来说，不管他们的学问多么大，书写得多么精彩，对不懂原书的语言的外国人来说却都是像天书一般。谁也没有如来佛那样大的本领，有天眼通，有天耳通，能识尽人世间一切文字和语言。在世界各国，不管你能通多少外语，反正不能尽通。像这样能通多种外语的人，还不得不依靠翻译，遑论他人！就全体而论，我们中国人，尽管谁也不敢说我们缺少学习外语的天才；可是，事实上，我们由于种种原因，同东方一些国家相比，我们中国的外语水平还是比较低的。专以英文水平而论，我们普遍性和水平较之印度，甚至亚洲和非洲的一些国家，还是有相当差距的。不承认这一点，不能算是实事求是的态度。

学习外语，浅尝辄止，似乎并不困难。但要精通，却必须付出极大的劳动，还必须有相当高的才能。二者缺一不可。我举口译作一个例子。50 年代和 60 年代前半期，周恩来总理接见外宾，形形色色，除了政治家之外，有时也会有著名的学者和艺术家。这时候陪同会见的人中往往有中国的学者和艺术家、文学家等参加，我也有幸多次参加这样的会见。在这样的场合，口头译员是必不可少的。有时候，在外宾离去后，周总理往往让中国陪同人员留下，谈一谈刚才招待的情况。外宾在时，我的任务只不过是揖让进退，鞠躬如也，奉陪末座，一言不发。外宾一走，我们这些刚才是木雕泥塑的人，现在也活了起来，必须开口说话了。有一次，周总理含笑问翻译说："今天你又贪污了多少呀？"翻译也笑着回答说："不多，不多！至多不过百分之二十。"此时，郭沫若也在座，他接起话头说："我在日本住了多年，家中说的是日本话。但是，如果今天让我担任日语口译，我最多也只能翻到百分之八十。能有这个成绩，就应该表扬了。"总理点头称是。

又有一次，还是这样的场合，周总理对外宾说话时，使用"倚老卖老"这样一句俗话，翻译虽然译出来了，但感到有点困难。这一点总理也注意到了。于是在外宾离去后，他就同大家讨论"倚老卖老"究竟如何译为英文才算妥帖。大家七嘴八舌，最终也没有找到一个大家都满意的不失原文韵味的译法。

这仅仅是两个例子，但从中也足以看出口译之困难。口译难，笔译也不易。在这两方面，我个人都有不少经验与教训。我曾学习过不少的外语，但是，有的已经交还给老师。在剩下的那些外语中，笔译我使用过五六种，其中包括那一种稀奇古怪的吐火罗文。从梵文中译成汉文的最多，巴利文、英文和德文都有。口语能应用到一定程度的，只有英文和德文。口译工作我也曾作为临时客串担任过，其中困难，我所深知。端坐摆满山珍海味的宴会桌前，食难下咽，如坐针毡。大约只有干过这一行的，才能知道其中的滋味。至于我的口译究竟贪污了多少，那就概难言矣。在这里，我还必须声明一句：我对有一些外语都是用过十年寒窗的苦功的，绝非仓促临阵磨枪。

我刺刺不休地说这些话有什么用呢？我只想说一点，就是学习外语并不容易。我在下面还会谈到这个问题。这同今天的翻译危机有什么瓜葛呢？我个人认为，今天翻译之所以有危机，最根本的原因就是，有一些译者有意或无意地认为学习外语很容易。我们必须下定决心，力矫这种弊端，然后我们外语界才有希望。

### 六、学习哪一种外语

我在上面多次谈到学习外语的重要性。但是，在世界上，民族林立，几乎都各有各的语言或方言，其数目到现在仍然处在估计阶段，究竟有多少，没有人能说得清楚。至于语言的系属和分类的方法，更是众说纷纭，一直也没有大家都承认的定论。

一个明显的问题摆在我们眼前：我们中国人要学习哪一种或几种外语呢？这个问题在中国实际上已经解决了，学校里，科研单位，社会上，都在学习英语，而这个解决方式是完全正确的。

当年马克思和恩格斯共同领导世界共运时，根据传记的记载，他们两人之间也有所分工，马克思主要搞经济问题和理论研究，恩格斯分工之一是搞军事研究，在他们的圈子里，恩格斯有一个绰号叫"将军"。至于语言，两人都能掌握很多种。希腊文和拉丁文在中学就都学过，马克思能整段整段地背诵古希腊文学作品。据说他们对印度的梵文也涉猎过。他们两人都能用德、英、法文写文章。德文以外，用英文写的文章最多，这是当时的环境使然，不足为怪。恩格斯更是一个语言天才，磕磕巴巴能说十几种外语。他们同家属一起到北欧去旅游，担任翻译的就是恩格斯。

总起来看，他们学习外语的方针是：需要和有用。

六十年前，当我在德国大学里念书的时候，德国文科高中毕业的大学生，在中学里至少要学三种外语：希腊文、拉丁文、英文或法文。拉丁文要学八年，高中毕业时能用拉丁文致辞。德国大学生的外语水平，同我们中国简直不能同日而语，这对他们不管学习什么科都是有用的。欧洲文化的渊源是古希腊和罗马，他们掌握了这两种语言，给他们的人文素质打下了深厚广阔的基础。至于现代语言，比如英文、法文、荷兰和北欧诸国的语言，由于有语言亲属关系，只要有需要，他们用不着费多大的力量，顺手就能够捡起。据我的观察，他们几乎没有不通英文的。

总之，他们学习外语的方针依然是：需要和有用。

我们中国怎样呢？我们学习外语的目的和方针也不能不是需要和有用。

拿这两个标准来衡量，我们今天学习外语首当其冲的就是英语。而近百年来我们的实践过程正是自觉或不自觉地遵守了这个方针。五四运动前，英语已颇为流行。我们通过英语学习了大量的西方知识，连德、法、俄、意等国的著作，也往往是通过英语的媒介翻译成了汉文的。五四运动以后，有些地方从小学起就开始学英文。初中和高中都有英文课，自然不在话下。山东在教育方面不是最发达的省份；但是，高中毕业生都会英文。学习的课本大概都是《泰西五十轶事》《天方夜谭》《莎氏乐府本事》等等，英文文法则用《纳氏文法》。从这些书本来看，程度已经不算太浅了。可是，根据我的观察和经验，山东英文水平比不上北京、上海等地的高中毕业生。在这两个地方，还加上天津，有的高中物理学已经采用美国大学一年级的课本了。

总而言之，简短截说，一句话，中国一百年以来，学习外语，选择了英文，是完全合情合理的，是顺乎世界潮流的。

大家都知道，英文是英国、美国、加拿大、澳大利亚、新西兰等国的国语。连在印度，英文也算是国语之一。印度独立后第一部宪法规定了英文作为印度使用的语言的使用期，意思是，过了那个时限，英文就不再是宪法规定的使用语言了。但是，由于印度语言和方言十分繁杂，如果不使用英文，则连国会也难以开成。英文的使用期不能不无限期地延长了。在非洲，有一些国家也不得不使用英文。我们中国人，如果能掌握了英文，则游遍世界无困难。在今天的世界上，英文实际上已经成了"世界语"了。

说到"世界语"，大家会想到1887年波兰人柴门霍夫创造的Esperanto。这种"世界语"确实在世界上流行过一阵。中国人学习的也不少，并且还成立了世界语协会，用世界语创作文学作品。但是，到了今天，势头已过，很少有人再提起了。此外还有一些语言学家制造过一些类似Esperanto之类的人造语言，没有产生什么效果。有的专家就认为，语言是自然形成的，人造语言是不会行得通的。

可是，据我所了解到的，有人总相信，世界上林林总总的人民，将来有朝一日，总会共同走向大同之域，人类总会有，也总需要有一种共同的语言。这种共同语言不是人造的，而是自然形成的。但形成也总需要一个基础，这个基础是哪一种语言呢？从眼前的形势来看，英文占优先地位。但是，英文能不能成为真正的"世界语"呢？我听有人说，英文单独难成为"世界语"的。英文的结构还有一些不合乎人类思维逻辑的地方。有的人就说，最理想的"世界语"是英文词汇加汉语的语法。这话初听起来有点近似开玩笑。但是，认真考虑起来，这并非完全是开玩笑。好久以来，就有一种汉文称之为"洋泾浜英语"，英文称之为 Pidgin English 的语言，是旧日通商口岸使用的语言。出于需要，非说英语不行，然而那里的中国人文化程度极低，没有时间，也没有能力去认真学习英语，只好英汉杂烩，勉强能交流思想而已。这种洋泾浜英语，好久没有听说了。不意最近读到《读书》1998 年第 3 期，其中有一篇文章《外语为何难学？》一文中讲道：语言具有表达形式与表达功能两套系统。两套系统"一分为二"还是"合二而一"，直接影响到语言本身的学习。作者举英语为例，儿童学话，但求达意，疏于形式，其错误百出，常令外人惊愕。如 I done it（I did it）（我做了它）；She no sleeping（She is not sleeping）（她没有睡）；Nobody don't like me（Nobody like me）（没有人喜欢我）。这表示功能与形式有了矛盾，等到上学时，才一一纠正。至于文盲则"终身无悔"了。当它作为外语时，这一顺序则正相反，即学者已经具备表达功能，缺少的仅仅是一套表达形式。作者这些论述给了我许多启发。三句例子中，至少有两句合乎洋泾浜英语的规律。据说洋泾浜英语中有 no can do 这样的说法，换成汉语就是"不能做"。为什么英国小孩学说话竟有与洋泾浜英语相类似之处呢？这可能表示汉语没有形式变化，而思维逻辑则接近人类天然的思维方式。英语那一套表达形式中有的属于画蛇添足之类。因此，使用英语词汇，统之以汉语语法，从而形成的一种世界语，这想法不一定全是幻想。这样语言功能与表达形式可以统一起来。这种语言是人造的，但似乎又是天然形成的，与柴门霍夫等的人造的世界语，迥异其趣。

## 七、怎样学习外国语

这是我经常碰到的一个问题，也是学外语的人容易问的一个问题。我在 1997 年给上海《新民晚报》的《夜光杯》栏目一连写了三篇《学外语》，其中也回答了怎样学习外语的问题。现在让我再写，也无非是那一些话。我索性把那三篇短文抄在这里，倒不全是为了偷懒。其中一些话难免与上面重复，我也不再去改写了，目的在保存那三篇文章的完整性。话，只要说得正确，多听几遍，料无大妨。

（一）

现在全国正弥漫着学外语的风气，学习的主要是英语，而这个选择是完全正确的。因为英语实际上已经成了一种世界语。学会了英语，几乎可以走遍天下，碰不到语言不通的困难。水平差的，有时要辅之以一点手势。那也无伤大雅，语言的作用就在于沟通思想。在一般生活中，思想决不会太复杂的。懂一点外语，即使有点洋泾浜，也无大碍，只要"老内"和"老外"的思想能够沟通，也就行了。

学外语难不难呢？有什么捷径呢？俗话说："天下无难事，只怕有心人。"所谓"有心人"，我理解，就是有志向去学习又肯动脑筋的人。高卧不起，等天上落下馅儿饼来的人是绝对学不好外语的，别的东西也不会学好的。

至于"捷径"问题，我想先引欧洲古代大几何学家欧几里得（也许是另一个人，年老昏聩，没有把握）对国王说的话："几何学里面没有御道！""御道"，就是皇帝走的道路。学外语也没有捷径，人人平等，都要付出劳动。市场卖的这种学习法、那种学习法，多不可信。什么方法也离不开个人的努力和勤奋。这些话都是老生常谈，但是，说一说决不会有坏处。

根据我个人经验，学外语学到百分之五六十，甚至七八十，也并不十分难。但是，我们不学则已，要学就要学到百分之九十以上，越高越好。不到这个水平你的外语是没有用的，甚至会出娄子的。我这样说，同上面讲的并不矛盾。上面讲的只是沟通简单的思想，这里讲的却是治学、译书、做重要口译工作。现在市面上出售为数不太少的译本，错误百出，译文离奇。这些都是一些急功近利，水平极低而又懒得连字典都不肯查的译者所为。说句不好听的话，这些都是假冒伪劣的产品，应该归入严打之列的。

我常有一个比喻：我们这些学习外语的人，好像是一群鲤鱼，在外语的龙门下泅游。有天资肯努力的鲤鱼，经过艰苦的努力，认真钻研，锲而不舍，一不要花招，二不找捷径，有朝一日风雷动，一跳跳过了龙门，从此变成了一条外语的龙，他就成了外语的主人，外语就为他所用。如果不这样做的话，则在龙门下游来游去，不肯努力，不肯钻研，就是游上一百年，他仍然是一条鲤鱼。如果是一条安分守己的鲤鱼，则还不至于害人。如果不安分守己，则必然堕入假冒伪劣之列，害人又害己。

做人要老实，学外语也要老实。学外语没有什么万能的窍门。俗语说："书山有路勤为径，学海无涯苦作舟。"这就是窍门。

（二）

前不久，我写过一篇《学外语》，限于篇幅，意犹未尽，现在再补充几点。

学外语与教外语有关，也就是与教学法有关，而据我所知，外语教学法国与国之间是不相同的，仅以中国与德国对比，其悬殊立见。中国是慢吞吞地循序渐进，学了好久，还不让学生自己动手查字典，读原著。而在德国，则正相反。据说19世纪一位大语言学家说过："学外语有如学游泳，把学生带到游泳池旁，一一推下水去，只要淹不死，游泳就学会了，而淹死的事是绝无仅有的。"我学俄文时，教师只教我念了念字母，教了点名词变化和动词变化，立即让我们读果戈理的《鼻子》，天天拼命查字典，苦不堪言。然而学生的主动性完全调动起来了。一个学期，就念完了《鼻子》和一本教科书。实践是检验真理的唯一标准，德国的实践证明，这样做是有成效的。在那场空前的灾难中，当我被戴上种种莫须有的帽子时，有的"革命小将"批判我提倡的这种教学法是法西斯式的方法，使我欲哭无泪，欲笑不能。

我还想根据我的经验和观察在这里提个醒：那些已经跳过了外语龙门的学者们是否就可以一劳永逸地吃自己的老本呢？我认为，这吃老本的思想是非常危险的。一个简单的事实往往为人们所忽略，世界上万事万物无不在随时变化，语言何独不然！一个外语学者，即使已经十分纯熟地掌握了一门外语，倘若不随时追踪这一门外语的变化，有朝一日，他必然会发现自己已经落伍了，连自己的母语也不例外。一个人在外国待久了，一旦回到故乡，即使自己"乡音未改"，然而故乡的语言，特别是词汇却有了变化，有时你会听不懂了。

我讲点个人的经验。当我在欧洲待了将近十一年回国时，途经西贡和香港，从华侨和华人口中听到了"搞"这个字和"伤脑筋"这个词儿，就极使我"伤脑筋"。我去国之前没有听说过。"搞"字是一个极有用的字，有点像英文的 do。现在"搞"字已满天飞了。当我在 80 年代重访德国时，走进了饭馆，按照四五十年前的老习惯，呼服务员为 hever ofer，他瞠目以对。原来这种称呼早已被废掉了。

因此，我就想到，不管你今天外语多么好，不管你是一条多么精明的龙，你必须随时注意语言的变化，否则就会出笑话。中国古人说："学如逆水行舟，不进则退。"要时刻记住这句话。我还想建议：今天在大学或中学教外语的老师，最好是每隔五年就出国进修半年，这样才不至为时代抛在后面。

（三）

前不久，我在《夜光杯》上发表了两篇谈学习外语的千字文，谈了点个人的体会，卑之无甚高论，不意竟得了一些反响。有的读者直接写信给我，有的写信给《夜光杯》的编辑。看来非再写一篇不行了。我不可能在一篇短文中答复所有的问题，我现在先对上海胡英琼同志提出的问题说一点个人的意见，这意见带有点普遍意义，所以仍占《夜光杯》的篇幅。

我在上述两篇千字文中提出的意见，归纳起来，不出以下诸端：第一，要尽快接触原文，不要让语法缠住手脚，语法在接触原文过程中逐步深化。第二，天资与勤奋都需要，而后者占绝大的比重。第三，不要妄想捷径，外语中没有"御道"。

学习了英语再学第二外语德语，应该说是比较容易的。英语和德语同一语言系属，语法前者表面上简单，熟练掌握颇难；后者变化复杂，特别是名词的阴、阳、中三性，记得极为麻烦，连本国人都头痛。背单词时，要连同词性 der、die、das 一起背，不能像英文那样只背单词。发音则英文极难，英文字典必须使用国际音标。德文则一字一音，用不着国际音标。

学习方法仍然是我讲的那一套：尽快接触原文，不惮勤查字典，懒人是学不好任何外语的，连本国语也不会学好。胡英琼同志的具体情况和具体要求，我完全不清楚。信中只谈到德文科技资料，大概胡同志目前是想集中精力攻克这个难关。

我想斗胆提出一个"无师自通"的办法，供胡同志和其他读者参考。你只需要找一位通德语的人，用上两三个小时，把字母读音学好。从此你就可以丢掉老师这个拐棍，自己行走了。你找一本有可靠的汉文译文的德文科技图书，伴之以一本浅易的德文语法。先把语法了解个大概的情况，不必太深入，就立即读德文原文，字典反正不能离手，语法也放在手边。一开始必然如堕入五里雾中。读不懂，再读，也许不止一遍两遍。等到你认为对原文已经有了一个大概的了解，为了验证自己了解的正确程度，只是到了此时，才把那一本可靠的译本拿过来，看看自己了解得究竟如何。就这样一页页读下去，一本原文读完了，再加以努力，你慢慢就能够读没有汉译本的德文原文了。

科技名词，英德颇有相似之处，记起来并不难，而且一般说来，科技书的语法都极严格而规范，不像文学作品那样不可捉摸。我为什么再三说"可靠的"译本呢？原因极简单，现在不可靠的译本太多太多了。

1998年6月13日

# 学术良心或学术道德

　　"学术良心"，好像以前还没有人用过这样一个词，我就算是"始作俑者"吧。但是，如果"良心"就是儒家孟子一派所讲的"人之初，性本善"中的"性"的话，我是不信这样的"良心"的。人和其他生物一样，其"性"就是"食、色，性也"的"性"；其本质是一要生存，二要温饱，三要发展。人的一生就是同这种本能作斗争的一生。有的人胜利了，也就是说，既要自己活，也要让别人活，他就是一个合格的人。让别人活的程度越高，也就是为别人着想的程度越高，他的"好"或"善"，也就越高。"宁要我负天下人，不要天下人负我"，是地道的坏人，可惜的是，这样的人在古今中外并不少见。有人要问：既然你不承认人性本善，你这种想法是从哪里来的呢？对于这个问题，我还没有十分满意的解释。《三字经》上的两句话"性相近，习相远"中的"习"字似乎能回答这个问题。一个人过了幼稚阶段，有意识地或无意识地会感到，人类必须互相依存，才都能活下去。如果一个人只想到自己，或都是绝对地想到自己，那么，社会就难以存在，结果谁也活不下去。

这话说得太远了，还是回头来谈"学术良心"或者学术道德。学术涵盖面极大，文、理、工、农、医，都是学术。人类社会不能无学术，无学术，则人类社会就不能前进，人类福利就不能提高。每个人都是想日子越过越好的，学术的作用就在于能帮助人达到这个目的。大家常说，学术是老老实实的东西，不能掺半点假。通过个人努力或者集体努力，老老实实地做学问，得出的结果必须是实事求是的。这样做，就算是有学术良心。剽窃别人的成果，或者为了沽名钓誉创造新学说或新学派而篡改研究真相，伪造研究数据。这是地地道道的学术骗子。在国际上和我们国内，这样的骗子亦非少见。这样的骗局绝不会隐瞒很久的，总有一天真相会大白于天下的。许多国家都有这样的先例。真相一旦暴露，不齿于士林，因而自杀者也是有过的。这种学术骗子，自古已有，可怕的是于今为烈。我们学坛和文坛上的剽窃大案，时有所闻，我们千万要引为鉴戒。

这样明目张胆的大骗当然是绝不允许的。还有些偷偷摸摸的小骗，也不能不引起我们的戒心。小骗局花样颇为繁多，举其荦荦大者，有以下诸种：在课堂上听老师讲课，在公开学术报告中听报告人讲演，平常阅读书刊杂志时读到别人的见解，认为有用或有趣，于是就自己写成文章，不提老师的或者讲演者的以及作者的名字，仿佛他自己就是首创者，用以欺世盗名，这种例子也不是稀见的。还有有人在谈话中告诉了他一个观点，他也据为己有，这都是没有学术良心或者学术道德的行为。

我可以无愧于心地说，上面这些大骗或者小骗，我都从来没有干过，以后也永远不会干。

我在这里补充几点梁启超在他所著的《清代学术概论》中谈到的清代正统派的学风的几个特色："隐匿证据或曲解证据，皆认为不德。""凡采用旧说，必明引之，剿说认为大不德。"这同我在上面谈的学术道德（梁启超的"德"）完全一致。可见清代学者对学术道德之重视程度。

此外，梁启超上书中还举了一点特色："孤证不为定说。其无反证者姑存之。得有续证，则渐信之。遇有力之反证则弃之。"可以补充在这里，也可以补充在上一节中。

# 对待不同意见的态度

端正对待不同意见（我在这里指的只是学术上不同的意见）的态度，是非常不容易办到的一件事。中国古话说："良药苦口利于病，忠言逆耳利于行"，可见此事自古已然。

我对于学术上不同的观点，最初也不够冷静。仔细检查自己内心的活动，不冷静的原因绝不是什么面子问题，而是觉得别人的思想方法有问题，或者认为别人并不真正全面地实事求是地了解自己的观点，自己心里十分别扭，简直是堵得难受，所以才不能冷静。

最近若干年来，自己在这方面有了进步。首先，我认为，普天之下的芸芸众生，思想方法就是不一样，五花八门，无奇不有。这是正常的现象，正如人与人的面孔也不能完完全全一模一样相同。要求别人的思想方法同自己一样，是一厢情愿，完全不可能的，也是完全不必要的。其次，不管多么离奇的想法，其中也可能有合理之处。采取其合理之处，扬弃其不合理之处，是唯一正确的办法。至于有人无理攻击，也用不着真正的生气。我有一个怪论：一个人一生不可能没有朋友，也不可能没有非朋友。我在这里不用"敌人"这个词，而用"非朋友"，是因为非朋友不一定就是敌人。最后，我还认为，个人的意见不管一时觉得多么正确，其实这还是一个未知数。时过境迁，也许会发现它并不正确，或者不完全正确。到了此时，必须有勇气公开改正自己的错误意见。梁任公说："不惜以今日之我，攻昨日之我。"这是光明磊落的真正学者的态度。最近我编《东西文化议论集》时，首先自己亮相，把我对"天人合一"思想的"新解"（请注意"新解"中的"新"字）和盘托出，然后再把反对我的意见的文章，只要能搜集到的，都编入书中，让读者自己去鉴别分析。我对广大的读者是充分相信的，他们能够明辨是非。如果我采用与此相反的方式：打笔墨官司，则对方也必起而应战。最初，双方或者还能克制自己，说话讲礼貌，有分寸。但是笔战越久，理性越少，最后甚至互相谩骂，人身攻击。到了这个地步，谁还能不强词夺理、歪曲事实呢？这样就离真理越来越远了。中国学术史上这样的例子颇为不少。我前些时候在上海《新民晚报》的副刊《夜光杯》上写过一篇短文：《真理越辨越明吗？》。我的结论是：在有些时候，真理越辨（辩）越糊涂。是否真理，要靠实践，兼历史和时间和检验。可能有人认为我是在发怪论，我其实是有感而发的。

# 陈寅恪先生的道德文章

## 一、"预流"问题

各国学术发展史都告诉我们一个事实：学术同宇宙间万事万物一样，都不能一成不变，而是要随时变动的。变动的原因多种多样，但最重要的不外两项，一是新材料的发现，一是新观点、新方法的萌生。梁启超论晚清时代中国学术发展时说：

> 自乾隆后边徼多事，嘉道间学者渐留意西北边新疆、青海、西藏、蒙古诸地理，而徐松、张穆、何秋涛最名家。松有《西域水道记》《汉书西域传补注》《新疆识略》，穆有《蒙古游牧记》，秋涛有《朔月备乘》，渐引起研究元史的兴味。至晚清尤盛。外国地理，自徐继畬《瀛环志略》，魏源著《海国图志》，

开始端绪，而其后竟不光大。近人丁谦于各史外夷传及《穆天
子传》《佛国记》《大唐西域记》诸古籍，皆博加考证，成书
二十余种，颇精瞻。（《清代学术概论》[①]）

这里讲了晚清时代一些新学问的开端。但是没有着重讲新材料
的发见。王国维补充了梁启超的话。他说：

> 古来新学问之起，大都由于新发见之赐。有孔子壁中书之
> 发见，而后有汉以来古文学家之学。有赵宋时古器之出土，而
> 后有宋以来古器物古文字之学。唯晋时汲冢竹书出土后，因永
> 嘉之乱，故其结果不甚显著。然如杜预之注《左传》，郭璞之
> 注《山海经》，皆曾引用其说，而《竹书纪年》所记禹、益、
> 伊尹事迹，至今遂成为中国史学上之重大问题。然则中国书本
> 上之学问，有赖于地底之发见者，固不自今日始也。（《女师
> 大学术季刊》，第一卷，第四期，附录一：《近三十年中国学
> 问上之新发见》，王国维讲，方壮猷记注）

静安先生对新材料之发见能推动新学问之诞生，从中国学术史
上加以阐述，令人信服。他把"新发见"归纳为五类：一、殷墟甲
骨；二、汉晋木简；三、敦煌写经；四、内阁档案；五、外族文字。
王静安先生的总结完全是实事求是的，是非常正确的。

寅恪先生也发表了类似的意见：

---

① 梁启超：《清代学术概论》，商务印书馆，1921 年，第 91—92 页。

　　一时代之学术，必有其新材料与新问题。取用此材料，以研求问题，则为此时代学术之新潮流。治学之士，得预于此潮流者，谓之预流（借用佛教初果之名）。其未得预者，谓之未入流。此古今学术史之通义，非彼闭门造车之徒，所能同喻者也。（《陈垣〈敦煌劫余录〉序》，见《金明馆丛稿二编》，上海古籍出版社，1980年，第236页）

　　他借用了佛教现成的术语，生动地、形象地提出了"预流"问题。我个人认为，不能再有比这更恰当的表述方法了。根据这个标准，历代许多大学者都有一个预流的问题。不预流，就无法逃脱因循守旧、故步自封的窘境，学术就会陈陈相因，毫无生气，也绝不可能进步。征之中外学术史，莫不皆然。王静安先生是得到了预流果的。中国近代许多著名的学者，也都是得到了预流果的。中国近代学术之所以彪炳辉煌，远迈前古，其根源就在这里。

　　而在众多的获得预流果的学者中，寅恪先生毫无疑问是独领风骚的。他的成就之所以超绝人寰，关键就在这里。王静安先生列举的五类新发现，寅恪先生都有所涉猎。但是，人们都知道，他做学问最为慎重。他深知博与约的辩证关系。他决不炫学卖弄，哗众取宠。研究任何问题，都有竭泽而渔的气概，必须尽可能地掌握全部资料，后从中抽绎出理论性的结论来。他之所以自称为"不古不今之学"，正是他这种精神的表现。他自谦不通的学问，按之实际，也比一些夸夸其谈者高明不知多少倍。从他一生治学的道路来看，他是由博返约的。中晚年以后，治学比较集中。他非常尊重静安先生，"风义平生师友间"的诗句可以为证。但是他对王先生的经常改换题目，也还是有看法的。

他自己在静安先生列举的五类中，根据由博返约的精神，最后集中在敦煌写经和外族文字上；在历史研究方面，最后集中到隋唐史和明清之际的社会史上。生平学术创获也多在这几个方面。

总之，寅恪先生是预流的楷模。连中印文化关系史方面许多创获，也与此有关。他永不满足于已有的结论，在他一生学术追求中，他总是站在"流"的前面。

## 二、继承和发扬乾嘉考证学的精神吸收德国考证学的新方法

这一部分主要谈寅恪先生的治学方法。对一个学者来说，治学方法是至关重要的。可惜在今天的学术界难得解人矣。我不认为，我们今天的学风是完美无缺的。君不见，在"学者"中，东抄西抄者有之，拾人牙慧者有之，不懂装懂者有之，道听途说者有之，沽名钓誉者有之，哗众取宠者有之，脑袋中空立一论，不惜歪曲事实以求"证实"者更有之。这样的"学者"就是到死也不懂什么叫治学方法。

寅恪先生十分重视自己的治学方法。晚年他的助手黄萱女士帮助他做了大量的工作，可以说是立下了大功。有一次，寅恪先生对她说："你跟我工作多年，我的治学方法你最理解。"黄女士自谦不很理解。寅恪先生一叹置之。他心中的痛苦，我们今天似乎还能推知一二。可惜我们已经回天无力，无法向他学习治学方法了。现在我来谈寅恪先生的治学方法，实在有点不自量力，诚惶诚恐。但又觉得不谈不行。因此，我谈的只能算是限于个人水平的一点学习

心得。

什么是寅恪先生的治学方法呢？

一言以蔽之，曰考据之学。

这是学术界的公言，不是哪一个人的个人意见。汪荣祖先生在《史家陈寅恪传》中再三强调这一点，这是很有见地的。

但是陈先生的考据之学又决不同于我们经常谈的考据之学，它有它的特点，这一方面出于治学环境，一方面又出于个人禀赋。寅恪先生家学渊源，幼承庭训，博通经史，泛览百家。对中国学术流变了若指掌。又长期留学欧美日本，对欧美学术，亦能登堂入室。再加上天赋聪明，有非凡的记忆力；观察事物，细致入微。这两个方面，都表现在他的考据学上，形成了独特的风格。具体地说就是，他一方面继承和发扬了中国乾嘉考据学的精神，一方面又吸收了西方，特别是德国考据学的新方法。融会中西，一以贯之。据我个人的体会，寅恪先生考据之学的独特风格，即在于此。我在下面分两部分论述一下。

（一）中国的考据学

在中国学术史上，考据学同所谓汉学有密切的联系，是汉学家所使用的治学主要方法。在学者之间，虽然也有一些分歧，但是大体上是一致的。汉学是对宋学的一种反动，滥觞于明末清初，大盛于乾嘉时代，考据学大体上也是这样。详细论述，请参阅梁启超《清代学术概论》（以下简称《概论》）及钱穆《中国近三百年学术史》（以下简称《学术史》）。

什么叫考据（或证）学呢？梁启超在《概论》中有几句扼要的话：

其治学根本方法，在"实事求是""无征不信"；其研究范围，以经学为中心，而衍及小学、音韵、史学、天算、水地、典章制度、金石、校勘、辑逸，等等；而引证取材，多极于两汉；故亦有"汉学"之目。

钱穆在《学术史》第四章讲顾亭林时，对考证学做了细致的分析：

> 故治音韵为通经之钥，而通经为明道之资。明道即所以救世，亭林之意如是。乾嘉考证学，即本此推衍，以考文知音之工夫治经，即以治经工夫为明道，诚可谓亭林宗传。柳亭林此书，不仅为后人指示途辙，又提供以后考证学者以几许重要之方法焉。撮要而言，如为种种材料分析时代先后而辨其流变，一也。（中略）其次则每下一说，必博求佐证，以资共信，二也。《四库全书日知录提要》，谓炎武学有本原，博瞻而能贯通。每一事必详其始末，参以佐证，而后笔之于书。故引据浩繁，而牾者少。语必博证，证必多例，此又以后考证学惟一精神所寄也。
>
> 亭林之治音学，其用思从明其先后之流变而入，其立说在博求多方之证佐而定，此二者皆为以后乾嘉考证学最要法门。

在后面，钱穆又引了方东树《汉学商兑序》的话，把清儒治考证者分为三派。都可以说是深中肯綮的。事实上，清代考证学总是不断有所发展的。全盛时期的代表人物，如惠栋、戴震、段玉裁、王引之、王念孙等等，考证方法大同中有小异。到了章学诚，又提出了"六经皆史"的论点，又前进一步了。

总的来看，寅恪先生继承了这个考证学的传统。但是，他又发展了或者超越了这个传统。何以说是"超越"呢？我个人认为，这主要表现在两个方面：一个是他强调在史实中求史识；一个是他大大地扩大了传统的"小学"的范围。

所谓"史识"，是不是就是历史发展的规律？是，但又不全是。探索规律性的东西，所有的考据学家都能做到，做不到这一步，考据也就失去了意义。乾嘉诸老都能做到。可惜他们就到此为止。据我个人的观察，在这一点上，乾嘉诸老与明末清初考证学的开创者稍有不同。根据钱穆的叙述，顾炎武主张"明道""救世"，他当然也在考证中寻求规律；但是"明道""救世"却超出了规律。这同所谓"义理"有类似之处，义理不能等同于规律。这种明道、救世的理想，到了乾嘉时代，由于客观环境的变化，已经消失。学者们囿于所习，只在故纸堆中寻求规律，把义理忘记了。寅恪先生却不然。他的专著和文章，不管多长多短，都展现了他那种严密考证的才能，其中都有规律性的结论。但是他却决不到此为止，决不为考证而考证，他那种悲天悯人、明道救世的精神，洋溢于字里行间，稍微细心的读者都能觉察。在这一点上，他同宋代大史学家司马光颇有"灵犀一点通"之处。他之所以推崇宋学，原因大概也就在这里吧。

讲到小学，也就是语言文字学，从顾炎武到乾嘉诸老，无不十分重视。顾亭林的话有代表意义："读九经自考文始，考文自知音始。以至于诸子百家之书，亦莫不然。"（《顾亭林文集》卷四，

《答李子德书》）但是，他们的小学，实际上只限于汉语。这当然有极大的局限性。到了寅恪先生手中，小学的范围大大地扩大了。古代外族语言和少数民族语言，无不供他驱使。这样一来，眼界和研究方法都大大地扩大，其所得到的结论当然也就今非昔比了。乾嘉诸老自不能望其项背矣。

（二）德国的考据学

德国学术发展史，不同于中国。他们治学的方法不可能叫作考据学。但是，德国的民族性中有一突出的特点，这就是所谓的"彻底性"（Gründlichkeit），也就是一种打破砂锅问到底的劲头。这种劲头与中国的考据学有相通之处。19 世纪，比较语言学在德国取得了其他国家都赶不上的辉煌成就，与这种民族性有密切联系。19 世纪至 20 世纪的梵文研究，也表现了这种精神。

寅恪先生曾在几个欧美国家留学，在德国时间更长，受业于吕德斯诸大师，学习梵语及其他古代语言文字，深通德国学者的治学方法。结果他把中国考据学和德国考据学严密地结合起来，融会贯通，再济之以德国的彻底性，著为文章。在考证方面，别人在探索时能深入二三层，就已经觉得不错了，再进就成了强弩之末，力不从心了。而寅恪先生则往往能再深入几层，一直弄个水落石出，其结论当然深刻多了。

但是，他学习德国考据学，并非奴隶式地模仿。在加注方面，他不学习德国学者半页加注的做法，他的办法毋宁说是更接近中国传统做法，脚注极少。有的地方，他又超越了德国考据学。德国学者往往只求规律，不讲义理。而寅恪先生则是正如我上面所说的，规律与义理并重。这一点，只要读一读两方面的文章，立刻就能感觉到。

归纳以上所论，寅恪先生实集中德两方考据学之大成。当代中国有些学者往往视考据学为一时一派之方法，其实这是完全错误的。在相当长的一段时间内，中国曾大批考据学，大有当代堂·吉诃德之势。及今思之，实觉可笑。其实只要搞学问，就要有资料，首先必须把资料搞清楚：真伪如何？时代如何？来源如何？演化如何？相互关系又如何？不这样也是不可能的。史料不清，而贸然下结论，其结果必然是南辕而北辙，不出笑话者几希。

我认为，吕德斯和寅恪先生为中西两个考据学大师。吕德斯在世界上享有极高的声誉。印度发现了新碑铭，读不懂，就说：找吕德斯去。他被公认为近代最伟大的梵文学家。他同寅恪先生有很多共同之处。他们考证名物，旁征博引，分析入微，如剥芭蕉，渐剥渐深。开始时人们往往不能理解，为什么这样假设。但是，只要跟着他们剥下去，到最后，必然是"山重水复疑无路，柳暗花明又一村"，茅塞顿开，豁然开朗了。我读他们两人的极端烦琐貌似枯燥的考证文章，认为是极大的享受，远远超过中外文学名著。并世并无第三人。同意我的意见的，大有人在。不同意者当然也同样大有人在。俗话说，敲锣卖糖，各干各行，不能强求的。不管怎样，他们两人的著作，我总是爱不释手。他们那种天外飞来的奇思，于没有联系中看出联系，于平淡中看出深邃。读到会心处，直欲浮一大白，当年灵山会上，如来拈花，迦叶微笑。世间没有佛祖，我也绝非迦叶。但是，我和我的志同道合者们对两位大师的著作的爱好，难道同这个神话故事所表达的意蕴，没有相通之处吗？

要在寅恪先生的著作中找具体的例子，那就俯拾即是，几乎每一篇文章都是。他在文章中喜欢用"发古人未发之覆"这样的词句。事实上，他自己正是这样做的。文章不管多长多短，无不发覆，无不有新的见解。我在这里只顺手举出几个例子来。王羲之为古今书圣，古人论之者，誉之者众矣。但是没有哪个人真能解释他所以爱鹅的原因。寅恪先生在《天师道与滨海地域之关系》中解开了这个千古之谜。韩愈古文运动的真正原因，古今论者也没有哪一个能说清楚。寅恪先生在《元白诗笺证稿·长恨歌章》和《论韩愈》中解释了其中的前因后果。支愍度之所以提倡"心无义"，以及什么叫"心无义"，寅恪先生在《支愍度学说考》中讲得一清二楚。这样的例子是举不完的。他的每一部书，每一篇文章，都能解决一个或多个别人从来没有解决，也想不到去解决的问题。这已经是众所周知的事实，无须再详细论证了。

寅恪先生还有一种令人惊奇的本领，不管什么资料，不管是正史，还是稗官野史，到了他手中都能成为珍贵的史料。他从来不炫学卖弄，也不引僻书。他用的资料都是极为习见的，别人习而不察，视而不见，经他一点，粗铁立即化为黄金。牛溲、马勃、败鼓之皮，一经他的手，立即化腐朽为神奇。这也是大家都承认的事实，也无须再详细论证了。

寅恪先生之所以有这种本领，一则由于天赋，再则由于博学。根据我个人的体会，他还有一个脑筋里经常考虑问题的习惯。他无论何时都在认真、细致地研究问题。有一次他问我，《高僧传·佛图澄传》中有两句铃音"秀支替戾冈，仆谷劬秃当"，这是什么语言？可见这个问题在他头脑中恐怕是历有年所了。

以上所论，仅仅是个人的一点体会。限于水平，我目前只能体会到这个程度。我觉得，寅恪先生实际上已经将清儒所说的义理、辞章、考据三门大学问，集于一身。从他生前起，学者们（比如郑天挺教授）就称他为"教授之教授"，绝非溢美之词，恐怕已是天下之公言了。

### 三、为中国文化所化之人

什么是文化？据说中外学人下的定义有数百种之多，可见文化含义之难以捉摸。寅恪先生没有给文化下过定义；但是他对文化的态度、看法或者观点，却是异常明确的，他也最喜欢谈论文化。这里有他的一个特点，他从不泛泛地讨论文化问题，而是结合具体的人或事，谈自己对文化的看法。他有时候连文化这个词儿都不用，实际上谈的却是不折不扣的文化问题。

我想从下列三个方面，探讨寅恪先生与中国文化的关系问题：

（一）中国文化的内涵

什么是中国文化？这同上面谈到的一般文化一样，也有很多不同的理解。

我曾经把文化分为两类：狭义的文化和广义的文化。狭义指的是哲学、宗教、文学、艺术、政治、经济、伦理、道德等等。广义指的是包括精神文明和物质文明所创造的一切东西，连汽车、飞机等等当然都包括在内。

周一良先生曾把文化分为三个层次：狭义的、广义的、深义的。前二者用不着再细加讨论。对于第三者，深义的文化，周先生有自己的看法。他说："在狭义文化的某几个不同领域，或者在狭义和广义文化的某些互不相干的领域中，进一步综合、概括、集中、提炼、抽象、升华，得出一种较普遍地存在于这许多领域中的共同东西。这种东西可以称为深义的文化，亦即一个民族文化中最为本质或最具有特征的东西。"（《中日文化关系史论》①，第 18 页）他举日本文化为例。他认为日本深义的文化的特质是"苦涩""闲寂"。具体表现是简单、质朴、纤细、含蓄、古雅、引而不发、不事雕饰等等。周先生的论述和观察，是很有启发性的。我觉得，他列举的这一些现象基本上都属于民族心理状态或者心理素质，以及生活情趣的范畴。

把这个观察应用到中华民族文化上，会得到什么结果呢？我不想从民族心态上来探索，我想换一个角度，同样也能显示出中华文化的深层结构或者内涵。

在这个问题上，寅恪先生实际上已先我着鞭。在《王观堂先生挽词・序》中，寅恪先生写道：

> 吾中国文化之定义，具于《白虎通》三纲六纪之说，其意义为抽象理想最高之境，犹希腊柏拉图所谓 idea② 者。

我觉得，这是非常精辟的见解。在下面谈一下我自己的一些想法。

中国哲学同外国哲学不同之处极多，其中最主要的差别之一就是，中国哲学喜欢谈论知行问题。我想按照知和行两个范畴，把中

---

① 周一良：《中日文化关系史论》，江西人民出版社，1990 年。
② 哲学著作一般把柏拉图的 idea（或 eidos）译为"理念"，朱光潜先生则极力倡导译成"理式"，陈康先生主张译为"相"或"型"。

国文化分为两部分：一部分是认识、理解、欣赏等等，这属于知的范畴；一部分是纲纪伦常、社会道德等等，这属于行的范畴。这两部分合起来，形成了中国文化。在这两部分的后面存在着一个最为本质、最具有特征的、深义的中华文化。

寅恪先生论中国思想史时指出：

> 南北朝时，即有儒释道三教之目。（中略）故自晋至今，言中国之思想，可以儒释道三教代表之。此虽通俗之谈，然稽之旧史之事实，验以今世之人情，则三教之说，要为不易之论。（中略）故二千年来华夏民族所受儒家学说之影响，最深最巨者，实在制度法律公私生活之方面，而关于学说思想之方面，或转有不如佛道二教者。（《金明馆丛稿二编·冯友兰中国哲学史下册审查报告》[①]，第250—251页）

事实正是这个样子。对中国思想史仔细分析，衡之以我上面所说的中国文化二分说，则不难发现，在行的方面产生影响的主要是儒家，而在知的方面起决定作用的则是佛道二家。潜存于这二者背后那一个最具中国特色的深义文化是三纲六纪等伦理道德方面的东西。

专就佛教而言，它的学说与实践也有知行两个方面。原始佛教最根本的教义，如无常、无我、苦，以及十二因缘等等，都属于知的方面。八正道、四圣谛等，则介于知行之间，其中既有知的因素，

---

① 陈寅恪：《金明馆丛稿二编·冯友兰中国哲学史下册审查报告》，上海古籍出版社，1980年。

也有行的成分。与知密切联系的行，比如修行、膜拜，以及涅槃、跳出轮回，则完全没有伦理的色彩。传到中国以后，它那种无父无君的主张，与中国的三纲六纪等等，完全是对立的东西。在与中国文化的剧烈撞击中，佛教如果不能适应现实情况，必然不能在中国立定脚跟。于是佛教只能做出某一些伪装，以求得生存。早期佛典中有些地方特别强调"孝"字，就是歪曲原文含义以适应中国具有浓厚纲纪色彩文化的要求。由此也可见中国深义文化力量之大，之不可抗御了。

这一点，中国不少学者是感觉到了的。我只举几个例子。这些例子全出于《中国文化书院讲演录第一集：论中国传统文化》[1]。

梁漱溟先生说：

> 中国人把文化的重点放在人伦关系上，解决人与人之间怎样相处。（第 137 页）

冯友兰先生说：

> 基督教文化重的是天，讲的是"天学"；佛教讲的大部分是人死后的事，如地狱、轮回等，这是"鬼学"，讲的是鬼；中国的文化讲的是"人学"，着重的是人。（第 140 页）

庞朴先生说：

---

① 中国文化书院讲演录编委会编《中国文化书院讲演录第一集：论中国传统文化》，三联书店，1988 年。

假如说希腊人注意人与物的关系，中东地区则注意人与神的关系，而中国是注意人与人的关系，我们的文化的特点是更多地考虑社会问题，非常重视现实的人生。（第 75 页）

这些意见都是非常正确的。事实上，孔子就是这种意见的代表者。"子不语怪、力、乱、神"，就是证明。他自己还说过："未知生，焉知死。"

国外一些眼光敏锐的思想家也早已看到了这一点，比如德国最伟大的诗人歌德，就是其中之一。1827 年 1 月 29 日同爱克曼谈"中国的传奇"时，他说：

中国人在思想、行为和情感方面几乎和我们一样，使我们很快就感到他们是我们的同类人，只是在他们那里一切都比我们这里更明朗，更纯洁，也更合乎道德。（中略）还有许多典故都涉及道德和礼仪。正是这种在一切方面保持严格的节制，使得中国维持到几千年之久，而且还会长存下去。（朱光潜译：《歌德谈话录》①，第 112 页）

连在审美心理方面，中国人、中国思想、中国文化都有其特点。日本学者岩山三郎说：

西方人看重美，中国人看重品。西方人喜欢玫瑰，因为它看起来美，中国人喜欢兰竹，并不是因为它们看起来美，而是

---

① ［德］艾克曼：《歌德谈话录》，朱光潜译，人民文学出版社，1978 年。

因为它们有品。它们是人格的象征，是某种精神的表现。这种看重品的美学思想，是中国精神价值的表现，这样的精神价值是高贵的。（引自蒋孔阳《中国古代美学思想与西方美学思想的比较》[①]）

我在上面的论述，只是想说明一点：中国文化同世界其他国家的文化，既然同为文化，必然有其共性。我在这里想强调的却是它的特性。我认为，中国文化的特性最明显地表现在或者可以称为深义的文化上，这就是它的伦理色彩，它所张扬的三纲六纪，以及解决人与人之间的关系的精神。

（二）外来文化与本土文化

寅恪先生虽然强调中国本位文化，但是他非但不是文化排外主义者，而且是承认中国吸收外来文化这件历史事实的，并且在这方面做了大量的探讨发覆的工作，论证了吸收外来文化的必要性。他说：

> 窃疑中国自今日以后，即使能忠实输入北美或东欧之思想，其结局当亦等于玄奘唯识之学，在吾国思想史上，既不能居最高之地位，且亦终归于歇绝者。其真能于思想上自成系统，有所创获者，必须一方面吸收输入外来之学说，一方面不忘本来民族之地位。此二种相反而适相成之态度，乃道教之真精神，新儒家之旧途径，而二千年吾民族与他民族思想接触史之所昭

---

① 蒋孔阳：《中国古代美学思想与西方美学思想的一些比较研究》，学术月刊，1982 年，第 3 期。

示者也。（《金明馆丛稿二编·冯友兰中国哲学史下册审查报
告》，第 252 页）

这一段话里包含着十分深刻的思想。对外来文化，盲目输入，
机械吸收，必然会等于玄奘唯识之学。只有使吸收外来文化与保存
本土文化相辅相成，把外来文化加以"变易"，它才能成为本土文
化的一部分，而立定脚跟。

吸收的过程十分曲折又复杂。两种文化要经过互相撞击，互相
较量，互相适应，互相融汇等等阶段，最后才能谈到吸收。在这个
很长的过程中，外来文化必须撞掉与本土文化水火不相容的那一部
分，然后才能被接纳。佛教传入中国以后，提供了大量的这样的例
子，生动而又具体。正是寅恪先生，在这方面做了大量的探索研究
工作，写过大量的论文，有兴趣者可以自己去读他的原作，我在这
里不可能——列举。

但是，我仍然想举两个简单的例子。第一个是关于"道"字的
译法问题。唐代初年，印度方面想得到老子《道德经》的梵文译本，
唐太宗把翻译的任务交给了玄奘。玄奘把至关重要的"道"字译为
梵文 mārga（末伽）。但是那一群同玄奘共同工作的道士都大加反
对，认为应该用佛教术语"菩提"来译。这个例子颇为有趣。中国
和尚主张直译道家哲学中最重要的术语"道"字，而中国道士反而
偏要用佛教术语。在这之前，晋代的慧远《大乘义章》中已经谈到
这个问题：

译言：外国说"道"名多，亦名"菩提"，亦曰"末伽"。

如四谛中，所有道谛，名"末伽"矣。此方名少，是故翻之，悉名为道。与彼外国"涅槃"、"毗尼"此悉名"灭"，其义相似。

谈到这里，寅恪先生说道：

盖佛教初入中国，名词翻译，不得不依托较为近似之老庄，以期易解。后知其意义不切当，而教义学说，亦渐普及，乃专用对音之"菩提"，而舍置义译之"道"。（参阅《金明馆丛稿二编·大乘义章书后》①，第163页）

第二个例子是《莲花色尼出家因缘》。里面有所谓七种咒誓恶报，但仅载六种。经寅恪先生仔细研究，第七种实为母女共嫁一夫，而其夫即其所生之子，真相暴露后，羞愧出家。寅恪先生说道：

盖佛藏中学说之类是者，纵为笃信之教徒，以经神州传统道德所薰习之故，亦复不能奉受。特以其为圣典之文，不敢昌言诋斥。惟有隐秘闭藏，禁绝其流布而已。《莲花色尼出家因缘》中聚麀恶报不载于敦煌写本者，即由于此。（参阅《寒柳堂集·莲花色尼出家因缘跋》②，第155页）

例子就举这两个。

---

① 陈寅恪：《金明馆丛稿二编·大乘义章书后》，上海古籍出版社，1980年。
② 陈寅恪：《寒柳堂集·莲花色尼出家因缘跋》，上海古籍出版社，1980年。

第二个例子实际上又牵涉我在上面谈过的文化分为知和行两部分的问题。我在这里想引申一下，谈一谈从文化交流的角度上看印度文化的这两部分到了中国以后所处的地位。我们从印度吸收了不少的东西（当然中国文化也传入了印度，因为同我现在要讨论的问题无关，暂且置而不论）。仔细分析一下，印度文化知与行的部分，在中国有不同遭遇。知的部分，即认识宇宙、人生和社会的理论部分，我们是尽量地吸收，稍加改易，促成了新儒学的产生。中国道家也从佛教理论中吸收了不少东西，但是，在行的方面，我们则尽量改易。在中国的印度和中国佛教徒也竭力改变或掩盖那些与中国传统伦理道德相违反的东西，比如佛教本来是宣传无父无君的，这一点同中国文化正相冲突，不加以改变，则佛教就将难以存在下去。这一点我在上面已经谈到过，但是重点与此处不同。那里讲的是中国深义文化的伦理道德色彩，这里讲的是对印度文化知与行两部分区别对待问题。

（三）文化与气节

我在上面讲了中国文化的伦理道德的特点，以及由这个特点所决定的吸收印度文化的态度。现在我想谈一谈与此基本相同而又稍有区别的一个问题：文化与气节。

气节也属于伦理道德范畴。但是在世界各国伦理道德的学说和实践中，没有哪一个国家像中国这样强调气节。在中国古代典籍中，讲气节的地方不胜枚举。《孟子·滕文公下》也许是最具有典型意义的：

富贵不能淫，贫贱不能移，威武不能屈，此之谓大丈夫。

这样的"大丈夫"是历代中国人民的理想人物，受到广泛的崇拜。

中国历来评骘人物，总是道德文章并提。道德中就包含着气节，也许是其中最重要的成分。中国历史上有一些大学者、大书法家、大画家等等，在学问和艺术造诣方面无疑都是第一流的，但是，只因在气节方面有亏，连他们的学问和艺术都不值钱了，宋朝的蔡京和赵孟，明朝的董其昌和阮大铖等等是典型的例子。在外国，评骘人物，气节几乎一点作用都不起。审美观念中西也有差别，这一点我在上面已经讲过。"岁寒然后知松柏之后凋也。"这样的伦理道德境界，西方人是难以理解的。

寅恪先生是非常重视气节的，他给予气节新的解释，赋予它新的含义。对于王静安先生之死，他在《清华大学王观堂先生纪念碑铭》中写道：

> 士之读书治学，盖将以脱心志于俗谛之桎梏，真理因得以发扬。思想而不自由，毋宁死耳。斯古今仁圣所同殉之精义，夫岂庸鄙之敢望。先生以一死见其独立自由之意志，非所论于一人之恩怨，一姓之兴亡。

写到这里，已经牵涉到爱国主义，我在下面专章讨论这个问题。

## 四、爱国主义问题

爱国主义在中国有极悠久的历史传统。中国的知识分子，古代所谓"士"，一向有极强的参政意识。"天下兴亡，匹夫有责"，就是这种意识的具体表现。从孔子、孟子、墨子等等先秦诸子，无不以治天下为己任，尽管他们的学说五花八门，但是他们的政治目的则是完全一致的。连道家也不例外，否则也写不出《道德经》和《南华经》。他们也是想以自己的学说来化天下的。

仔细分析起来，爱国主义可以分为两种：狭义的与广义的。对敌国的爱国主义是狭义的，而在国内的爱国主义则是广义的。前者很容易解释，也是为一般人所承认的。后者则还需要说一下。中国历代都有所谓忠臣。在国与国或民族与民族之间的矛盾中出现的忠臣，往往属于前者。但也有一些忠臣与国际间的敌我矛盾无关。杜甫的诗"致君尧舜上，再使风俗淳"，确实与敌国无关，但你能不承认杜甫是爱国的吗？在中国古代，忠君与爱国是无法严格区分的。君就是国家的代表、国家的象征，忠君就是爱国。当然，中国历史上也出现过一些阿谀奉承的大臣。但是这些人从来也不被认为是忠君的。在中国伦理道德色彩极浓的文化氛围中，君为臣纲是天经地义。大臣们希望国家富强康乐，必须通过君主，此外没有第二条路。有些想"取而代之"的人，当然不会这样做。但那是另一个性质完全不同的问题，与我现在要谈的事情无关。真正的忠君，正如寅恪先生指出来的那样，"若以君臣之纲言之，君为李煜亦期之以刘秀"。这是我所谓的广义的爱国主义。

至于狭义的爱国主义，在中国也很容易产生。中国历代都有外敌。特别是在北方，几乎是从有历史以来，就有异族窥伺中原，不时武装入侵，想饮马黄河长江。在这样的情况下，为国家抛头颅、洒热血者，代有其人，这就是我所谓的狭义的爱国主义。

这里有一个关键问题，必须分辨清楚。在历史上曾经同汉族敌对过的一些少数民族，今天已经成为中华民族的一部分。有人就主张，当年被推崇为爱国者的一些人，今天不应该再强调这一点，否则就会影响民族团结。我个人认为，这个说法是完全不能接受的。我们是历史唯物主义者，当年表面上是民族之间的敌对行为，是国与国之间的问题，不是国内民族间的矛盾。这是历史事实，我们必须承认。怎么能把今天的民族政策硬套在古代的敌国之间的矛盾上呢？如果是这样的话，我们全国人民千百年来所异常崇敬的民族英雄，如岳飞、文天祥等等，岂不都成了破坏团结的罪人了吗？中国历史上还能有什么爱国者呢？这种说法之有害、之不正确，是显而易见的。

谈完了我对爱国主义的一般看法，现在我想专门谈寅恪先生一家三代人的爱国主义。我认为，他们的爱国主义既包括狭义的，也包括广义的。下面分别谈一谈。

我想从寅恪先生的祖父陈宝箴谈起。他生于道光十一年（1831年）。虽然出身书香世家，但一生只是一名恩科举人，并没有求得很高的功名。他一生从政，办团练，游幕府，受到了曾国藩的提拔，最后做到了湖南巡抚。他生在清代末叶，当时吏治不修，国家多事，贪污腐化，贿赂公行，外有敌寇，内有民变，真正是多事之秋。也许正是这样的环境，才决定了他的爱国之心。1860年，他在北京参加会试，正值英法联军入寇京师，咸丰北狩，恶寇焚毁圆明园时，他正在酒楼上饮酒，目睹西面火光冲天，悲愤填膺，伏案痛哭。1894年，甲午对日抗战失败，中国又被迫签订《马关条约》，宝箴曾痛哭道："无以为国矣。"此时清王朝如风中残烛，成为外寇任意欺凌的对象。他这种爱国真情，是属于狭义的爱国主义的。

（参阅汪荣祖《史家陈寅恪传》[1]）

1895 年 8 月，陈宝箴被任命为湖南巡抚。这时正是新政风云弥漫全国的时候。他认为新政是富国强兵的有效措施，于是在湖南奋力推行，振兴实业，开辟航运，引进机器制造，另设时务学堂、算学堂、湘报馆、南学会、武备学堂等，开展教育文化事业。他引江标、黄遵宪、梁启超等了解外情的开明之士，共同努力。他的儿子陈三立（散原）也以变法开风气为己任，湖南风气一时为之大变。戊戌变法失败以后，宝箴受到严惩，革职永不叙用。为了拳拳爱国之心，竟遭到这样的下场。但是他却青史留名，永远受到人民的崇敬。在这里，他的爱国主义是广义的。

总之，陈宝箴先生可以说是集狭义爱国主义与广义爱国主义于一身的。

陈三立继承了父亲的热爱祖国的精神。早年曾佐父在湖南推行新政，以拯救国家危亡。戊戌政变以后，他也受到革职处分。此后，他历经所谓推行新政，所谓勤王，袁世凯搞的所谓立宪运动，辛亥革命，洪宪丑剧，军阀混战，一直到国民党统治，日寇入侵，终其一生，没有再从政；但是，他却绝非出世，绝非退隐，他一刻也没有忘怀中国人民的疾苦。到了 1937 年，卢沟桥事变爆发，他正在北京，忧愤成疾。8 月 8 日，日寇入城，老人已届耄耋之年，拒不进食，拒不服药，终于以身殉国。

散原老人也可以说是集狭义爱国主义与广义爱国主义于一身的。

至于寅恪先生，他上承父祖爱国主义之传统，一生经历较前辈更为坎坷，更为复杂。但是他曾历游各国，眼光因而更为远大，胸

---

[1] 汪荣祖：《史家陈寅恪传》，台湾联经出版事业公司，1984 年。

襟因而更为广阔，在他身上体现出来的爱国主义，含义也就更为深刻。

寅恪先生一生专心治学，从未参与政治；但他绝非脱离现实的人物，象牙塔中的学者。他毕生关心世界大事，关心国家民族的兴亡，关心传统文化的继承与发展。并世学者，罕见其俦。这表明他继承了中国自古以来知识分子以天下为己任的优良传统，也表明了他爱国心切。颇有一些学者，表面上参政、议政，成为极活跃的社会活动家，然而，在他们心中，民族存亡、文化存续，究竟占有什么地位，是颇为值得怀疑的。

寅恪先生则不然，他表面上淡泊宁静，与世无争，实则在他的内心深处，爱国热情时时澎湃激荡。他的学术研究，诗人创作，无一非此种热情之流露，明眼人一看便知。李璜有一段话，很值得注意：

> 我近年历阅学术界之纪念陈氏者，大抵集中于其用力学问之勤、学识之富、著作之精，而甚少提及其对国家民族爱护之深与其本于理性，而明辨是非善恶之切，酒酣耳热，顿露激昂。我亲见之，不似象牙塔中人，此其所以后来写出吊王观堂（国维）先生之挽词而能哀感如此动人也。（见汪荣祖《史家陈寅恪传》，台湾联经出版事业公司，1984年，第36页）

李璜这一段话是极有见地的。我对寅恪先生对王静安之死的同情，长久不能理解。一直到最近，经过了一番学习与思考，才豁然开朗。他们同样是热爱中国文化的，一种伦理道德色彩渗透于其中的深义的文化。热爱中国优秀的传统文化，就是爱国的一个具体表现。两位大师在这一点上"心有灵犀一点通"，因此静安之死才引起了寅恪先生如此伤情。

寅恪先生在政治上是能明辨是非的。国民党和蒋介石都没给他留下好印象。1940年，他到重庆去参加中央研究院评议会，见到了蒋介石。他在一首诗《庚辰暮春重庆夜归作》中，写了两句："食蛤那知天下事，看花愁近最高楼。"据吴雨僧（宓）先生对此诗的注中说："已而某公宴请中央研究院到会诸先生，寅恪于座中初次见某公，深觉其人不足有为，故有此诗第六句。"（参阅汪荣祖上引书，第84页。）

寅恪先生对共产党什么态度呢？浦江清的《清华园日记》中讲到，寅恪先生有一次对他说，他赞成communism（共产主义），但反对Russian communism（俄国共产主义）。这个态度非常明确。在过去某一个时期，这个态度被认为是反动的。及今视之，难道寅恪先生的态度是不可以理解的吗？

此时寅恪先生正在香港大学任教。我所谓"此时"，是指上面谈到的中央研究院开会之际。日军正在南太平洋以及东南亚等地肆虐。日军攻占了香港以后，寅恪先生处境十分危险。他是国际上著名学者，日寇当然不会轻易放过他。日军曾送面粉给陈家，这正是濒于断炊的陈家所需要的。然而寅恪先生全家宁愿饿死，也决不受此不义的馈赠。又据传说，日军馈米二袋，拒不受，并写诗给弟弟隆恪，其中有"正气狂吞贼"之句。可见先生的凛然正气。不愧为乃祖乃父之贤子孙，中华民族真正的脊梁。

就在这样的情况下，迎来了新中国成立。我在上面已经说过，寅恪先生不反对共产主义。北京解放前夕，为什么又飞离故都呢？我认为，我们不应该苛求于人。我的上一辈和同辈的老知识分子，正义感是有的，分辨是非的能力也不缺少。国民党所作所为，他们亲眼看见。可是共产党怎样呢？除了极少数的先知先觉者以外，对绝大多数的人来说，这还是个谜，他们要等一等，看一看。有的人留在北京看，有的人离开北京看。飞到香港和台湾去的只是极少数的人。寅恪先生飞到了广州。等到解放军开进广州的时候，他的退路还有很多条，到台湾去是一条，事实上傅斯年再三电催。到外国去，又是一条。到香港去，也是一条。这几条路，他走起来，都易如反掌。特别是香港，近在咫尺。他到了那里，不愁不受到热烈的欢迎。但是，他却哪里也没有去，他留在了广州。我想，我们只能得出一个结论：他热爱祖国，而这个祖国只能是中华人民共和国。

在广州，寅恪先生先后任教于岭南大学和中山大学。受到了周恩来总理和陈毅副总理等人的关怀照顾。但是，在另一方面，新中国成立后几十年中，政治运动此伏彼起，从未停止，而且大部分是针对知识分子的，什么"批判"，什么"拔白旗"，等等，不一而足。不能说其中一点正确的东西都没有，但是，绝大部分是在极"左"的思想指导下进行的。这当然大大地挫伤了爱国知识分子的积极性。到了"十年浩劫"，达到了登峰造极的程度，影响了我们的经济建设，破坏了我国的优秀的传统文化，成为中华民族历史上一个空前的污点。其危害之深，有目共睹，这里不再细谈了。

在这样的情况下，一向热爱祖国、热爱祖国文化、关心人民疾苦、期望国家富强的寅恪先生，在感情上必然会有所反应，这反应大部分表现在诗文中。在他那大量的诗作中，不能说没有调子高昂怡悦的作品，但是大部分是情调抑郁低沉的。这也是必然的。我们的工作有成绩，也有错误。寅恪先生不懂什么阿谀奉承，不会吹捧，胸中的愤懑一舒之于诗中，这有什么难以理解的呢？有些事情，在当时好多人是糊涂的。现在回视，寅恪先生不幸而言中，这一点唯物主义能不承认吗？到了"文化大革命"，黄钟毁弃，瓦缶雷鸣，一切是非都颠倒了过来。寅恪先生也受到了残酷的迫害，终至于不起，含恨而终。他晚年是否想到了王静安先生之死，不得而知。他同王同样是中国文化所托命之人，有类似的下场，真要"长使英雄泪满襟"了。

总之，我认为，寅恪先生同父祖一样，是把狭义的爱国主义与广义的爱国主义集于一身的。陈氏一门三忠义，这是一个客观事实。他们都是中国知识分子杰出的代表。

我在这里还想把寅恪先生等中国知识分子的爱国主义同西方的爱国主义对比一下。西方国家在资本主义原始积累以前，也就是在还没有侵略成性以前，所谓爱国主义多表现为争取民族的独立与自由的斗争。到了资本主义抬头，侵略和奴役亚、非、拉美时期，就没有真正的爱国主义，实际上只能有民族沙文主义。至于法西斯国家的"爱国主义"，则只能是想压迫别人、屠杀别人的借口，与真正的爱国主义毫无共同之处。中国则不然。过去我们有爱国主义的传统，这一点我在上面已经谈到过。到了近现代，沦为半殖民地，人为刀俎，我为鱼肉。在这种情况下，中国爱国的知识分子（当然也有别的人）拍案而起。我认为，这才是真正的爱国主义，而不是挂羊头，卖狗肉。

中国同西方国家的知识分子，还有一点是颇为不相同的，这就是，中国知识分子多半具有程度强烈不同的忧患意识。宋朝范仲淹著名的话"先天下之忧而忧，后天下之乐而乐"，是最好的证明。我们一些俗语"人无远虑，必有近忧"，等等，也表示了同样的意思。朱柏庐的《治家格言》讲到"宜未雨而绸缪，毋临渴而掘井"，这也已成为大家的信条。即使在真正的大好形势下，有一点忧患意识，也是非常必要的，而绝无害处的。寅恪先生毕生富有忧患意识。我现在引他一段话：

> 余少喜临川新法之新，而老同涑水迂叟之迂。盖验以人心之厚薄，民生之荣悴，则知五十年来，如车轮之逆转，似有合于所谓退化论之说者。是以论学论治，迥异时流，而迫于事势，噤不得发。（《寒柳堂集·读吴其昌撰梁启超传书后》[1]，第150页）

就让这一段言简意深的话作本段的结束语吧。

我对寅恪先生的理解，就写到这里。寅恪先生道德文章，浩瀚无涯涘，以上所论只不过是我这样一个平凡的弟子，站在自己所能达到的水平上，管窥蠡测的结果而已。

对寅恪先生的理解和认识，对任何人来说，都有一个过程。我相信，陈学的研究现在仅仅是一个开端。在这一本纪念论文集中，实多精彩之作，足可以反映出我们目前已经达到的水平。这个水平

---

[1] 陈寅恪：《寒柳堂集·读吴其昌撰梁启超传书后》，上海古籍出版社，1980年。

当然还会逐渐提高的。随着研究水平的提高，我中华民族优秀的传统文化的价值，也必将日益得到正确的客观的认识。我始终相信，以寅恪先生等所代表的中国文化，必将大放光芒。

1990年12月17日写毕

# 胡适先生的学术成就和治学方法

## 一、作为学者的胡适

我认为，胡适首先是一个学者，所以我把评估他的学术成就列为第一项。这里用"评估"二字，似乎夸大了一点，只能说是我对他的学术成就的印象而已。而且学者和思想家往往紧密相连，你中有我，我中有你。硬分为二，是不得已之举。其间界限是十分模糊的。

我不是写《胡适传》，我不想把他的学术著作一一罗列。如果举书名的话，也不过是为了便于说明问题。我想把他的学术著作粗略地分为六大类：

（一）早年的《诗三百篇言字解》《尔汝篇》《吾我篇》；

（二）整理国故和国学研究；

（三）以《说儒》为中心的《胡适论学近著》；

（四）关于神会和尚的研究；

（五）关于《水经注》的研究；

（六）为许多旧的长篇小说写序、作考证，一直到新红学、《白话文学史》和《哲学史》等。

这六大类约莫可以概括他的学术研究范围。

我对以上六大类都不一一做细致的论述和分析。我只根据我在上面划分中国近百年学术史的阶段时提出来的三条线索或者三条脉络，来笼统地加以概括。第一类中的三篇文章，明显地表现出来了，它们一方面受到了乾嘉考据的影响，另一方面又受到了西方语言研究的影响，特别是"吾""我""尔""汝"这几个人称代词。汉字是没有曲折变化的，完全不像西方那样。在西方语言中，人称代词有四格——主格、宾格、所有格和受事格——从字形上来看，泾渭分明，而汉字则不然，格变只能表现在字变上。这一点很容易为不通西语者所疏忽。胡适至少通英语，对此他特别敏感，所以才能写出这样的文章。胡适自己说：

> 我那时对归纳法已经发生了兴趣，也有所了解，至少我已经知道了"归纳法"这个词汇了。同时我也完全掌握了以中国文法与外国文法作比较研究的知识而受其实惠。（《胡适口述自传》[①]，第120—121页）

---

① 胡适口述，唐德刚译注：《胡适口述自传》，华东师范大学出版社，1993年。

可以看出他自己的认识。

谈到国学研究，先要澄清一个误解。我往往听到有人怀疑：胡适是新文化运动的领袖，怎么会一变而整理起国故来？这是不了解全面情况的结果。胡适说：

> 中国文艺复兴运动有四重目的：
>
> （1）研究问题，特殊的问题和今日迫切的问题；
>
> （2）输入学理，从海外输入那些适合我们作参考和比较研究用的学理；
>
> （3）整理国故（把三千年来支离破碎的古学，用科学方法做一番有系统的整理）；
>
> （4）再造文明，这是上三项综合起来的最后目的。（上引书，第203页）

原来胡适是把整理国故或国学研究纳入他的"中国文艺复兴"的范畴之内的，同平常所理解的不同。

胡适对中国近三百年来的学术研究做了几点总结。在成就方面，他认为有三项：第一项是有系统的古籍整理；第二项是发现古书和翻刻古书；第三项是考古——发现古物。同时，他也指出了三大严重的缺点：第一个缺点是研究范围太狭窄；第二个缺点是太注重功力，而忽略了理解；第三个缺点是缺少参考比较的材料。他针对这三大缺点，提出了复兴和提倡国学研究的三点意见：第一，用历史的方法来尽量扩大研究的范围；第二，注意有系统的整理；第三，"专史式"的整理——诸如语言文字史、文学史、经济史、政治史、

国际思想交流史、科技史、艺术史、宗教史、风俗史等等。（上引书，第204—207页）

以上就是胡适对整理国故的意见和贡献。

至于《胡适论学近著》中《说儒》那一篇长达数万言的论文，确是他的力作。他认为，"儒"字的原意是柔、弱、懦、软等等的意思。孔子和老子都属于被周灭掉的殷遗民的传教士，由于他们是亡国之民，他们不得不采取那种柔顺以取容的人生观。唐德刚先生对《说儒》这篇文章给予了至高无上的评价。他说：

> 适之先生这篇《说儒》，从任何角度来看，都是我国国学现代化过程中，一篇继往开来的划时代的著作。

他又说：

> 胡氏此篇不但是胡适治学的巅峰之作，也是中国近代文化史上最光辉的一段时期，所谓"30年代"的巅峰之作。我国近代学术，以五四开其端，到30年代已臻成熟期。那时五四少年多已成熟，而治学干扰不大，所以宜其辉煌也。这个时期一过以至今日，中国再也没有第二个"30年代"了。适之先生这篇文章，便是30年代史学成就的代表作。（上引书，第273—274页）

我个人认为，唐先生对《说儒》的评价和对30年代学术的估价，是颇值得商榷的。《说儒》意见虽新颖，但并没有得到学术界的公认。郭沫若就有文章反驳。所谓"30 年代"的学术成就，不知何所指。当时日寇压境，举国同愤，也不能说"干扰不大"。

关于适之先生的神会和尚的研究和《水经注》的研究，他的确用力很勤，可以说是半生以之。前者的用意在研究中国禅宗史，后者的用意在为戴震平反昭雪，其成绩都应该说是在《说儒》之上。

为旧小说写序，作考证，在这方面胡适的贡献是很大的，而影响也很大。在旧时代，小说不能登大雅之堂。由于胡适和其他一些学者的努力，小说公然登上了文学的殿堂，同其他昔日高贵的文学品种平起平坐。他对《红楼梦》的研究，我个人觉得是合情合理的。至于与此有联系的《白话文学史》，我认为是失败之作。因为白话同浅显的文言并无泾渭分明的界限，反不如用模糊理论来解释——可惜当时这个理论还没有产生。胡适有时牵强附会，甚至捉襟见肘，不能自圆其说。《中国哲学史》始终没有写完，晚年虽立下宏愿大誓，要把它写完，可惜他过早地逝去，留下了一部"未完成的杰作"。适之先生在学术问题上有时候偏激得离奇，比如对中国的骈文，他说"有欠文明"。他认为"四六"体起标点符号的作用，他把中国中古期文章体裁说成"鄙野"或"夷化"，因为它同古代老子和孔子所用的体裁完全不同，同后来唐宋八家的古文，也迥然有别。他拿欧洲"修道士的拉丁"和印度的"沙门梵文"来相比，前者我不懂，后者则完全不是这么一回事。我认为这是一位极其谨严的学者的极其可怪的偏见。这一点，唐德刚先生也是完全不同意的。（上引书，第 274—275 页）

## 二、作为思想家的胡适

胡适不喜欢"哲学史"这个词儿，而钟爱"思想史"这个词儿。因此，我不称他为"哲学家"，而称他为"思想家"。

不管是哲学，还是思想，他都没有独立的体系，而且好像也从来没有想创立什么独立的体系，严格地讲，他不能算是一个纯粹的思想家。我给他杜撰了一个名词：行动思想家，或思想行动家。他毕生都在行动，是有思想基础的行动。大名垂宇宙的五四运动，在中国学术史上，中国文学史上，甚至中国政治史上，是空前的，而执大旗作领袖的人物，不能不说是胡适，这是他在既定的思想基础上行动的结果。一个纯粹的思想家是难以做到的。

说到思想，胡适的思想来源是相当复杂的，既有中国的传统思想，又有西方的古代一直到近代的思想，以后者为主。中国"全盘西化"的思想和他有密切的关系。年轻时候信仰世界主义、和平主义和国际主义。在这方面影响他的有中国的老子。老子主张"不争"说："夫惟不争，故天下莫能与之争。"还有墨子的《非攻》。此外还有西方的耶稣教的《圣经》，讲什么人家打你的右颊，你把左颊再转过去要他打。他这样的信仰都是历四五十年而不衰的。胡适的行动看起来异常激进，但是他自己却说，自己是保守分子。（上引书，第138—161页）表面上看，他是"打倒孔家店"的急先锋，他却不但尊崇孔子，连儒家大儒朱熹也尊崇。唐德刚先生甚至称他为"最后的一位理学家"。

胡适的意见有时候也流于偏激，甚至偏颇。他关于骈文的看法，上面已经介绍过了。与此有关联的是他对于文言的看法。他说：

死文字不能产生活文学。我认为文言文在那时已不止是（应作"不只是"）半死，事实已全死了；虽然文言文之中，尚有许多现时还在用的活字，文言文的文法，也是个死文字的文法。

（上引书，第161页）

那么，胡适真正的主要的思想究竟是什么呢？一言以蔽之，曰实验主义。我现在根据胡适的自述，简略地加以介绍。实验主义是19世纪末叶至20世纪初叶流行于美国的有影响的大哲学派别之一。当时最主要的大师是查理·皮尔斯（Chanler Pierce）、威廉·詹姆斯（William James）和约翰·杜威（John Dewey）。第一人逝世于1914年，第二人1910年。胡适不可能从他们受学。只有杜威还健在，胡就成了他的学生。胡适自己说，杜威对他有"终身影响"。

什么又叫作"实验主义"呢？必须先介绍一点欧洲哲学史，特别是古希腊的哲学，才能知道杜威一些说法的来源。这要从苏格拉底（Socrates，前469—前399）讲起。我现在根据唐德刚先生的注释（上引书，第108—114页）极其简略地加以说明。苏格拉底对"知识"这个概念有特殊看法。人性是本善的，之所以有不善，是由于"无知"的缘故。"知"是"行"的先决条件。"知"中有善而无恶，有恶之"知"，不是真"知"，无"知"则"行"无准则。要了解什么是"知"，必须了解什么是"不知"。所有的事物和概念都有真"知"，一般人不了解真"知"而自以为"知"。所以都是糊涂一辈子。他十分强调"自知之明"。他之所以拼命反对"民主"，就是因为他认为芸芸众生都是无"知"之辈，他们不能"主"，"主"者只能是有德者，"德"只是"知"的表现。有

"知"自有"德"。从"无知"到"有知",有一个从无到有的过程和方法,这就是"苏格拉底法则"。苏格拉底认为,天下任何事物和概念都各有其"普遍界说"(universal definition),比如说,猫的"普遍界说"就是"捉老鼠"。世界上的事物和概念,都将由其本身的"普遍界说"而形成一个单独的"形式"(form),这个"形式"有其特有的"次文化"(subculture)。

上述这种推理法,就是所谓"苏格拉底法则"。杜威对这个法则极为赞赏,胡适亦然。他们认为,"法则"只是一种法则,是一种寻求真理,解决问题的方法,并不是替任何"主义"去证明那种毫无讨论余地的"终极真理"(ultimate truth)。他们实验主义者是走一步算一步的,不立什么"终极真理"。

苏格拉底的再传弟子——柏拉图的弟子亚里士多德(前384—前322),批评他的师祖和老师的推理杂乱无章,他搞了一个"三段论法"。所谓"三段",指的就是大前提、小前提和结论。这可以称为"演绎推理法"(deductive method)。这方法的核心是"证明真理",而不是"寻求真理"。后来它为中世纪的耶稣教神学所利用。这种神学已经有"终极真理"和"最后之因",只需要证明,而不需要探求,这与亚里士多德的三段论法一拍即合,所以就大行其道了。

胡适经常讲他的方法是"归纳法",就是针对这种演绎法而发的。

既然讲到了方法,我现在就来谈一谈胡适的"实证思维术"。胡适说:

　　我治中国思想与中国历史的各种著作，都是围绕着"方法"这一观念打转的。"方法"实在主宰了我四十多年来所有的著述。从基本上说，我这一点实在得益于杜威的影响。（上引书，第 94 页）

　　这是"夫子自道"，由此可见他毕生重视方法，在思想方面和治学方面的方法，而这方法的来源则是杜威的影响。

　　根据胡适的论述，杜威认为人类和个人思想的过程都要通过四个阶段：

　　　　第一阶段，固定信念阶段。

　　　　第二阶段，破坏和否定主观思想的阶段。这第二个阶段杜威称之为讨论阶段。

　　　　第三阶段，是从苏格拉底法则向亚里士多德的逻辑之间发展的阶段。杜威用溢美之词赞扬苏格拉底，而对亚里士多德的三段论法，则颇有微词。

　　　　第四阶段，也就是最后阶段，是现代的归纳实证和实验逻辑。（上引书，第 93—94 页）

　　杜威在另一本举世闻名的著作《思维术》中，认为有系统的思想通常要通过五个阶段：

　　　　第一阶段，为思想之前奏（antecedent），是一个困惑、疑虑的阶段，导致思想者去认真思考。

第二阶段，是决定这疑虑和困惑究在何处。

第三阶段，为解决这些困惑和疑虑，思想者自己会去寻找一个解决问题的假设，或面临一些现成的假设的解决方法，任凭选择。

第四阶段，思想者只有在这些假设中，选择其一作为对他的困惑和疑虑的可能解决的办法。

第五阶段，也是最后阶段。思想者要求证，他把大胆选择的假设，小心地证明出来，哪个是对他的疑虑和困惑最满意的解决。（上引书，第96页）

我想，大家一看就能够知道，胡适有名的"大胆的假设，小心的求证"，来源就在这里，是他从杜威那里学来而加以简化和明确化了的。

根据我个人肤浅的分析，在对外方面，在对西方的反应方面，胡适这个思想的来源还不仅限于杜威，一定还有尼采的影响在，他那"重新评估一切价值"的名言，影响了整个世界。在对内方面，胡适也受到了影响，最突出的是宋代哲学家张载。张载说："在可疑而不疑者，不曾学；学则须疑。"（《大学·原下》）他又说："无征而言，取不信。启诈妄之道也。杞宋不足征吾言，则不言；周足征，则从之。故无征不信，君子不言。"（《正蒙·有德篇》）（以上引文都见上引书，第20页。参看同书，第12页，胡适自己的说法）

多少年来，我就认为："大胆的假设，小心的求证"，这十个字是胡适对思想和治学方法最大最重要的贡献。胡适自己在《口述自传》中"青年期逐渐领悟的治学方法"这一节里说：

> 我的治学方法似乎是经过长期琢磨，逐渐发展起来。……
> 我十几岁的时候，便已有好怀疑的倾向，尤其是关于宗教方面。

下面他讲到"汉学"，又说：

> 近三百年来学术方法上所通行的批判研究实自北宋开始，
> 中国考古学兴起的时候。古代的文物逐渐发展成历史工具来校
> 勘旧典籍，这便是批判的治学方法的起源。"考据学"或"考
> 证学"于焉产生。

胡适在十九岁前读中国经书，发现了汉、宋注疏之不同，企图
自己来写点批判性的文章。这种以批判法则治学的方法，胡适名之
为"归纳法"。（上引书，第118—119页）

在这同一节中，胡适又说：

> 我举出了这些例子，也就是说明我要指出我从何处学得了
> 这些治学方法，实在是很不容易的。我想比较妥当的方法，是
> 我从考据学方面着手逐渐地学会了校勘学和训诂学。由于长期
> 钻研中国古代典籍，而逐渐的（应作"地"——美林）学会了
> 这种治学方法。所以我要总结我的经验的话，我最早的资本或
> 者就是由于我有怀疑的能力。（上引书，第125页）

最了解自己的老师的胡适的学生唐德刚说：

> 胡适的治学方法只是集中西"传统"方法之大成，他始终
> 没有跳出中国的"乾嘉学派"和西洋中古僧侣所搞的"圣经学"
> （Biblical Scholarship）的窠臼。（上引书，第133页）唐又本
> 着"吾爱吾师，吾尤爱真理"的精神说，胡适"不成一套！"
> （上引书，第111页）

唐德刚先生的话不无道理，胡适的"治学方法"确实是中西合璧的。但是，我认为，决不能就因此贬低了胡适的"大胆的假设，小心的求证"。我上面已经提到，这是胡适最大的贡献之一。无论是人文社会科学家，还是自然科学家，真想做学问，都离不开这十个字。在这里，关键是"大胆"和"小心"。研究任何一个问题，必先有假设，否则就是抄袭旧论，拾人牙慧。这样学问永远不会有进步。要想创新，必有假设，而假设则是越大胆越好。在神学统治的重压下，哥白尼敢于假设地球围着太阳转，胆子可真够大的了。但是，大胆究竟能够或者应该大到什么程度，界限很难确定，只好说"存乎一心"了。有了假设，只是解决问题第一步。这种假设往往是出于怀疑，很多古圣先贤都提倡怀疑，但是怀疑了，假设了，千万不要掉以轻心，认为轻而易举就能得到结论，必须求证，而求证则是越小心越好。世界上，万事万物都异常复杂，千万不要看到一些表面就信以为真，一定要由表及里，多方探索，慎思明辨，期望真正能搔到痒处。到了证据确凿，无懈可击，然后才下结论。有的学者甚至认为，孤证难信。这做起来比较难。如果真正只有一个

孤证，你难道就此罢手吗？

　　胡适毕生从事考据之学，迷信考据之学。他在《齐白石传》中说过几句话：白石先生用"瞒天过海"的迷信方法，来隐瞒自己的年龄，却瞒不过考据学。可见他对考据学信仰之虔诚。我再重复说一句：十字诀是胡适重大贡献之一，对青年学者有深远的影响。

1966年

第三辑　写作

# 作文

## 一

当年，我还是学生时，从小学到大学，都有"国文"一门课，现在似乎是改称"语文"了。国文课中必然包括作文一项，由老师命题，学生写作。然后老师圈点批改，再发还学生，学生细心揣摩老师批改处，总结经验，以图进步。大学或其他什么学一毕业，如果你当了作家，再写作，就不再叫作文，而改称写文章，高雅得多了。

作文或写文章有什么诀窍吗？据说是有的。旧社会许多出版社出版了一些"作文秘诀"之类的书，就是瞄准了学生的钱包，立章立节，东拼西凑，洋洋洒洒，神乎其神，实际上是一派胡言乱语，谁要想从里面找捷径，寻秘诀，谁就是天真到糊涂的程度，花了钱，上了当，"赔了夫人又折兵"。

据我浏览所及，古今中外就没有哪一位大作家真正靠什么秘诀成名成家的。记得鲁迅或其他别的作家曾说过，"作文秘诀"一类的书是绝对靠不住的。想要写好文章，只能从多读多念中来。清代的《古文观止》或《古文辞类纂》一类的书，大概就是为了这个目的而编选的。结果是流传数百年，成为家喻户晓的书，我们至今尚蒙其利。

我从小就背诵《古文观止》中的一些文章，至今背诵上口者尚有几十篇。从小学一直到高中前半，写作文用的都是文言。在小学时，作文不知道怎样开头，往往先来上一句"人生于世"，然后再苦思苦想，写下面的文章。写的时候，有意或无意，模仿的就是《古文观止》中的某一篇文章。

在读与写的过程中，我逐渐悟出了一些道理。现在有人主张，写散文可以随意之所之，愿写则写，不愿写则停，率性而行，有如天马行空，实在是潇洒之至。这样的文章，确实有的。但是，读了后怎样呢？不但不如天马行空，而且像驽马负重，令人读了吃力，毫无情趣可言。

古代大家写文章，都不掉以轻心，而是简练揣摩，惨淡经营，句斟字酌，瞻前顾后，然后成篇，成为一件完美的艺术品。这一点道理，只要你不粗心大意，稍稍留心，就能够悟得。欧阳修的《醉翁亭记》，通篇用"也"字句，不是一个最明显的例子吗？

元刘埙的《隐居通议》卷十八讲道：古人作文，俱有间架，有枢纽，有脉络，有眼目。这实在是见道之言。这些间架、枢纽、脉络、眼目是从哪里来的呢？回答只有一个，从惨淡经营中来。

## 二

对古人写文章，我还悟得了一点道理：古代散文大家的文章中都有节奏，有韵律。节奏和韵律，本来都是诗歌的特点。但是，在优秀的散文中也都可以找到，似乎是不可缺少的。节奏主要表现在间架上。好比谱乐谱，有一个主旋律，其他旋律则围绕着这个主旋律而展开，最后的结果是：浑然一体，天衣无缝。读好散文，真如听好音乐，它的节奏和韵律长久萦绕停留在你的脑海中。

最后，我还悟得一点道理：古人写散文最重韵味。提到"味"，或曰"口味"，或曰"味道"，是舌头尝出来的。中国古代钟嵘《诗品》中有"滋味"一词，与"韵味"有点近似，而不完全一样。印度古代文论中有 rasa（梵文）一词，原意也是"口味"，在文论中变为"情感"（sentiment）。这都是从舌头品尝出来的"美"转移到文艺理论上，是很值得研究的现象。这里暂且不提。我们现在常有人说："这篇文章很有味道。"也出于同一个原因。这"味道"或者"韵味"是从哪里来的呢？细读中国古代优秀散文，甚至读英国的优秀散文，通篇灵气洋溢，清新俊逸，决不干瘪，这就叫作"韵味"。一篇中又往往有警句出现，这就是刘埙所谓的"眼目"。比如骆宾王《为徐敬业讨武檄》中的"一抔之土未干，六尺之孤何托！"两句话，连武则天本人读到后都大受震动，认为骆宾王是一个人才。王勃《滕王阁序》中有两句："落霞与孤鹜齐飞，秋水共长天一色。"也使主人大为激赏。这就好像是诗词中的炼字炼句。王国维说：有此一字而境界全出。我现在把王国维关于词的"境界说"移用到散文上来，想大家不会认为唐突吧。

纵观中国几千年写文章的历史，在先秦时代，散文和赋都已产生。到了汉代，两者仍然同时存在而且同时发展。散文大家有司马迁等，赋的大家有司马相如等。到了六朝时代，文章又有了新发展，产生骈四俪六的骈体文，讲求音韵，着重词彩，一篇文章，珠光宝气，璀璨辉煌。这种文体发展到了极端，就走向形式主义。韩愈"文起八代之衰"，指的就是他用散文，明白易懂的散文，纠正了骈体文的形式主义。从那以后，韩愈等所谓"唐宋八大家"的文章，就俨然成为文章正宗。但是，我们不要忘记，韩愈等八大家，以及其他一些家，也写赋，也写类似骈文的文章。韩愈的《进学解》，欧阳修的《秋声赋》，苏轼的前后《赤壁赋》，等等，都是例证。

这些历史陈迹，回顾一下，也是有好处的。但是，我要解决的是现实问题。

三

我要解决什么样的现实问题呢？就是我认为现在写文章应当怎样写的问题。

就我管见所及，我认为，现在中国散文坛上，名家颇多，风格各异。但是，统而观之，大体上只有两派：一派平易近人，不求雕饰；一派则是务求雕饰，有时流于做作。我自己是倾向第一派的。我追求的目标是：真情流露，淳朴自然。

我不妨引几个古人所说的话。元盛如梓《庶斋老学丛谈》卷中上说："晦庵（朱子）先生谓欧苏文好处只是平易说道理。……又曰：作文字须是靠实说，不可架空细巧。大率七八分实，二三分文。欧文好者，只是靠实而有条理。"

上引元刘埙的《隐居通议》卷十八说："经文所以不可及者，

以其妙出自然，不由作为也。左氏已有作为处，太史公文字多自然。班氏多作为。韩有自然处，而作为之处亦多。柳则纯乎作为。欧、曾俱出自然。东坡亦出自然。老苏则皆作为也。荆公有自然处，颇似曾文。唯诗也亦然。故虽有作者，但不免作为。渊明所以独步千古者，以其浑然天成，无斧凿痕也。韦、柳法陶，纯是作为。故评者曰：陶彭泽如庆云在霄，舒卷自如。"这一段评文论诗的话，以"自然"和"作为"为标准，很值得玩味。所谓"作为"就是"做作"。

我在上面提到今天中国散文坛上作家大体上可以分为两派，与刘埙的两个标准完全相当。今天中国的散文，只要你仔细品味一下，就不难发现，有的作家写文章非常辛苦，"作为"之态，皎然在目。选词炼句，煞费苦心。有一些词还难免有似通不通之处。读这样的文章，由于"感情移入"之故吧，读者也陪着作者如负重载，费劲吃力。读书之乐，何从而得？

在另一方面，有一些文章则一片真情，纯任自然，读之如行云流水，毫无扞格不畅之感。措辞遣句，作者毫无生铸硬造之态，毫无"作为"之处，也是由于"感情移入"之故吧，读者也同作者一样，或者说是受了作者的感染，只觉得心旷神怡，身轻如燕。读这样的文章，人们哪能不获得最丰富活泼的美的享受呢？

我在上面曾谈到，有人主张，写散文愿意怎样写就怎样写，愿写则写，愿停则停，毫不费心，潇洒之至。这种纯任"自然"的文章是不是就是这样产生的呢？不，不，绝不是这样。我在上面已经谈到惨淡经营的问题。我现在再引一句古人的话，《湛渊静语》上引柳子厚答韦中立云："故吾每为文章，未尝敢以轻心掉之。"上面引刘埙的话说"柳则纯乎作为",也许与此有关。但古人为文绝不掉以轻心,惨淡经营多年之后,则又返璞归真,呈现出"自然"来。其中道理,我们学为文者必须参悟。

1997年10月30日

# 写文章

当前中国散文界有一种论调，说什么散文妙就妙在一个"散"字上。散者，松松散散之谓也。意思是提笔就写，不需要构思，不需要推敲，不需要锤炼字句，不需要斟酌结构，愿意怎样写就怎样写，愿意写到哪里就写到哪里。理论如此，实践也是如此。这样的"散"文充斥于一些报刊中，滔滔者天下皆是矣。

我爬了一辈子格子，虽无功劳，也有苦劳；成绩不大，教训不少。窃以为写文章并非如此容易。现在文人们都慨叹文章不值钱。如果文章都像这样的话，我看不值钱倒是天公地道。宋朝的吕蒙正让皂君到玉皇驾前去告御状："玉皇若问人间事，为道文章不值钱。"如果指的是这样的文章，这可以说是刁民诬告。

从中国过去的笔记和诗话一类的书中可以看到，中国过去的文人，特别是诗人和词人，十分重视修辞。这样的例子不胜枚举。杜甫的"语不惊人死不休"，是人所共知的。王安石的"春风又绿江南岸"中的"绿"字，是诗人经过几度考虑才选出来的。王国维把这种炼字的工作同他的文艺理想"境界"挂上了钩。他说："词以境界为最上。"什么叫"境界"呢？同炼字有关是可以肯定的。他说："'红杏枝头春意闹'，著一'闹'字而境界全出。""闹"字难道不是炼出来的吗？

这情况又与汉语难分词类的特点有关。别的国家情况不完全是这样。

上面讲的是诗词，散文怎样呢？我认为，虽然程度不同，这情况也是存在的。关于欧阳修推敲文章词句的故事，过去笔记中多有记载。我现在从《霏雪录》中抄一段：

> 前辈文章大家，为文不惜改窜。今之学力浅浅者反以不改为高。欧公每为文，既成必自窜易，至有不留初本一字者。其为文章，则书而粘之屋壁，出入观省。至尺牍单简亦必立稿，其精审如此。每一篇出，士大夫皆传写讽诵。惟睹其浑然天成，莫究斧凿之痕也。

这对我们今天写文章，无疑是一面镜子。

1993年12月26日

# 写日记

　　我从来没有认真地想写什么"自传"。可是也曾想到过：如果写的话，就把一生分为八段。《留德十年》是其中一段，《牛棚杂忆》是其中另一段。这都已写成出版了。如果再写的话，就是清华求学的四年，因为我自己的成长是与清华分不开的。但也只是想了想，并没有真正动笔，一直到了今天。

　　到了今天，想把已经出过二十四卷的《季羡林文集》继续编纂下去，准备先编四五本。我已经把《学海泛槎》（学术回忆录）交给了江西教育出版社的责任编辑吴明华先生。但此书只有十几万字，如编为一卷，显得太单薄。我于是想到了清华求学的四年。我原来是想动手写的，再写上十几万字，二者凑齐了，可得三十余万字，成为一卷，像个样子了。

　　我找出了"文化大革命"抄家时抄走的后来又还回来的日记，把前四本拿了出来，仔细看了看，面生可疑，好像不是出于自己之手。大概七十多年前日记写出来后从未再看过。我虽然携它走遍了半个地球，却是携而不读。今天读起来，才知道，我记日记自1928年起，当时我十七岁，正值日寇占领了济南，我失学家居。到了次年，我考上了山东省立济南高中，日记就中止了。1930年，我高中毕业，到北平来，考入清华大学。入学后前两年，也没有记日记。为什么写日记？我说不出。为什么又停写？我说不出。为什么又提笔开始写？我也说不出。好在这些都是无关紧要的与国家大事无关的事情，就让它成为一笔糊涂账吧。

　　可是现在却成了问题。我要写回忆清华读书四年的经历，日记却缺了前两年的，成了一只无头的蜻蜓。虽然这两年的事情我还能回忆起来，而且自信还能相当准确，我还没有患上老年痴呆症；可是时间的细节却无从回忆了。这是颇令人感到遗憾的事。

　　我仔细读了读这两年的日记，觉得比我最近若干年写的日记要好得多。后者仿佛记流水账似的，刻板可厌，间有写自己的感情和感觉的地方，但不是太多。前者却写得丰满，比较生动，心中毫无顾忌，真正是畅所欲言。我有点喜欢上了这一些将近七十年前自己还是一个二十二三岁的毛头小伙子时写的东西。我当时已在全国第一流的文学杂志和报纸上发表了一些散文和书评之类的文章，颇获得几个文坛上名人的青睐。但是，那些东西是写给别人看的，难免在有意无意间有点忸怩作态，有点做作。日记却是写给自己看的，并没有像李越缦写日记时的那些想法。我写日记，有感即发，文不加点，速度极快，从文字上看，有时难免有披头散发之感，却有一种真情流贯其中，与那种峨冠博带式的文章迥异其趣。我爱上了这些粗糙但却自然无雕饰的东西。

这一爱不打紧，它动摇了我原来的想法。我原来是想用现在的笔，把清华四年求学的经历，连同感情和牢骚，有头有尾地，前后一贯地，精雕细琢地，像《留德十年》和《牛棚杂忆》那样，写成一本十几万字的小册子，算是我的"自传"的又一段。现在我改变了主意，我不想再写了。我想就把我的日记原文奉献给读者，让读者看一看我写文章的另一面。这样会更能加深读者对我的了解，对读者，甚至对我自己都是有好处的。我把我这个想法告诉了李玉洁和吴明华，他们也都表示同意。这更增强了我的信心。

但是，这里又来了问题。在过去，奉献日记有两种做法，一种是把日记全文抄出，像别的书稿那样，交出版社排印出版。把原文中的错字、别字都加以改正，漏掉的则加以补充。换句话说，就是稍稍涂点脂抹点粉，穿着整齐，然后出台亮相。另一种做法是把原文照相影印，错别字无法改，漏掉的字无法填，这就等于赤条条地走上舞台，对作者是有些不利的。我经过反复考虑，决定采用后者，目的是向读者献上一份真诚。至于错别字，我写了一辈子文章，到了今天已经寿登耄耋，一不小心，还会出错，七十年前，写上几个错别字，有什么可怪呢？古人说："君子之过也，如日月之蚀，人皆见之。"我想做一下"君子"。

可我又想到另外一个问题。当年还没有现在这样的简化字，写的都是繁体，今天的青年读起来恐怕有些困难。但是，我一向认为，今天的青年，如果想提高自己的文化修养，特别是如果想做一点学问的话，则必须能认识繁体字。某人说的"识繁写简"一句话是极有道理的。因为，无论把简化字推广到什么程度，决不能把中国浩如烟海的古籍都简体化了，那是无法想象的事。读点繁体字的书是事出必要理有固然的。我的日记在这方面对青年们或许有点帮助的。

以上就是我影印日记的根由。

2001年11月23日

（本文原为季羡林《清华园日记》中的引言，有节略）

# 文章的题目

文章是广义的提法，细分起来，至少应该包括这样几项：论文、专著、专题报告等等。所有的这几项都必须有一个题目，有了题目，才能下笔做文章，否则文章是无从写起的。

题目是从哪里来的呢？这不出两端，一个是别人出，一个是自己选。

过去一千多年的考试，我们现在从小学到大学的作文，都是老师或其他什么人出题目，应试者或者学生来写文章。封建社会的考试是代圣人立言，万万不能离题的，否则不但中不了秀才、举人或进士，严重的还有杀头的危险。至于学术研究，有的题目由国家领导部门出题目，你根据题目写成研究报告。也有的部门制订科研规划，规划上列出一些题目，供选者参考。一般说来，选择的自由不大。20 世纪 50 年代，我也曾参加过制订社会科学规划的工作，开了不知多少会，用了不知多少纸张，费了不知多少人力，规划终于制订出来了。但是，后来就没有多少人过问，仿佛是"为规划而规划"。

以上都属于"别人出"的范畴。

至于"自己选"，表面上看起来是比较自由的。然而实际上也不尽然，有时候也要"代圣人立言"。就是你自己选定的题目，话却不一定都是自己的，自己的话也不一定能尽情吐露。于是产生了一种特殊的"八股"，只准说一定的话，话只准说到一定的程度。中外历史都证明，只有在真正"百家争鸣"的时代，学术才真能发展。

特别是有一种倾向危害最大。年纪大一点的学术研究者都不会忘记，过去有很长的一段时间，有某一些人大刀阔斧地批判"从杂志缝里找文章"的做法。这些人大概从来不看学术杂志，从来也写不出有新见解的文章，只能奉命唯谨，代圣人立言。

稍懂学术研究的人都会知道，学术上的新见解总是最先发表在杂志上的论文，进入学术专著，多半是比较晚的事情了。每一位学者都必须尽量多地尽量及时地阅读中外有关的杂志。在阅读中，认为观点正确，则心领神会。认为不正确，则自己必有自己的想法。阅读既多，则融会贯通，逐渐形成了自己的新见解，发而为文，对自己这一门学问会有所推动。这就是从杂志缝里找文章。我现在发现，有颇为不少的"学者"从来不或至少很少阅读中外学术杂志。他们不知道自己这一门学问发展的新动向，也得不到创新的灵感，抱残守缺，鼠目寸光，抱着几十年的老皇历不放，在这样的情况下，焉能写出好文章！我们应当经常不断地阅读中外杂志，结合随时出现的新问题和新情况，一心一意地从杂志缝里找文章。

1997年3月31日

# 我的处女作

　　哪一篇是我的处女作呢？这有点难说。究竟什么是处女作呢？也不容易说清楚。如果小学生的第一篇作文就是处女作的话，那我说不出。如果发表在报章杂志上的第一篇文章是处女作的话，我可以谈一谈。

　　我在高中里就开始学习着写东西。我的国文老师是胡也频、董秋芳（冬芬）、夏莱蒂诸先生。他们都是当时文坛上比较知名的作家，对我都有极大的影响，甚至影响了我的一生。我当时写过一些东西，包括普罗文艺理论在内，颇受到老师们的鼓励。从此就同笔墨结下了不解缘。在那以后五十多年中，我虽然走上了一条与文艺创作关系不大的道路；但是积习难除，至今还在舞笔弄墨；好像不如此，心里就不得安宁。当时的作品好像没有印出来过，所以不把它们算作处女作。

高中毕业后，到北京来上大学，念的是西洋文学系。但是只要心有所感，就如骨鲠在喉，一吐为快，往往写一些可以算是散文一类的东西。第一篇发表在天津《大公报·文艺副刊》上，题目是《枸杞树》，里面记录的是一段真实的心灵活动。我19岁离家到北京来考大学，这是我第一次走这样长的路，而且中学与大学之间好像有一条鸿沟，跨过这条沟，人生长途上就有了一个新的起点。这情况反映到我的心灵上引起了极大的波动，我有点惊异，有点担心，有点好奇，又有点迷惘。初到北京，什么东西都觉得新奇可爱，但是心灵中又没有余裕去爱这些东西。当时想考上一个好大学，比现在要难得多，往往在几千人中只录取一二百名，竞争是异常激烈的，心里的斗争也同样激烈。因此，心里就像是开了油盐店，酸、甜、苦、辣，什么滋味都有。但是美丽的希望也时时向我招手，好像在眼前不远的地方，就有一片玫瑰花园，姹紫嫣红，芳香四溢。

这种心情牢牢地控制住我，久久难忘，永远难忘。大学考取了，再也不必担心什么了，但是对这心情的忆念却依然存在，最后终于写成了这一篇短文：《枸杞树》。

这一篇所谓处女作有什么值得注意的地方呢？同我后来写的一些类似的东西有什么关系呢？仔细研究起来，值得注意的地方还是有的，首先就表现在这篇短文的结构上。所谓结构，我的意思是指文章的行文布局，特别是起头与结尾更是文章的关键部位。文章一起头，必须立刻就把读者的注意力牢牢捉住，让他非读下去不可，大有欲罢不能之势。这种例子在中国文学史上是颇为不少的。我曾在什么笔记上读到过一段有关宋朝大文学家欧阳修写《相州昼锦堂记》的记载。大意是说，欧阳修经过深思熟虑把文章写完，派人送走。但是，他忽然又想到，文章的起头不够满意，立刻又派人快马加鞭，追回差人，把文章的起头改为"仕宦而至将相，富贵而归故乡，此人情之所荣，而今昔之所同也"，自己觉得满意，才又送走。

我想再举一个例子。宋朝另一个大文学家苏轼写了一篇有名的文章《潮州韩文公庙碑》，起头两句是"匹夫而为百世师，一言而为天下法"。《古文观止》编选者给这两句话写了一个夹注："东坡作此碑，不能得一起头，起行数十遭，忽得此两句，是从古来圣贤远远想入。"

这样的例子还可以举出一些，我现在暂时不举了。从这些例子中可以看出，我国古代杰出的文学家是以多么慎重严肃的态度来对待文章的起头的。

至于结尾，中国文学史上有同样著名的例子。我在这里举一个大家所熟知的，这就是唐代诗人钱起的《省试湘灵鼓瑟》。这一首诗的结尾两句话是："曲终人不见，江上数峰青。"让人感到韵味无穷。只要稍稍留意就可以发现，古代的诗人几乎没有哪一篇不在结尾上下功夫的，诗文总不能平平淡淡地结束，总要给人留下一点余味，含吮咀嚼，经久不息。

写到这里，话又回到我的处女作上。这一篇短文的起头与结尾都有明显的惨淡经营的痕迹，现在回忆起来，只是那个开头，就费了不少工夫，结果似乎还算满意，因为我一个同班同学看了说："你那个起头很有意思。"什么叫"很有意思"呢？我不完全理解，起码他是表示同意吧。

我现在回忆起来，还有一件事情与这篇短文有关，应该在这里提一提。在写这篇短文之前，我曾翻译过一篇英国散文作家 L. P.

Smith 的文章，名叫《蔷薇》，发表在 1931 年 4 月 24 日《华北日报·副刊》上。这篇文章的结构有一个特点。在第一段最后有这样一句话："整个小城都在天空里熠耀着，闪动着，像一个巢似的星圈。"这是那个小城留给观者的一个鲜明生动的印象。到了整篇文章的结尾处，这一句话又出现了一次。我觉得这种写法很有意思，在写《枸杞树》的时候有意加以模仿。我常常有一个想法：写抒情散文（不是政论，不是杂文），可以尝试着像谱乐曲那样写，主要旋律可以多次出现，把散文写成像小夜曲，借以烘托气氛，加深印象，使内容与形式彼此促进。这也许只是我个人的幻想，我自己也尝试过几次。结果如何呢？我不清楚。好像并没有得到知音，颇有寂寞之感。事实上中国古代作家在形式方面标新立异者，颇不乏人，欧阳修的《醉翁亭记》是一个有名的例子。现代作家，特别是散文作家，极少有人注重形式，我认为似乎可以改变一下。

"你不是在这里宣传'八股'吗？"我隐约听到有人在斥责。如果写文章讲究一点技巧就算是"八股"的话，这样的"八股"我一定要宣传。我生也晚，没有赶上作八股的年代。但是我从一些清代的笔记中了解到八股的一些情况。它的内容完全是腐朽昏庸的，必须彻底加以扬弃。至于形式，那些过分雕琢伪的东西也必须否定。那一点想把文章写得比较有点逻辑性、有点系统性，不蔓不枝，重点突出的用意，则是可以借鉴的。写文章，在艺术境界形成以后，在物化的过程中注意技巧，不但未可厚非，而且必须加以提倡。在过去，八股中偶尔也会有好文章的。上面谈到的唐代钱起的《省试湘灵鼓瑟》就是试帖诗，是八股一类，尽管遭到鲁迅先生的否定，但是你能不承认这是一首传诵古今的好诗吗？自然，自古以来，确有一些名篇，信笔写来，如行云流水，一点也没有追求技巧的痕迹。但是，我认为，这只是表面现象。写这样的文章需要很深的工力，很高的艺术修养。我们平常说的"返朴归真"，就是指的这种境界。这种境界是极难达到的，这与率尔命笔，草率从事，完全不可同日而语。这绝非我一个人的怪论，然而，不足为外人道也。

1985年7月4日

# 我的第一篇学术论文

　　瓦尔德施米特教授的专门研究范围是新疆出土的梵文贝叶经。在这一方面，他是蜚声世界的权威。他的老师是德国的梵文大家吕德斯教授，也是以学风谨严著称的。教授的博士论文以及取得在大学授课资格的论文，都是关于新疆贝叶经的。这两本厚厚的大书，里面的材料异常丰富，处理材料的方式极端细致谨严。一张张的图表，一行行的统计数字，看上去令人眼花缭乱，令人头脑昏眩。我一向虽然不能算是一个马大哈，但是也从没有想到写科学研究论文竟然必须这样琐细。两部大书好几百页，竟然没有一个错字，连标点符号，还有那些稀奇古怪的特写字母或符号，也都是个个确实无误，这实在不能不令人感到吃惊。德国人一向以彻底性自诩。我的教授忠诚地保留了德国的优良传统。留给我的印象让我终生难忘，终生受用不尽。

但是给我教育最大的还是我写博士论文的过程。按德国规定，一个想获得博士学位的学生必须念三个系：一个主系和两个副系。我的主系是梵文和巴利文，两个副系是斯拉夫语文系和英国语文系。指导博士论文的教授，德国学生戏称之为"博士父亲"。怎样才能找到博士父亲呢？这要由教授和学生两个方面来决定。学生往往经过在几个大学中获得的实践经验，最后决定留在某一个大学跟某一个教授做博士论文。德国教授在大学里至高无上，他说了算，往往有很大的架子，不大肯收博士生，害怕学生将来出息不大，辱没了自己的名声。越是名教授，收徒弟的条件越高。往往经过几个学期的习弥那尔，教授真正觉得孺子可教，他才点头收徒，并给他博士论文题目。

对我来讲，我好像是没有经过那样漫长而复杂的过程。第四学期念完，教授就主动问我要不要一个论文题目。我听了当然是受宠若惊，立刻表示愿意。他说，他早就有一个题目《〈大事〉伽陀中限定动词的变化》，问我接受不接受。我那时候对梵文所知极少，根本没有选择题目的能力，便满口答应。题目就这样定了下来。佛典《大事》是用所谓"混合梵文"写成的，既非梵文，也非巴利文，更非一般的俗语，是一种乱七八糟杂凑起来的语言。这种语言对研究印度佛教史、印度语言发展史等都是很重要的。我一生对这种语言感兴趣，其基础就是当时打下的。

题目定下来以后，我一方面继续参加教授的习弥那尔，听英文系和斯拉夫语文系的课，另一方面就开始读法国学者塞那校订的《大事》，一共厚厚的三大本，我真是争分夺秒，"开电灯以继晷，恒兀兀以穷年"。我把每一个动词形式都做成卡片，还要查看大量的图书杂志，忙得不可开交。此时国际环境和生活环境越来越恶劣。吃的东西越来越少，不但黄油和肉几乎绝迹，面包和土豆也仅够每天需要量的三分之一至四分之一。黄油和面包都掺了假，吃下肚去，咕咕直叫。德国人是非常讲究礼貌的。但在当时，在电影院里，屁声相应，习以为常。天上还有英美的飞机，天天飞越哥廷根上空。谁也不知道，什么时候会有炸弹落下，心里终日危惧不安。在自己的祖国，日本军国主义者奸淫掳掠，杀人如麻。"烽火连三年，家书抵亿金。"我是根本收不到家书的。家里的妻子老小，生死不知。我在这种内外交迫下，天天晚上失眠。偶尔睡上一点，也是噩梦迷离。有时候梦到在祖国吃花生米，可见我当时对吃的要求已经低到什么程度。几粒花生米，连龙肝凤髓也无法比得上了。

我的论文就是在这种情况下慢慢地写下去的。我想，应当在分析限定动词变化之前写上一篇有分量的长的绪论，说明"混合梵语"的来龙去脉以及《大事》的一些情况。我觉得，只有这样，论文才显得有气派。我翻看了大量用各种语言写成的论文，做笔记，写提纲。这个工作同做卡片同时并举，经过了大约一年多的时间，终于写成了一篇绪论，相当长。自己确实是费了一番心血的。"文章是自己的好"，我自我感觉良好，觉得文章分析源流，标列条目，洋洋洒洒，颇有神来之笔，值得满意的。我相信，这一举一定会给教授留下深刻印象，说不定还要把自己夸上一番。当时欧战方殷，教授从军回来短期休假。我就怀着这样的美梦，把绪论送给了他。美梦照旧做了下去。隔了大约一个星期，教授在研究所内把文章退还给我，脸上含有笑意，最初并没有说话。我心里咯噔一下，直觉感到情势有点不妙了。我打开稿子一看，没有任何改动。只是在第一行第一个字前面画上了一个前括号，在最后一行最后一个字后面画上了一个后括号。整篇文章就让一个括号括了起来，意思就是说，全不存在了。这真是"坚决、彻底、干净、全部"消灭掉了。我仿佛当头挨了一棒，茫然、憮然，不知所措。这时候教授才慢慢地开了口："你的文章费劲很大，引书不少。但是都是别人的意见，根本没有你自己的创见。看上去面面俱到，实际上毫无价值。你重复别人的话，又不完整准确。如果有人对你的文章进行挑剔，从任何地方都能对你加以抨击，而且我相信你根本无力还手。因此，我建议，把绪论统统删掉。在对限定动词进行分析以前，只写上几句说明就行了。"一席话说得我哑口无言，我无法反驳。这引起了我的激烈的思想斗争，心潮滚滚，冲得我头晕眼花。过了好一阵子，我的脑袋才清醒过来，仿佛做了黄粱一梦。我由衷地承认，教授的话是完全合情合理的。我由此体会到：写论文就应该是这个样子。

　　这是我一生第一次写规模比较大的学术论文，也是我第一次受到剧烈的打击。然而我感激这一次打击，它使我终生头脑能够比较清醒。没有创见，不要写文章，否则就是浪费纸张。有了创见写论文，也不要下笔千言，离题万里。空洞的废话少说不说为宜。我现在也早就有了学生了。我也把我从瓦尔德施米特教授那里接来的衣钵传给了他们。

1987年3月18日晨

（节选自《遥远的怀念》）

# 我在小学和中学的写作经历

在新育小学三年，斑斓多彩，内容异常丰富。

我是不喜欢念正课的。对所有的正课，我都采取对付的办法。上课时，不是玩小动作，就是不专心致志地听老师讲，脑袋里不知道是想些什么，常常走神儿，斜眼看到教室窗外四时景色的变化，春天繁花似锦，夏天绿柳成荫，秋天风卷落叶，冬天白雪皑皑。旧日有一首诗："春天不是读书天，夏日迟迟正好眠，秋有蚊虫冬有雪，收拾书包好过年。"可以为我写照。

当时写作文都用文言，语言障碍当然是有的，最困难的是不知道怎样起头。老师出的作文题写在黑板上，我立即在作文簿上写上"人生于世"四个字，下面就穷了词儿，仿佛永远要"生"下去似的。以后憋好久，才能憋出一篇文章。万没有想到，以后自己竟一辈子舞笔弄墨。我

267

逐渐体会到，写文章是要讲究结构的，而开头与结尾最难，这现象在古代大作家笔下经常可见。然而，到了今天，知道这种情况的人似乎已不多了。也许有人竟认为这是怪论，是迂腐之谈，我真欲无言了。有一次作文，我不知从什么书里抄了一段话："空气受热而上升，他处空气来补其缺，遂流动而成风。"句子通顺，受到了老师的赞扬。可我一想起来，心里就不是滋味，愧悔有加。在今天，这也可能算是文坛的腐败现象吧。可我只是十岁的孩子，不知道什么叫文坛，我一不图名，二不图利，完全为了好玩儿。但自己也知道，这样做是不对的，所以才悔愧，从那以后，一生中再没有剽窃过别人的文字。

…………

有一年，在秋天，学校组织全校学生游开元寺。

开元寺是济南名胜之一，坐落在千佛山东群山环抱之中。这是我经常来玩的地方。寺上面的大佛头尤其著名，是把一面巨大的山崖雕凿成了一个佛头，其规模虽然比不上四川的乐山大佛，但是在全国的石雕大佛中也是颇有一点名气的。从开元寺上面的山坡往上爬，路并不崎岖，爬起来比较容易。爬上一刻钟到半个小时就到了佛头下。据说佛头的一个耳朵眼里能够摆一桌酒席。我没有试验过，反正其大概可想见。从大佛头再往上爬，山路当然崎岖，山石更加亮滑，爬起来颇为吃力。我曾爬上来过多次，颇有驾轻就熟之感，感觉不到多么吃力。爬到山顶上，有一座用石块垒起来的塔似的东西。从济南城里看过去，好像是一个橛子，所以这座山就得名橛山。同泰山比起来，橛山不过是小巫见大巫；但在济南南部群山中，橛山却是鸡群之鹤，登上山顶，望千佛山顶如在肘下，大有"一览众山小"之慨了。可惜的是，这里一棵树都没有，不但没有松柏，连槐柳也没有，只有荒草遍山，看上去有点童山濯濯了。

从橛山山顶，经过大佛头，走了下来，地势渐低，树木渐多，走到一个山坳里，就是开元寺。这里松柏参天，柳槐成行，一片浓绿，间以红墙，仿佛在沙漠里走进了一片绿洲。虽然大庙那样的琳宫梵宇、崇阁高塔在这里找不到，但是也颇有几处佛殿，佛像庄严。院子里有一座亭子，名叫静虚亭。最难得最引人注目的是一泓泉水，在东面石壁的一个不深的圆洞中。水不是从下面向上涌，而是从上面石缝里向下滴，积之既久，遂成清池，名之曰秋棠池，洞中水池的东面岸上长着一片青苔，栽着数株秋海棠。泉水是上面群山中积存下来的雨水，汇聚在池上，一滴一滴地往下滴。泉水甘甜冷洌，冬不结冰。庙里住持的僧人和络绎不绝的游人，都从泉中取水喝。用此水煮开泡茶，也是茶香水甜，不亚于全国任何名泉。有许多游人是专门为此泉而来开元寺的。我个人很喜欢开元寺这个地方，过去曾多次来过。这一次随全校来游，兴致仍然极高，虽归而兴未尽。

回校后，学校出了一个作文题目《游开元寺记》，举行全校作文比赛，把最好的文章张贴在教室西头走廊的墙壁上。前三名都是我在上面提到过的从曹州府来的三位姓李的同学所得。第一名作文后面教师的评语是"颇有欧苏真气"。我也榜上有名，但却在八九名之后了。

…………

那时候，在我们家，小说被称为"闲书"，是绝对禁止看的。但是，我和秋妹都酷爱看"闲书"，高级的"闲书"，像《红楼梦》《西游记》之类，我们看不懂，也得不到，所以不看。我们专看低级的"闲书"，如《彭公案》《施公案》《济公传》《七侠五义》《小五义》《东周列国志》《说唐》《封神榜》等等。

…………

我不但在家里偷看，还把书带到学校里去，偷空就看上一段。校门外左首空地上，正在施工盖房子。运来了很多红砖，摞在那里，不是一摞，而是很多摞，中间有空隙，坐在那里，外面谁也看不见。我就搬几块砖下来，坐在上面，在下课之后，且不回家，掏出闲书，大看特看。书中侠客们的飞檐走壁，刀光剑影，仿佛就在我眼前晃动，我似乎也参与其间，乐不可支。等到脑袋清醒了一点，回家已经过了吃饭的时间，常常挨数落。

这样的"闲书"，我看得数量极大，种类极多。光是一部《彭公案》，我就看到了四十几遍。越说越荒唐，越说越神奇，到了后来，书中的侠客个个赛过《西游记》的孙猴子。但这有什么害处呢？我认为没有。除了我一度想练铁砂掌以外，并没有持刀杀人，劫富济贫，做出一些荒唐的事情，危害社会。不但没有害处，我还认为有好处。记得鲁迅先生在答复别人问他怎样才能写通写好文章的时候说过，要多读多看，千万不要相信《文章作法》一类的书籍。我认为，这是至理名言。现在，对小学生在课外阅读方面，同在别的方面一样，管得过多，管得过严，管得过死，这不一定就是正确的方法。"无为而治"，我并不完全赞成，但为的太多，我是不敢苟同的。

…………

我考入正谊中学，录取的不是一年级，而是一年半级，由秋季始业改为春季始业。我只待了两年半，初中就毕业了。毕业后又留在正谊，念了半年高一。杜老师就是在这个时候教我们班的，时间是1926年，我15岁。他出了一个作文题目与描绘风景抒发感情有关。我不知天高地厚，写了一篇带有骈体文味道的作文。我在这里补说一句：那时候作文都是文言文，没有写白话文的。我对自己那一篇作文并没有沾沾自喜，只是写这样的作文，我还是第一次尝试，颇有期待老师表态的想法。发作文簿的时候，看到杜老师在上面写满了密密麻麻的字，等于他重新写了一篇文章。他的批语是："欲作花样文章，非多记古典不可。"短短一句话，可以说是正击中了我的要害。古文我读过不少，骈文却只读过几篇。这些东西对我的吸引力远远比不上《彭公案》《济公传》《七侠五义》等等一类的武侠神怪小说。这些东西被叔父贬为"闲书"，是禁止阅读的，我却偏乐此不疲，有时候读起了劲，躲在被窝里利用手电筒来读。我脑袋里哪能有多少古典呢？仅仅凭着那几个古典和骈文习用的词句就想写"花样文章"，岂非是一个典型的癞蛤蟆吗？看到了杜老师批改的作文，心中又是惭愧，又是高兴。惭愧的原因，用不着说。高兴的原因则是杜老师已年届花甲竟不嫌麻烦这样修改我的文章，我焉得不高兴呢？

…………

1926年，我15岁，在正谊中学春季始业的高中待了半年，秋天考入山东大学附设高中一年级。

在山东大学附属高中教国文的教员是王崑玉老师。

王老师上课，课本就使用现成的《古文观止》。不是每篇都讲，而是由他自己挑选出来若干篇，加以讲解。文中的典故，当然在必讲之列。而重点则在文章义法。他讲的义法，已如我在上面讲到的那样，基本是桐城派，虽然他自己从来没有这样说过。《古文观止》里的文章是按年代顺序排列的。

不知道什么原因，王老师选讲的第一篇文章是比较晚的明代袁中郎的《徐文长传》。讲完后出了一个作文题目"读《徐文长传》书后"。我从小学起作文都用文言，到了高中仍然未变。我仿佛驾轻就熟般地写了一篇《书后》，自觉并没有什么了不起，不意竟获得了王老师的青睐，定为全班压卷之作，评语是"亦简劲，亦畅达"。我当然很高兴，我不是一个没有虚荣心的人。老师这一捧，我就来了劲儿。于是就拿来韩、柳、欧、苏的文集，认真读过一阵儿。实际上，全班国文最好的是一个叫韩云鹄的同学。可惜他别的课程成绩不好，考试总居下游。王老师有一个习惯，每次把学生的作文簿批改完后，总在课堂上占用一些时间，亲手发给每一个同学。排列是有顺序的，把不好的排在最上面，依次而下，把最好的放在最后。作文后面都有批语，但有时候他还会当面说上几句。我的作文和韩云鹄的作文总是排在最后一二名，最后一名当然就算是状元，韩云鹄当状元的时候比我多。但是一二名总是被我们俩垄断，几年从来没有过例外。

............

我在上面已经谈到过，北园的风光是非常美丽的。每到春秋佳日，风光更为旖旎。最难忘记的是夏末初秋时分，炎夏初过，金秋降临。秋风微凉，冷暖宜人。每天晚上，夜深以后，同学们大都走出校门，到门前荷塘边上去散步，消除一整天学习的疲乏。于时月明星稀，柳影在地，草色凄迷，荷香四溢。如果我是一个诗人的话，定会好诗百篇。可惜我从来就不是什么诗人，只空怀满腹诗意而已。

王崑玉老师大概也是常在这样的时候出来散步的。他抓住这个机会，出了一个作文题目"夜课后闲步校前溪观捕蟹记"。我生平最讨厌写论理的文章。对哲学家们那一套自认为是极为机智的分析，我十分头痛。除非有文采，像庄子、孟子等，其他我都看不下去。我喜欢写的是抒情或写景的散文，有时候还能情景交融，颇有点沾沾自喜。王老师这个作文题目正合吾意，因此写起来很顺畅，很惬意。我的作文又一次成为全班压卷之作。

…………

写到这里，我想写几句题外的话。现在的儿童比我们那时幸福多了。书店里不知道有多少专为少年和儿童编著的读物，什么小儿书，什么连环画，什么看图识字，等等，印刷都极精美，插图都极漂亮，同我们当年读的用油光纸石印的《彭公案》一类的"闲书"相比，简直有天渊之别。当年也有带画的"闲书"，叫作绣像什么什么，也只在头几页上印上一些人物像，至于每一页上上图下文的书也是有的，但十分稀少。我觉得，今天的少儿读物图画太多，文字过少，这是过低估量了少儿的吸收能力，不利于他们写文章，不利于他们增强读书能力。这些话看上去似属题外，但仔细一想也实在题内。

我觉得，我由写文言文改写白话文而丝毫没有感到什么不顺手，与我看"闲书"多有关，我不能说，每一部这样的"闲书"文章都很漂亮，都是生花妙笔。但是，一般说起来，文章都是文从字顺，相当流利。而且对文章的结构也十分注意，绝不是头上一榔头，屁股上一棒槌。

此外，我读中国的古文，几乎每一篇流传几百年一两千年的文章在结构方面都十分重视。在潜移默化中，在我根本没有意识到的情况下，我无论是写文言文，或是写白话文，都非常注意文章的结构，要层次分明，要有节奏感。对文章的开头与结尾更特别注意。开头如能横空出硬语，自为佳构。但是，貌似平淡也无不可，但要平淡得有意味。让读者读了前几句必须继续读下去。结尾的诀窍是言有尽而意无穷，如食橄榄，余味更美。到了今天，在写了七十多年散文之后，我的这些意见不但没有减退，而且更加坚固，更加清晰。我曾在许多篇文章中主张惨淡经营，反对松松垮垮，反对生造词句。我力劝青年学生，特别是青年作家多读些中国古文和中国过去的小说；如有可能，多读些外国作品，以提高自己的文化修养和审美情趣。

我这种对文章结构匀称的追求，特别是对文章节奏感的追求，在我自己还没有完全清楚之前，一语点破的是董秋芳老师。在一篇比较长的作文中，董老师在作文簿每一页上端的空白处批上了"一处节奏""又一处节奏"等等的批语。他敏锐地发现了我作文中的节奏，使我惊喜若狂。自己还没能意识到的东西，竟蒙老师一语点破，能不狂喜吗？这一件事影响了我一生的写作。

我的作文，董老师大概非常欣赏，在一篇作文的后面，他在作文簿上写了一段很长的批语，其中有几句话是："季羡林的作文，同理科一班王联榜的一样，大概是全班之冠，也可以说是全校之冠吧。"这几句话，同王状元的对联和扇面差不多，大大地增强了我的荣誉感。虽然我在高中毕业后在清华学西洋文学，在德国治印度及中亚古代文字，但文学创作始终未停。我觉得，科学研究与文学创作不但没有矛盾，而且可以互济互补，身心两利。所有这一切都同董老师的鼓励是分不开的，我终生不忘。

1998年8月25日写完

（本文原名《我的小学和中学》，有删减）

# 文以载道

　　中国古代学者能文者多，换句话说，学者同时又兼散文家者多，而今则颇少。这是一个极为明显的事实，由不得你不承认。可是，如果想追问其原因，则恐怕是言人人殊了。

　　过去中国有"诗言志"和"文以载道"的说法。抛开众多注释家的注释不谈，一般人对这两个说法的理解是，所谓"志"是自己内心的活动，多半与感情有关，"言志"就是抒发自己的感情，抒发形式则既可以用诗歌，也可以用散文，主要是叙事抒情的散文。所谓"唐宋八大家"者，皆可以归入此类。而"载道"则颇与此有别。"道"者，多为别人之"道"。古人所谓"代圣人立言"者，立的是圣人之道。自己即使有"道"，如与圣道有违，也是不能立、不敢立的。

　　这样就产生了矛盾。人总是有感情的，而感情又往往是要抒发的。即使是以传承道统自命的人，他们写文章首先当然是载道，但也不免要抒发感情。我只举几个例子，就足以说明问题了。唐代韩愈以继承孔子道统自命，但是，不但他写的诗是抒发感情的，连散文亦然。他那一篇有名的《原道》，顾名思义，就能知道，他"原"的是"道"。但是，谁能说其中感情成分不洋溢充沛呢？又如宋代的朱熹，公认是专以载道为己任的大儒。但是，他写的许多诗歌，淳朴简明，蕴含深厚，公认是优美的文学作品，千载传诵。连孔门都注重辞令修饰，讲什么言之无文，行之不达。可见文与道有时候是极难以区分的。

　　清代桐城派的文人，把学问分为三类：义理、辞章、考据。他们的用意是一人而三任焉，这是他们的最高标准或理想。然而事实怎样呢？对桐城派的文章，也就是所谓"辞章"，学者毁誉参半。我在这里姑不细论。专谈他们的义理和考据，真能卓然成家者直如凤毛麟角。较之唐宋时代的韩愈、朱熹等等，虽不能说有天渊之别，其距离盖亦悬殊矣。

　　到了今天，学科门类愈益繁多，新知识濒于爆炸，文人学士不像从前的人那样有余裕来钻研中国古代典籍。他们很多人也忙于载道。载的当然不会像古代那样是孔孟之道，而只能是近代外国圣人和当今中国圣人之道，如临深履薄，唯恐跨越雷池一步，致遭重谴。可以想象，这样的文章是不会有文采的，也不敢有文采的。其他不以载道为专业的学者，写文章也往往不注意修辞，没有多少文采。有个别自命为作家的人，不甚读书，又偏爱在辞藻上下"苦"功夫，结果是，写出来的文章流光溢彩，但不知所云，如八宝楼台，拆散开来，不成片段。有的词句，由于生制硬造，佶屈聱牙，介于通与不通之间。

中国当前文坛和学坛的情况，大体上就是这样。我的看法，不敢说毫无偏颇之处，唯愿读者谅之。

郭伟川先生，出自名家大师门下，学有素养，又是一个有心人。他在最近给我的信中说："今年计划中，想出版《著名学者散文精选》一书。所以专取学者文，盖一段从事学术研究的人，真正能文者如凤毛麟角，所谓罕而见珍也。而文得学养，则盖见深度，可臻文质并茂之境。此则一般文章家未必能至者，亦足成学者文之特色也。"这一段话虽不长，但对写文章与学术研究之关系，说得极为透彻而又深刻，十分敬佩。伟川先生镶拙文滥竽其中，既感且愧。他索序于我，敢不应命，因略述鄙见如上。

1998年2月24日

（本文原为《著名学者散文精选》序）

# 没有新意，不要写文章

在芸芸众生中，有一种人，就是像我这样的教书匠，或者美其名，称之为"学者"。我们这种人难免不时要舞笔弄墨，写点文章的。根据我的分析，文章约而言之可以分为两大类：一是被动写的文章，一是主动写的文章。

所谓"被动写的文章"，在中国历史上流行了一千多年的应试的"八股文"和"试帖诗"，就是最典型的例子。这种文章多半是"代圣人立言"的，或者是"颂圣"的，不许说自己真正想说的话。换句话说，就是必须会说废话。记得鲁迅在什么文章中举了一个废话的例子："夫天地者乃宇宙之乾坤，吾心者实中怀之在抱。久矣夫，千百年来已非一日矣。"（后面好像还有，我记不清楚了）这是典型的废话，念起来却声调铿锵。"试帖诗"中也不乏好作品，唐代钱起咏湘灵鼓瑟的诗，就曾被朱光潜先生赞美过，而朱先生的赞美又被鲁迅先生讽刺过。到了今天，我们被动写文章的例子并不少见。我们写的废话，说的谎话，吹的大话，这是到处可见的。我觉得，有好多文章是大可以不必写的，有好些书是大可以不必印的。如果少印刷这样的文章，出版这样的书，则必然能够少砍伐些森林，少制造一些纸张；对保护环境、保持生态平衡，会有很大的好处的；对人类生存的前途也会减少危害的。

至于主动写的文章，也不能一概而论，仔细分析起来，也是五花八门的。有的人为了提职，需要提交"著作"，于是就赶紧炮制；有的人为了成名成家，也必须有文章，也努力炮制。对于这样的人，无须深责，这是人之常情。炮制的著作不一定都是"次品"，其中也不乏优秀的东西。像吾辈"爬格子族"的人们，非主动写文章以赚点稿费不行，只靠我们的工资，必将断炊。我辈被"尊"为教授的人，也不例外。

在中国学术界里，主动写文章的学者中，有不少的人学术道德是高尚的。他们专心一致，唯学是务，勤奋思考，多方探求。写出来的文章尽管有点参差不齐，但是他们都是值得钦佩、值得赞美的，他们是我们中国学术界的脊梁。

真正的学术著作，约略言之，可以分为两大类：单篇的论文与成本的专著。后者的重要性不言自明。古今中外的许多大部头的专著，像中国汉代司马迁的《史记》、宋代司马光的《资治通鉴》等等，都是名垂千古、辉煌璀璨的巨著，是我们国家的瑰宝。这里不再详论。我要比较详细地谈一谈单篇论文的问题。单篇论文的核心是讲自己的看法、自己异于前人的新意，要发前人未发之覆。有这样的文章，学术才能一步步、一代代向前发展。如果写一部专著，其中可能有自己的新意，也可能没有。因为大多数的专著是综合的、全面的叙述，即使不是自己的新意，也必须写进去，否则就不算全面。论文则没有这种负担，它的目的不是全面，而是深入，而是有新意，它与专著的关系可以说是相辅相成的。

我在上面几次讲到"新意"，"新意"是从哪里来的呢？有的可能是从天上掉下来的，是出于"灵感"，比如传说中牛顿因见苹果落地而悟出地心吸力。但我们必须注意，这种灵感不是任何人都能有的。牛顿一定是很早就考虑这类的问题，昼思夜想，一旦遇到相应的时机，便豁然顿悟。吾辈平凡的人，天天吃苹果，只觉得它香脆甜美，管它什么劳什子"地心吸力"干吗！在科学技术史上，类似的例子还可以举出不少来，现在先不去谈它了。

在以前极"左"思想肆虐的时候，学术界曾大批"从杂志缝里找文章"的做法，因为这样就不能"代圣人立言"；必须心中先有一件先入为主的教条的东西要宣传，这样的文章才合乎程式。有"学术新意"是触犯"天条"的。这样的文章一时间滔滔者天下皆是也。但是，这样的文章印了出来，再当作垃圾卖给收破烂的（我觉得这也是一种"白色垃圾"），除了浪费纸张以外，丝毫无补于学术的进步。我现在立一新义：在大多数情况下，只有到杂志缝里才能找到新意。在大部头的专著中，在字里行间，也能找到新意，旧日所谓"读书得间"，指的就是这种情况。因为，一般说来，杂志上发表的文章往往只谈一个问题、一个新问题，里面是有新意的。你读过以后，受到启发，举一反三，自己也产生了新意，然后写成文章，让别的学人也受到启发，再举一反三。如此往复循环，学术的进步就寓于其中了。

可惜——是我觉得可惜——眼前在国内学术界中，读杂志的风气，颇为不振。不但外国的杂志不读，连中国的杂志也不看。闭门造车，焉得出而合辙？别人的文章不读，别人的观点不知，别人已经发表过的意见不闻不问，只是一味地写去写去。这样怎么能推动学术前进呢？更可怕的是，这个问题几乎没有人提出。有人空喊"同国际学术接轨"。不读外国同行的新杂志和新著作，你能知道"轨"究竟在哪里吗？连"轨"在哪里都不知道，空喊"接轨"，不是天大的笑话吗？

# 多读一点中外文学作品

列宁有两句众所周知的名言："只有用人类创造的全部知识财富来丰富自己的头脑，才能成为共产主义者。"（《共青团的任务》）什么叫"人类创造的全部知识财富"呢？顾名思义，内容一定是非常广泛的，生产斗争的知识、阶级斗争的知识等等一定都包括在里面。但我想文学作品在其中应该占极其重要的地位。文学作品能增长人的知识，开阔人的眼界，给人以美的享受，能在潜移默化中陶冶人的性灵，提高人的文化修养和鉴赏水平。而没有这种修养是很难完成自己的工作的。

但是，古今中外，文学作品浩如烟海，一个人即使用上毕生的精力也决不会都读完的。因此就需要介绍。我们编的这一套《中外文学书目答问》就是为了给爱好文学的青年提供一些常识性的介绍，并做些阅读辅导。俗话说：

"师父引进门，修行在个人。"青年们一定能够根据这些简单的介绍选出自己所喜爱的文学作品，再进一步阅读全书。如果只停留在阅读这些简单的介绍上，那不是我们的想法，也不是我们的希望。

阅读文学作品是不是只限于文学青年呢？不，不是这样。我在这里不谈理论，只举两个现实的例子，因为现实的例证最有说服力。一个例证是北京一所搞工业的学院。院领导给学生开了一门有关唐诗宋词的课。原意只不过想给他们增加点中国文学的常识，结果却收到了完全为始料所不及的效果：青年学生学了这些诗词大为激动，大为兴奋，他们原来不十分知道我们伟大祖国竟有这样一些伟大的作家和作品。现在他们觉得祖国更加可爱了，无形中却成了一门最好的爱国主义教育的课程。此外，在陶冶性灵方面也起到了积极的作用。我们相信，这对他们以后搞纯技术的工作也会有很大帮助的。

另一个例证是一个钢琴家。他旅居国外，名震遐迩。外国的音乐批评家都说他的弹奏中有一种说不出的优美深刻、从容大度的风格，是欧美钢琴家所没有的，使听者耳目为之一新。这种风格是从哪里来的呢？这位钢琴家自己说，这得力于他的父亲，他年幼时，父亲每天让他背一首唐诗宋词之类的旧诗词。积之既久，心中烂熟的那几百首旧诗词对他心灵的陶冶，不觉形之于钢琴弹奏中，从而产生让人赞叹的效果。

这两个例子生动地说明了，阅读文学作品不应只限于文学青年，其他各科的青年，不管学的是工程、技术，是自然科学，是房屋建筑，无一不需要读点文学作品。一般人的看法，认为学习理工的青年可以不必分心去读什么文学作品，这种看法是完全错误的。我们常常有这样的经验，走进一个家庭，走进一家旅馆，只要看一看他们房中的陈设，就可以知道，这家的主人和旅馆的主持人或建筑师有没有文化修养，文化修养是高还是低。至于园林的布置，建筑物的设计，更与这种修养有密不可分的联系，这是大家都承认的，用不着多说。有没有文化修养，文化修养之高与低，不但表现在上面说的这种情况上，也表现在一个人的言谈举止、应对进退上，有与没有，是高是低，给人的印象迥乎不同。

总而言之，我的用意只是想说，青年是我们未来希望之所寄托，他们的任务一是要不断提高自己的思想觉悟，由爱国主义、国际主义，进而走向共产主义，另一方面还要努力学习业务。除了自己专门的业务之外，一定要读一点中外文学作品，这同他们的终生事业有关，决不可以等闲视之。成为一个共产主义者是今天我们广大青年的抱负，但是想达到这个目的，光靠政治觉悟还是不够的，必须掌握"人类创造的全部知识财富"。

1983年4月14日晨

（本文原为《中外文学书目答问》序）

# 多注意"身边琐事"

　　我从小好舞笔弄墨，到现在已经五十多年了。虽然我从来没有敢妄想成为什么文学家，可是积习难除，一遇机缘，就想拿起笔来写点什么，积之既久，数量已相当可观。我曾经出过三本集子：《朗润集》《天竺心影》《季羡林选集》（香港），也没能把我所写的这一方面的文章全部收进去。现在北京大学出版社建议我把所有这方面的东西收集在一起，形成一个集子。我对于这一件事不能说一点热情都没有，这样说是虚伪的，但是我的热情也不太高：有人建议收集，就收集吧。这就是这一部集子产生的来源。

　　集子里的东西全都属于散文一类。我对于这一种文体确实有所偏爱。我在《朗润集·自序》里曾经谈到过这个问题，到现在我仍然保留原来的意见。中国是世界上首屈一指的散文国家，历史长，人才多，数量大，成就高，这是任何国家都无法相比的。之所以有这种情况，可能与中国的语言有关。中国汉语有其特别优越之处。表现手段最简短，而包含的内容最丰富。用现在的名词来说就是，使用的劳动量最小，而传递的信息量最大。此外，在声调方面，在遣词造句方面，也有一些特点，最宜于抒情、叙事。有时候可能有点朦胧，但是朦胧也自有朦胧之美。"诗无达诂"，写抒情的东西，说得太透，反而会产生浅显之感。

我为什么只写散文呢？我有点说不清楚。记得在中学的时候，我的小伙伴们给我起过一个绰号，叫作"诗人"。我当时恐怕也写过诗，但是写得并不多，当然也不好。为什么竟成为"诗人"了呢？给我起这个绰号的那一些小伙伴几乎都已作古，现在恐怕没有人能说清楚了。其中可能包含着一个隐而不彰的信息：我一向喜欢抒情的文字。念《古文观止》一类的书的时候，真正打动了我的心的是司马迁的《报任安书》、陶渊明的《桃花源记》、李密的《陈情表》、韩愈的《祭十二郎文》、欧阳修的《泷冈阡表》、苏轼的《前赤壁赋》和《后赤壁赋》、归有光的《项脊轩志》等一类的文字，简直是百读不厌，至今还都能背诵。我还有一个偏见，我认为，散文应该以抒情为主，叙事也必须含有抒情的成分。至于议论文，当然也不可缺，却非散文正宗了。

在这里，我想谈一谈所谓"身边琐事"这个问题。如果我的理解不错的话，在新中国成立前，反对写身边琐事的口号是一些进步的文艺工作者提出来的。我觉得，当时这样提是完全正确的。在激烈的斗争中，一切涣散军心、瓦解士气的文章都是不能允许的。那时候确实有一些人想利用写身边琐事来转移人们的注意力，消灭人们的斗志。在这样的情况下，反对写身边琐事是无可非议的、顺理成章的。

但是，我并不认为，在任何时候，任何情况下，都必须义正词严、疾言厉色地来反对写身边琐事。到了今天，历史的经验和教训都已经够多的了，我们对身边琐事应该加以细致分析了。在"四人帮"肆虐时期，甚至在那个时期以前的一段时间内，文坛上出现了一批假、大、空的文学作品，凭空捏造，很少有事实依据，根据什么"三突出"的"学说"，一个劲地突出、突出，突得一塌糊涂。这样做，当然谈不到什么真实的感情。有的作品也曾流行一时。然而，曾几何时，有谁还愿意读这样的作品呢？大家都承认，文学艺术的精髓在于真实，古今中外，概莫能外。如果内容不真实，用多么多的篇幅，写多么大的事件，什么国家大事、世界大事、宇宙大事，辞藻再华丽，气派再宏大，也无济于事，也是不能感人的。文学作品到了这个地步，简直是一出悲剧。我们千万不能再走这一条路了。

回头再看身边琐事。古今中外都有不少的文章写的确实是一些身边琐事，绝不是国家大事，无关大局。但是，作者的感情真挚、朴素，语言也不故意扭捏做作，因而能感动读者，甚至能让时代不同、地域不同的读者在内心深处起着共鸣。这样写身边琐事的文章能不给以很高的评价吗？我上面列举的那许多篇古文，哪一篇写的不是身边琐事呢？连近代人写的为广大读者所喜爱的一些文章，比如鲁迅的抒情散文，朱自清的《背影》《荷塘月色》等名篇，写的难道都是国家大事吗？我甚至想说，没有身边琐事，就没有真正好的散文。所谓身边琐事，范围极广。从我上面举出的几篇古代名作来看，亲属之情占有极其重要的地位。在错综复杂的社会生活中，亲属和朋友的生离死别，最容易使人们的感情激动。此外，人们也随时随地都能遇到一些美好的、悲哀的、能拨动人们的心弦的事物，值得一写。自然景色的描绘，在古今中外的散文中也占有很大的比例。读了这样的文章，我们的感情最容易触动，我们不禁就会想到，我们自己对待亲属和朋友有一种什么感情，我们对一切善良的人、一切美好的事物是一种什么态度。至于写景的文章，如果写的是祖国之景，自然会启发我们热爱祖国；如果写的是自然界的风光，也会启发我们热爱大自然，热爱生活。这样的文章能净化我们的感情，陶冶我们的性灵，小中有大，小中见大，平凡之中见真理，琐细之中见精神，这样的身边琐事难道还不值得我们大大地去写吗？

今天，时代变了，我们的视野也应当随之而扩大，我们的感情不应当囿于像过去那样的小圈子里，我们应当写工厂，应当写农村，应当写革新，应当写进步。但是无论如何也离不开个人的感受，我们的灵魂往往从一些琐事触动起。国家大事当然也可以写，但是必须感情真挚。那一套假、大、空的东西，我们再也不能要了。

这就是我了解的身边琐事。收在这一个集子里面的文章写的几乎都是这样的身边琐事。我的文笔可能是拙劣的，我的技巧可能是低下的。但是，我扪心自问，我的感情是真实的，我的态度是严肃的，这一点决不含糊。我写东西有一条金科玉律：凡是没有真正使我感动的事物，我决不下笔去写。这也就是我写散文不多的原因。我决不敢说，这些都是好文章。我也决不说，这些都是垃圾。如果我真认为是垃圾的话，当然应当投入垃圾箱中，拿出来灾祸梨枣，岂非存心害人？那是虚伪的谦虚，也为我所不取。

我的意思无非是说，我自己觉得这些东西对别人也许还有一点好处。其中一点，可能是最重要的一点，我在《朗润集·自序》中已经谈到过了，那就是，我想把新中国成立前后写的散文统统搜集在这一个集子里，让读者看到我在这一个巨大的分界线两旁所写的东西情调很不一样，从而默思不一样的原因而从中得到启发。可惜我这个美好的愿望格于编辑，未能实现。但是，我并没有死心，现在终于实现了。对我自己来说，这是一件非常可喜的事情。可喜之处何在呢？就在于，它说明了，像我们这些从旧社会过来的知识分子，不管是"高级"的，还是其他级的，思想都必须改造，而且能够改造。这一点，我认为是非常有意义的。今天，人们很少再谈思想改造了，好像一谈就是极"左"。但是我个人认为，思想改造还是必要的。客观世界飞速前进，新事物层出不穷，我们的思想如果不改造，怎么能跟得上时代的步伐呢？这是我的经验之谈，不是空口白话。我相信，细心的读者会从这一本集子里体察出我的思想改造的痕迹。他们会看出我在《朗润集·自序》里写的那一种情况：新中国成立前看不到祖国和人民的前途，也看不到个人的前途，写东西调子低沉，情绪幽凄；新中国成立后则逐渐充满了乐观精神，写东西调子比较响。这种细微的思想感情方面的转变是非常有意义的。它至少能证明，我们的社会主义国家确实有其优越之处，确实是值得我们热爱的。它能让一个人的思想感情在潜移默化中发生变化，甚至像南北极那样的变化。现在有那么一些人觉得社会主义不行了，优越性看不出来了，这个了，那个了。我个人的例子就证明这些说法不对头。这也可以说是我的现身说法吧！

细心的读者大概还可以从书中看到一种情况：新中国成立前写

的文章中很有一些不习见的词儿，这是我自己创造出来的。在这一方面，我那时颇有一点初生犊子不怕虎的气概。然而在新中国成立后写的文章中，特别是在最近几年的文章中，几乎没有什么新词儿了。事实上，我现在胆子越来越小，经常翻查词典；往往是心中想出一个词儿，如果稍有怀疑，则以词典为据；词典中没有的，决不写进文章。简直有点战战兢兢的意味了。这是一个好现象呢，还是一个坏现象？我说不清楚。我不敢赞成现在有一些人那种生造新词儿的办法，这些词儿看上去非常别扭。但是，在几千年汉语发展的历史上，如果一个新词儿也不敢造，那么汉语如何发展呢？如何进步呢？可是话又说了回来，如果每一个人都任意生造，语言岂不成了无政府主义的东西？语言岂不要大混乱吗？我现在还不知道怎样来解决这个问题。我眼前姑且把我新中国成立前文章中那一些比较陌生的词儿一股脑儿都保留下来，让读者加以评判。

我在上面拉拉杂杂地写了一大篇，我把自己现在所想到的合盘托了出来。所有这一些想法，不管别人看上去会觉得多么离奇，甚至多么幼稚，但是，我自己却认为都是有道理的，否则我也不会写了出来。不过，我也决不强迫读者一定要认为是有道理的。

回顾五十多年的创作过程，看到自己笔下产生出来的这些所谓文章今天能够收集起来，心里不能不感到一点快慰。就算是雪泥鸿爪吧，这总是留下的一点痕迹。过去的五十年，是世事多变的五十年。我们的民族，还有我自己，都是既走过阳关大道，也走过独木小桥。这种情况在集子中约略有所反映。现在我们的国家终于拨云雾而见青天，我自己也过了古稀之年。我还没有制订去见马克思的计划。今后，我积习难除，如果真有所感——我强调的是一个"真"

291

字，我还将继续写下去的。我们的国家、我们的民族，不管目前还有多少困难，总的趋向是向上的、是走向繁荣富强的。我但愿能用自己这一支拙劣的笔鼓吹升平，与大家共同欣赏社会主义建设的钧天大乐。

1985年10月10日初稿于烟台

1985年11月7日抄毕于燕园

（本文原为《季羡林散文集》自序）

# 语言混乱数例

写文章，是交流思想，传达信息的重要手段。要想交流、传达得准确忠实，就必须注意语法修辞，不能望文生义，数典忘祖，甚至生编硬造，写出一些除了自己谁也不懂的词句。

我先举几个例子。

今年 2 月 20 日，一家大报在头版刊出一篇文章：《盼着减少这类现象》。内容是：饭馆取消了酒升酒杯的押金，储蓄所里准备了老花镜，"值得称赞"。作者笔锋一转，写道："不过，在服务性行业的工作前进一步之后，差强人意的现象时有发生，朝外大街民众饺子馆的一半酒升不翼而飞，三里屯储蓄所里的三副花镜也长了翅膀。"问题出在"差强人意"这四个字上。这个典故出于《后汉书》卷十八《吴汉传》，《现代汉语词典》的解释是：

"大体上还能使人满意。"酒升被偷，花镜被窃，还能令人大体上满意，岂不骇人听闻！要给作者上一上纲的话，他不是在号召鼓励大家来干这种"大体上还能使人满意"的勾当吗？

第二个例子出在本年 5 月 18 日另一家报纸上，文章的题目是《莫要"等到整党时再说"》。其中有一句话："此言差矣，不足为取"。我猜想，作者是想说："不足为训"或者"殊不可取"。结果把二者混了起来，写出了"不足为取"这样怪的句子。

第三个例子也出在一家大报上，时间是今年 5 月 24 日。有一篇文章叫《春天的风》。讲的是小学生正在召开中队会："一张张红扑扑的面庞神情专注，扑朔迷离。""扑朔迷离"，在这里是什么意思呢？我真有点扑朔迷离了。大家都知道，这个典故出于《木兰诗》，意思是"比喻事物错综复杂，难于辨别"。同小学生的面庞联系在一起，我百思不得其解。

语言总是在不断地变化着，要它不变是不可能的。但是人们也总是在想方设法，使它规范化；否则各行其是，语言就陷入混乱，不再成为交流思想的工具。一方面要变，一方面又要规范化，这就是语言发展的矛盾。对我们来说，应该力求遵守规范，避免混乱。

1984年6月9日

# 惨淡经营与信手拈来

　　近几年来，由于眼睛昏花，极少能读成本的书。可是，前些日子，范敬宜先生来舍下，送来他的《敬宜笔记》。我翻看了一篇，就被它吸引住，在诸事丛杂中，没用了很长的时间，就把全书读完了。我明白了很多人情事理，得到了极大的美感享受。我必须对范先生表示最诚挚的谢意和敬意。同样的谢意和敬意也必须给予小钢，是她给敬宜在《夜光杯》上开辟了专栏。

　　书中的文章都是非常短的。内容则比较多样。有的讲世界大事，有的讲国家大事，更多的则是市井小事，个人感受。没有半句假话、大话、空话、废话和套话。讲问题则是单刀直入，直抒胸臆。我想用四个"真"字来表示：真实、真切、真诚、真挚。可以称之为四真之境。

　　最值得注意的是文风。每一篇都如行云流水，舒卷自如，不加雕饰，秀色天成。读的时候，你的思想，你的感情也都为文章所吸引，或卷或舒，得大自由，得大自在。

但是，这里却有了问题。

我仿佛听到有人责问我：你不是主张写散文必须惨淡经营吗？你现在是不是改变了主意？答曰：我并没有改变主意。我仍然主张惨淡经营。中国是世界上的散文大国，几千年来，名篇佳作浩如烟海。惨淡经营是我从中归纳出来的，抽绎出来的一点经验，一条规律，并不是我的发明、创造，我不敢居功自傲。

但是，仅仅这样说，还不够全面。古代的散文大家们还有另外一种情况。他们写庄重典雅的大文章时一定是惨淡经营的，讲结构，讲节奏，字斟句酌，再三推敲，加心加意，一丝不苟。但是，如果即景生情，则也信笔挥洒，仿佛是信手拈来，自成妙文。二者之间有什么联系吗？二者之间是什么关系呢？我认为是有联系的。信手拈来的妙文是在长期惨淡经营的基础上的神来之笔。拿书法和绘画来打个比方。书法必须先写正楷，横平竖直，点画分明。然后才能在这个基础上任意发挥。如果没有这个基础，浮躁浅薄，急于求成，这样的书法只能成为鬼画符。绘画必须先写生素描。没有下这一番苦功而乱涂乱抹，也只能成为鬼画符。

范敬宜的"笔记"是他自己的谦称，实际上都是美妙的散文或小品文。他几十年从事报纸编辑工作，有丰富的惨淡经营的经验。现在的"笔记"就是在这个基础上信手拈来的。敬宜不但在写作上有坚实的基础，实际上还是一位中国古代称之为"三绝"的人物，诗、书、画无不精妙。他还有胜于古代的"三绝"之处，他精通西方文化，怕是古人难以望其项背的。我杜撰一个名词，称之为

"四绝"。

我忽然浮想联翩，想到了范敬宜先生的祖先宋代文武双全的大人物范仲淹。他的名著《岳阳楼记》是千古名篇，其中的两句话"先天下之忧而忧，后天下之乐而乐"是今天许多先进人物的座右铭。孟子说："君子之泽，五世而斩。"现在看来，范仲淹之泽，数十世而不斩。今天又出了像范敬宜这样的人物。我还想顺便提一句：今天范仲淹的后代还有一位范曾，也是一个"四绝"的人物。这个现象颇值得注意。

最后，我还想奉劝《夜光杯》的读者们：见了范敬宜的"笔记"，千万不要放过。

2002年4月6日

（本文原名《读〈敬宜笔记〉有感》，载2002年4月6日《新民晚报》）

# 怎样写散文

我从小就喜欢舞笔弄墨。我写这种叫作散文的东西，已经有五十年了。虽然写的东西非常少，水平也不高；但是对其中的酸、甜、苦、辣，我却有不少的感性认识。在生活平静的情况下，常常是一年半载写不出一篇东西来。原因是很明显的。天天上班、下班、开会、学习、上课、会客，从家里到办公室，从办公室到课堂，又从课堂回家，用句通俗又形象的话来说，就是，三点一线。这种点和线都平淡无味，没有刺激，没有激动，没有巨大的变化，没有新鲜的印象，这里用得上一个已经批判过的词儿：没有灵感。没有灵感，就没有写什么东西的迫切的愿望。在这样的时候，我什么东西也写不出，什么东西也不想写。否则，如果勉强动笔，则写出的东西必然是味同嚼蜡，满篇八股，流传出去，一害自己，二害别人。自古以来，应制和赋得的东西好的很少，其原因就在这里。宋代伟大的词人辛稼轩写过一首词牌叫作《丑奴儿》的词：

少年不识愁滋味，爱上层楼。爱上层楼，为赋新词强说愁。

而今识尽愁滋味，欲说还休。欲说还休，却道天凉好个秋。

要勉强说愁，则感情是虚伪的，空洞的，写出的东西，连自己都不能感动，如何能感动别人呢？

我的意思就是说，千万不要勉强写东西，不要无病呻吟。

即使是有病呻吟吧，也不要一有病就立刻呻吟，呻吟也要有技巧。如果放开嗓子粗声嚎叫，那就毫无作用。还要细致地观察，深切地体会，反反复复，简练揣摩。要细致观察一切人，观察一切事物，深入体会一切。在我们这个林林总总的花花世界上，遍地潜伏着蓬勃的生命，随处活动着熙攘的人群。你只要留心，冷眼旁观，一定就会有收获。一个老妇人布满皱纹的脸上的微笑，一个婴儿的鲜苹果似的双颊上的红霞，一个农民长满了老茧的手，一个工人工作服上斑斑点点的油渍，一个学生琅琅的读书声，一个教师住房窗口深夜流出来的灯光，这些都是常见的现象，但是倘一深入体会，不是也能体会出许多动人的含义吗？你必须把这些常见的、习以为常的、平凡的现象，涵润在心中，融会贯通。仿佛一个酿蜜的蜂子，酝酿再酝酿，直到酝酿成熟，使情景交融，浑然一体，在自己心中形成了一幅"成竹"，然后动笔，把成竹画了下来。这样写成的文章，怎么能不感动人呢？

我的意思就是说，要细致观察，反复酝酿，然后才下笔。

创作的激情有了，简练揣摩的功夫也下过了，那么怎样下笔呢？写一篇散文，不同于写一篇政论文章。政论文章需要逻辑性，不能持之无故，言之不成理。散文也要有逻辑性，但仅仅这个还不够，它还要有艺术性。古人说："言之无文，行之不远。"又说："不学诗，无以言。"写散文决不能平铺直叙，像记一篇流水账，枯燥单调。枯燥单调是艺术的大敌，更是散文的大敌。首先要注意选词造句。世界语言都各有其特点，中国的汉文的特点更是特别显著。汉文的词类不那么固定，于是诗人就大有用武之地。相传宋代大散文家王安石写一首诗，中间有一句，原来写的是："春风又到江南岸。"他觉得不好，改为："春风又过江南岸。"他仍然觉得不好，改了几次，最后改为："春风又绿江南岸。"自己满意了，读者也都满意，成为名句。"绿"本来是形容词，这里却改为动词。一字之改，全句生动。这种例子中国还多得很。又如有名的"鸟宿池边树，僧敲月下门"，原来是"僧推月下门"，"推"字太低沉，不响亮，一改为"敲"，全句立刻活了起来。中国语言里常说"推敲"就由此而来。再如咏早梅的诗："昨夜风雪里，前村数枝开"，把"数"字改为"一"字，"早"立刻就突出了出来。中国旧诗人很大一部分精力，就用在炼字上。我想，其他国家的诗人也在不同的程度上致力于此。散文作家，不仅仅限于遣词造句。整篇散文，都应该写得形象生动，诗意盎然，让读者读了以后，好像是读一首好诗。古今有名的散文作品很大一部分是属于这一个类型的。中国古代的诗人曾在不同的时期提出不同的理论，有的主张神韵，有的主张性灵。表面上看起来，有点五花八门，实际上，他们是有共同的目的的。他们都想把诗写得新鲜动人，不能陈陈相因。我想散文也不能例外。

我的意思就是说，要像写诗那样来写散文。

光是炼字、炼句是不是就够了呢？我觉得，还是不够的。更重要的还要炼篇。关于炼字、炼句，中国古代文艺理论著作中，其中也包括大量的所谓"诗话"，讨论得已经很充分了。但是关于炼篇，也就是要在整篇的结构上着眼，也间或有所论列，总之是很不够的。我们甚至可以说，这个问题似乎还没有引起文人学士足够的重视。实际上，我认为，这个问题是非常重要的。

炼篇包括的内容很广泛。首先是怎样开头。写过点文章的人都知道：文章开头难。古今中外的文人大概都感到这一点，而且做过各方面的尝试。在中国古文和古诗歌中，如果细心揣摩，可以读到不少的开头好的诗文。有的起得突兀，如奇峰突起，出人意外。比如岑参的《与高适薛据登慈恩寺浮图》开头两句是："塔势如涌出，孤高耸天宫。"诗歌的开篇把高塔的气势生动地表达了出来，让你非看下去不行。有的纡徐，如春水潺湲，耐人寻味。比如欧阳修的《醉翁亭记》的开头的一句话："环滁皆山也。"用"也"字结尾，这种句型一直贯穿到底。"也"仿佛抓住了你的心，非看下去不行。还有一个传说，欧阳修写《相州昼锦堂记》的时候，构思多日，终于写成，派人送出去以后，忽然想到，开头还不好，于是连夜派人快马加鞭把原稿追回，另改了一个开头："仕宦而至将相，富贵而归故乡，此人情之所荣，而今昔之所同也。"这样的开头有气势，能笼罩全篇，于是就成为文坛佳话。这样的例子还可以举出几十几百。这些都说明，我们古代的文人学士是如何注意文章的开头的。

开头好，并不等于整篇文章都好。炼篇的工作才只是开始。在以下的整篇文章的结构上，还要煞费苦心，惨淡经营。整篇文章一定要一环扣一环，有一种内在的逻辑性。句与句之间，段与段之间，都要严丝合缝，无懈可击。有人写文章东一榔头，西一棒槌，前言不搭后语，我认为，这不是正确的做法。

在整篇文章的气势方面，也不能流于单调，也不能陈陈相因。尽管作者每个人都有自己的独特的风格，应该加意培养这种风格，这只是就全体而言。至于在一篇文章中，却应该变化多端。中国几千年的文学史上，出现了许多不同的风格：《史记》的雄浑，六朝文的浓艳，陶渊明、王维的朴素，徐庾的华丽，杜甫的沉郁顿挫，李白的流畅灵动，《红楼梦》的细腻，《儒林外史》的简明，无不各擅胜场。我们写东西，在一篇文章中最好不要使用一种风格，应该尽可能地把不同的几种风格融合在一起，给人的印象就会比较深刻。中国的骈文、诗歌，讲究平仄，这是中国语言的特点造成的，是任何别的语言所没有的。大概中国人也不可能是一开始就认识到这个现象，一定也是经过长期的实践才摸索出来的。我们写散文当然与写骈文、诗歌不同。但在个别的地方，也可以尝试着使用一下，这样可以助长行文的气势，使文章的调子更响亮，更铿锵有力。

文章的中心部分写完了，到了结束的时候，又来了一个难题。我上面讲到：文章开头难。但是认真从事写作的人都会感到：文章结尾更难。

为了说明问题方便起见，我还是举一些中国古典文学中的例子。上面引的《醉翁亭记》的结尾是"太守谓谁？庐陵欧阳修也"。以"也"字句开始，又以"也"字句结尾。中间也有大量的"也"字句，这样就前后呼应，构成了一个整体。另一个例子我想举杜甫那首著名的诗篇《赠卫八处士》，最后两句是"明日隔山岳，世事两茫茫"。这样就给人一种言有尽而意无穷的感觉。再如白居易的《长恨歌》，洋洋洒洒数百言，或在天上，或在地下。最后的结句是："天长地久有时尽，此恨绵绵无绝期。"也使人有余味无穷的意境。还有一首诗，是钱起的《省试湘灵鼓瑟》，结句是"曲终人不见，江上数峰青"。对这句的解释是有争论的。据我自己的看法，这样结尾，与试帖诗无关。它确实把读者带到一个永恒的境界中去。

上面讲了一篇散文的起头，中间部分和结尾。我们都要认真对待，而且要有一个中心的旋律贯穿全篇，不能写到后面忘了前面，一定要使一篇散文有变化而又完整，谨严而又生动，千门万户而又天衣无缝，奇峰突起而又顺理成章，必须使它成为一个完美的整体。

我的意思就是说，要像谱写交响乐那样来写散文。

写到这里，也许有人要问：写篇把散文，有什么了不起？可你竟规定了这样多的清规戒律，不是有意束缚人们的手脚吗？我认为，这并不是什么清规戒律。任何一种文学艺术形式，都有自己的一套规律，没有规律就不成其为文学艺术。一种文学艺术之所以区别于另一种文学艺术，就在于它的规律不同。但是不同种的文学艺术之间又可以互相借鉴，互相启发，而且是借鉴得越好，则这一种文学艺术也就越向前发展。任何国家的文学艺术史都可以证明这一点。

也许还有人要问：古今的散文中，有不少的是信笔写来，如行云流水，本色天成，并没有像你上面讲的那样艰巨，那样繁杂。我认为，这种散文确实有的，但这只是在表面上看来是信笔写来，实际上是作者经过了无数次的锻炼，由有规律而逐渐变成表面上看起来摆脱一切规律。这其实是另外一种规律，也许还是更难掌握的更高级的一种规律。

　　我学习写散文，已经有五十年的历史了。如果说有一个散文学校，或者大学，甚至研究院的话，从年限上来看，我早就该毕业了。但是事实上，我好像还是小学的水平，至多是中学的程度。我上面讲了那样一些话，绝不意味着，我都能做得到。正相反，好多都是我努力的目标，也就是说，我想这样做，而还没有做到。我看别人的作品时，也常常拿那些标准来衡量，结果是眼高手低。在五十年漫长的时间内，我搞了一些别的工作，并没有能集中精力来写散文，多少带一点客串的性质。但是我的兴致始终不衰，因此也就积累了一些所谓经验，都可以说是一得之见。对于专家内行来说，这可能是些怪论，或者是一些老生常谈。但是对我自己来说，却有点敝帚自珍的味道。《列子·杨朱篇》讲了一个故事：

　　　　昔者宋国有田夫，常衣缊，仅以过冬。暨春东作，自曝于日，不知天下之有广厦、隩室、绵纩、狐貉。顾谓其妻曰："负日之暄，人莫知者。以献吾君，将有重赏。"

　　我现在就学习那个田夫，把我那些想法写了出来，放在选集的前面。我相信，我这些想法至多也不过同负暄相类。但我不想得到重赏，我只想得到赞同，或者反对。就让我这一篇新的野叟曝言带着它的优点与缺点，怀着欣喜或者忧惧，走到读者中去吧！

1980年4月17日

（本文原为《季羡林选集》跋）

# 语言与文字

人之所以异于禽兽者，其道多端。人类先有了语言，后又有了文字，而禽兽则没有，这是重要区别之一。现在国外有个别的语言学家在研究禽兽的语言，响应者不多。这个问题我在这里先不讨论。

我们每个人，除了哑巴以外，总要经常说话。认字的人还要经常使用文字，这和阳光和空气一样，和吃饭与睡觉一样，是离不开的。

但是，有一个现象却往往为非语言学家所忽略，这就是：语言和文字，只要还活着，也就是说还被人使用，就存在不停的变化。中国文字从甲骨文到钟鼎文，到大篆，到小篆，到隶书，到楷书、行书、草书，就是最有力的证明。语言亦然，不必细说。为了更轻易地提高人民的文化水平，促进经济的发展，在某一个时期内，由官方采用行政命令的办法，使文字统一和规范化，这是无可非议的，合情合理的。中外历史上都不乏先例，秦始皇的"书同文"是一个最有名的例子。我们今天汉字规范化，是经过完备的法律程序通过的，我们全国人民责无旁贷，遵守是我们的义务，是奉公守法的表现。

但是，从长期来看，比如说二三百年，或者更长的时间，语言和文字都必须变化，这是完全可以肯定的。变是绝对的，不变是相对的，除非你把语言和文字都搞成化石。

世界上最关心自己语言"纯洁化"的是法国。几百年来，法兰西学院不断地做出努力，保持法语的"纯洁"，然而法语，同其他语言一样，不断受到"污染"，变得不"纯洁"起来。这件事是不以人的主观愿望为转移的。

最近我收到一位 ×（我不知道他是老中青，姑以 × 代之）学者的来信。他是个有心人，一个有志之士，想努力保持汉语的规范化，是一位值得尊敬的人。

但是，他有点"食今不化"，不了解语言和文字都不会停滞不变的道理，想使我们今天的规范化字永垂不朽，变成化石。比如在今天的汉语词典上，"矇眬"和"朦胧"确实分列为两个词儿，前者的解释是"快要睡着或刚醒时，两眼半开半闭，看东西模糊的样子"。对后者的解释是"月光不明，不清楚，模糊"。其实基本的含义就是"模糊"。如果说"矇眬"与眼有关，而"朦胧"与月色有关，那么，对一个瞎子来说，他既无"矇眬"，又无"朦胧"。如果他写文章（当然是用盲文），他应该用哪一个词儿呢？鲁迅先生的《三闲集》中有一篇文章《醉眼中的朦胧》，这确与眼睛有关，然而他却写作"朦胧"，而非"矇眬"。根据我的印象，"矇眬"

这两个字，现在很少有人用，它几乎成为汉语词汇中的盲肠。这位学者硬要勉强区分，"可怜无补费精神"。

这位学者还举出了一些别的例子，限于篇幅，我就不举了。他为了勘误，"写了几百封信，连作者面也不得到（羡林按：此句措辞有问题，也应该'勘一勘'的）……而大量的书一印再印，几万几十万甚至几百万册，流向社会传之后代，真是贻害无穷，简直是践踏我们五千年的璀璨文化，使大家都当上不孝之（羡林按：应作子）孙败类。这大概不是各位弄学问的大家所心甘情愿的吧？！"这真是石破天惊之论，令我浑身震撼。然而"五千年"中，我们的语言文字变了多少次了？我们全体汉族人民，加上我们的老祖宗，岂不都成了不肖子孙败类了吗？

1996年12月15日

# 谈谈“炼话”

在古今中外几乎所有的国家中，在人民的语言和学者的著作里，都包含着许多非常精辟的话，这些话虽然短，但含义深刻，富有启发性和教育意义。据鲁迅先生说，有的地方老百姓把这种话称作“炼话”，意思就是“精炼的话”。在中国学者的著作中，有时称作“嘉言”，有时称作“隽语”，也可以叫作“名言”或“谚语”。欧美许多国家把收集炼话的书称作“智慧”，比如中国炼话，德国人称之为 Die Chinesische Weisheit，英美人称之为 The Chinese Wisdom。我认为，这种名称是非常恰当的。因为这些炼话，这些嘉言或名言，确实是一个民族在过去漫长的历史上智慧的结晶或者总结。

不管哪一个国家，也不管哪一个时代，人民在同自然做斗争中，在社会生活中，在处理自己的学习与工作时，积累了一些经验，也得到了一些教训，把这些经验与教训，归纳起来，加以精炼，结果就形成了一些炼话。有些炼话，在几十年，几百年，甚至几千年的长时间内，记录在一些学者们的著作中，流行于老百姓的口中，便利了对自然的斗争和阶级斗争，提高了人们的工作效率，加强了人民的道德修养。把这炼话称作人民智慧的结晶和宝贵的文化遗产，不是再恰当不过的吗？这些受到人们的重视，不也是很自然吗？

许多"名言"或者"隽语"对我们今天的中国人民，还有其他国家的人民，究竟有什么用处呢？这些名言是在历史上不同时期形成的，必然带有时代的残痕，甚至阶级的残痕。有的名言，我们不能原封不动地按其全部内容来加以学习和使用。这是没有必要的，也是不可能的。但是，有很多名言，其精神却是一直到今天还值得我们学习和应用的，值得我们当作座右铭来激励自己，有时候也给自己敲敲警钟。这一点，我想，我们大家都会同意的。

那么外国的名言对我们今天的中国人民也有用吗？回答是肯定的。有很多在不同的时代、不同的民族中产生的名言，虽然表达的方式不同，但内容却完全或基本上相同。这就说明，我们常讲的两句话是有道理的：人同此心，心同此理。一些有积极意义的想法或者说法，在不同的时代、不同的民族中，互不相谋地得出来。因此，不但自己民族古代的谚语，对我们今天的学习和工作很有裨益，外国的谚语亦然。我在这里只举几个简单的例子。

中国古人说：

流水不腐，户枢不蠹。

德国人说：

Gebrauchter Pflug blinkt.

（使用过的犁闪闪发光。）

Stehendes Wasser stinkt.

（静止不流的水又臭又脏。）

中国古人说：

一寸光阴一寸金，寸金难买寸光阴。

英国人说：

Time flies away without delay.

（时间飞驶，决不停留。）

Time is money.

（时间就是金钱。）

Take time while time is, for time will fly away.

（时间还在时，要利用它，因为时间要逝去。）

德国人说：

Zeit ist Geld.

（时间就是金钱。）

Benutze den Tag.

（利用时光。）

Die Zeit läuft hinweg wie Wasser.

（时光流逝如水。）

法国人说：

Le temps vaut argent.

（时间就是金钱。）

Mets á profit le jour présent.

（利用当前的一天。）

这种例子真可以说是俯拾即是，用不着在这里再举了。高尔基说过："谚语和歌曲总是简短的，然而在它里面却包含着可以写出整部书来的智慧和感情。"他这句话不但适用于俄国，也适用于中国，适用于世界上所有的国家。高尔基讲的是一个普遍的规律。我上面举的那几个简单的例子，尽管产生于异时异地，但是谁能否认它们今天对于我们还是非常有用的呢？

根据上面陈述的理由，我觉得，编辑这样一本《名言大观》，是一件非常有意义的工作。在今天全国人民正在中国共产党的领导下意气风发地向四个现代化进军的时候，很多名言对于鼓舞我们的斗志、增强我们的信心是很有用处的。

1982年7月5日

（本文原为《名言大观》序）

# 获奖有感

完全出我意料，我的《赋得永久的悔》竟然获得了中国最高文学奖——鲁迅文学奖的荣誉奖。我自己认为是不够格的。

虽然我从青年时代起就舞笔弄墨，写了一些所谓文章，但是我从来不敢以文学家自命。说一句夸大一点的话，我自己认为是一个科学研究工作者。我的主要精力和兴趣都集中在对印度古代语言、中亚古代语言、佛教史以及中外文化交流史的研究上。这种别人可能认为是枯燥乏味的工作，我已经做了六七十年了。焚膏继晷，兀兀穷年，乐此不疲，心甘情愿。写一些散文之类的东西，是积习难除，而且都是在感情躁动于胸中，必须一吐为快的时候。所以我有时说：我的文章是流出来的，不是挤出来的。流出来的都会是好文章吗？那倒不一定。文章必须有真情，这是我一贯主张。但是起决定作用的还是你表达这种真情的艺术性。不管你的情是多么真，思想内容是多么宏伟，如果缺乏艺术性，就不能算是文学作品。

我认为，作家是一个非常光荣的称号，是我所衷心景仰的人。我走过大码头，见过大世面，而且是国际的大码头，国际的大世面。虽然性格内向，但是对于待人接物，应对进退，我也自有一套办法。在国外千人的学术会议上，登台发言，心不跳，手不颤。可是一见到作家，我就有点自惭形秽，局促不安。这是一种什么心理呢？至今我还没有能得到满意的解释，我还要继续研究推敲。

十几年前，我当选为中国作家协会的理事。这件事是我在报纸上看到自己的名字才知道的，我并没有参加那一次大会。以后究竟开过多少次理事会，我也没太注意，因为我一次也没有参加过。不是我没有时间，没有兴趣，而是由于上面讲到的原因。我觉得，我之所以能够当选理事，是因为我曾从许多外语中翻译过大量的文学作品，而绝不是由于我的创作。我去参加理事会是滥竽充数，一直到最后一次换届的理事会，我才亲自参加。在这一次会议上，我又被推选为中国作家协会的顾问，地位够崇高的了。"此身合是作家未？"我仍然套用陆放翁的诗句来向自己发问。答复仍在疑似之间，但已经感到有点作家的味了。

这一次，我获得鲁迅文学奖，不是凭我的翻译，而是凭我的创作。我自觉似乎向作家靠近了一点儿。说到《赋得永久的悔》这一篇散文写成的原因，完全是出于一种偶然性。《光明日报》的韩小蕙小姐想出了一个题目，叫作"永久的悔"，发函征文。别人是怎么想的，我不知道。至于我自己呢，我一看题目，立即被它吸引住了。我的"永久的悔",就藏在我的心中,一直藏了几十年,时时在我心中躁动,有时令我寝食难安,直欲一吐为快。现在小蕙一给我机会,实在是天赐良缘。我立即动笔,几乎是一气呵成,文不加点。我大概是交稿最早的人,至少是其中之一。详情都已写在文章中,我在这里就不重复了。

文章在《光明日报·文荟》上刊出后,得出的反应大大地超出我的期望。一位在很多问题上同我意见相左的老相识对我说:"你的许多文章我都不同意;但是《赋得永久的悔》却不能不让我感动和钦佩。你是一口气写成的吧?"他说得并没有错,我确实是这样写成的。这一篇文章被许多"文摘"转载,一些地方中学里还选作教材。我还接到许多相识的和不相识的老中青朋友的来信,对它加以赞美。我可是万万没有想到,一篇文章竟能产生这样广泛的影响。

空口无凭,我不妨选出一封信来,从中抄上几段来供大家品味。这封信是武汉大学的两名研究生写的:

　　最主要的,是我们被您在《赋得永久的悔》里面所流露出来的浓郁的亲情深深地感动了。您在文章中说,您如果以后不去济南,不去北京,不去德国,您就可能会是一个农民,一个文盲,但是您的母亲却会比您不在身边要活得长,活得好。多么崇高深沉的爱!宁愿舍弃自己的一切去换取母亲的幸福而不得,便成了一位望九之年的老人的"永久的悔"。

　　回想起来,我们时时以"天之骄子"而自豪,自恃青春年少,风华正茂,随波逐流,去追寻自己的梦想,在很大程度上忽略了远方的父母,忽略了父亲期待的目光和母亲渐生的华发,忽略了故乡小河边曾有过的嬉戏奔跑。看了您的文章，我们的心受到了强烈的震动。从小到现在，我们被倾注了母亲满腔的从不企求回报的爱。我们大了，母亲也老了。我们再不能等到自己九十岁了才悔恨地想起当初不该离开母亲，忽略母亲。我们都是胸怀理想的热血青年，以自己的眼睛观察这个日新月异的社会，深深地热爱着可爱的祖国。您的心路历程，您的文章刚好告诉了我们这样一个朴实的道理：爱国应从爱母亲做起。

您的年龄比我们的爷爷还大，从民国初始一直走到改革开放的今天，历经沧桑而保持本色，您的爱母之情，爱国之心将永远激励着我们前进，提醒着我们要永葆人间真情至爱，做一个真正的人，大写的人，同样也将激励和影响着全国千千万万青年朋友的生活道路。

信就抄到这里。下面署名是"学生彭至安（法学院 96 硕）、刘阳（生科院 97 硕）"。

这一封信写得何等真挚动人啊！我们中国的青年是多么可爱啊！这一封信对我的震动比我那篇文章对他们的震动要强烈到不知多少倍。我真是做梦也没有想到，自己的一篇简单的文章竟能在社会上，对青年人产生这样强烈的影响。

我现在几乎每天都收到一些素昧平生的朋友们的来信，其中老中青年都有，而以青年为多。我写文章向来不说谎话、大话、套话，我向读者真挚坦率地交了心，读者也以同样的东西回报了我。这是我近年来最大的快乐。

我在上面已经提到，我平生倾全力去做的是科学研究工作，写点散文，只能算是余兴。然而，根据我今天的认识，人们在社会中不管处于什么地位，上至高官显宦，中间有士、农、工、商，下至引车卖浆者流，我们所做的工作都必须有益于社会，有益于人民，有益于祖国，有益于全人类。如果只是为了个人利益，为了孤芳自赏，那就是社会的寄生虫。觉悟了的人民必将扬弃之，甚至消灭之而后快。那种"藏之名山，传之后人"的科学研究工作，有的也能立即产生社会效益，有的则只能俟诸未来。但是，文学作品绝大多数能立即产生社会影响，直接产生影响。我的《赋得永久的悔》就是一个最具说服力的例子。

我的禀赋不高，在很多问题上，我都是一个后知后觉者。现在，通过《赋得永久的悔》等等文章所产生的社会影响，我逐渐感觉到自己似乎像是一个作家了。

1998年6月2日